U0044366

風月傳說

卷·3

豪情四海

無極——著

風月傳說 卷3 豪情四海（原名：風月帝國）

作者：無極
出版者：風雲時代出版股份有限公司
出版所：風雲時代出版股份有限公司
地址：105台北市民生東路五段178號7樓之3
風雲書網：http://www.eastbooks.com.tw
官方部落格：http://eastbooks.pixnet.net/blog
Facebook：http://www.facebook.com/h7560949
信箱：h7560949@ms15.hinet.net
郵撥帳號：12043291
服務專線：(02)27560949
傳真專線：(02)27653799
執行主編：朱墨菲
美術編輯：許惠芳

法律顧問：永然法律事務所 李永然律師
北辰著作權事務所 蕭雄淋律師

版權授權：蔡雷平
初版日期：2014年1月
初版二刷：2014年1月20日
ISBN：978-986-5803-52-0

總 經 銷：成信文化事業股份有限公司
地　　址：新北市新店區中正路四維巷二弄2號4樓
電　　話：(02)2219-2080

行政院新聞局局版台業字第3595號 營利事業統一編號22759935
©2014 by Storm & Stress Publishing Co.Printed in Taiwan
◎ 如有缺頁或裝訂錯誤，請退回本社更換

定價：280元　特價：199元

版權所有　翻印必究

國家圖書館出版品預行編目資料

風月傳說 ／ 無極著. -- 初版-- 臺北市：風雲時代，
2013.07 -- 冊；公分

ISBN 978-986-5803-52-0（第3冊；平裝）

857.7　　102020708

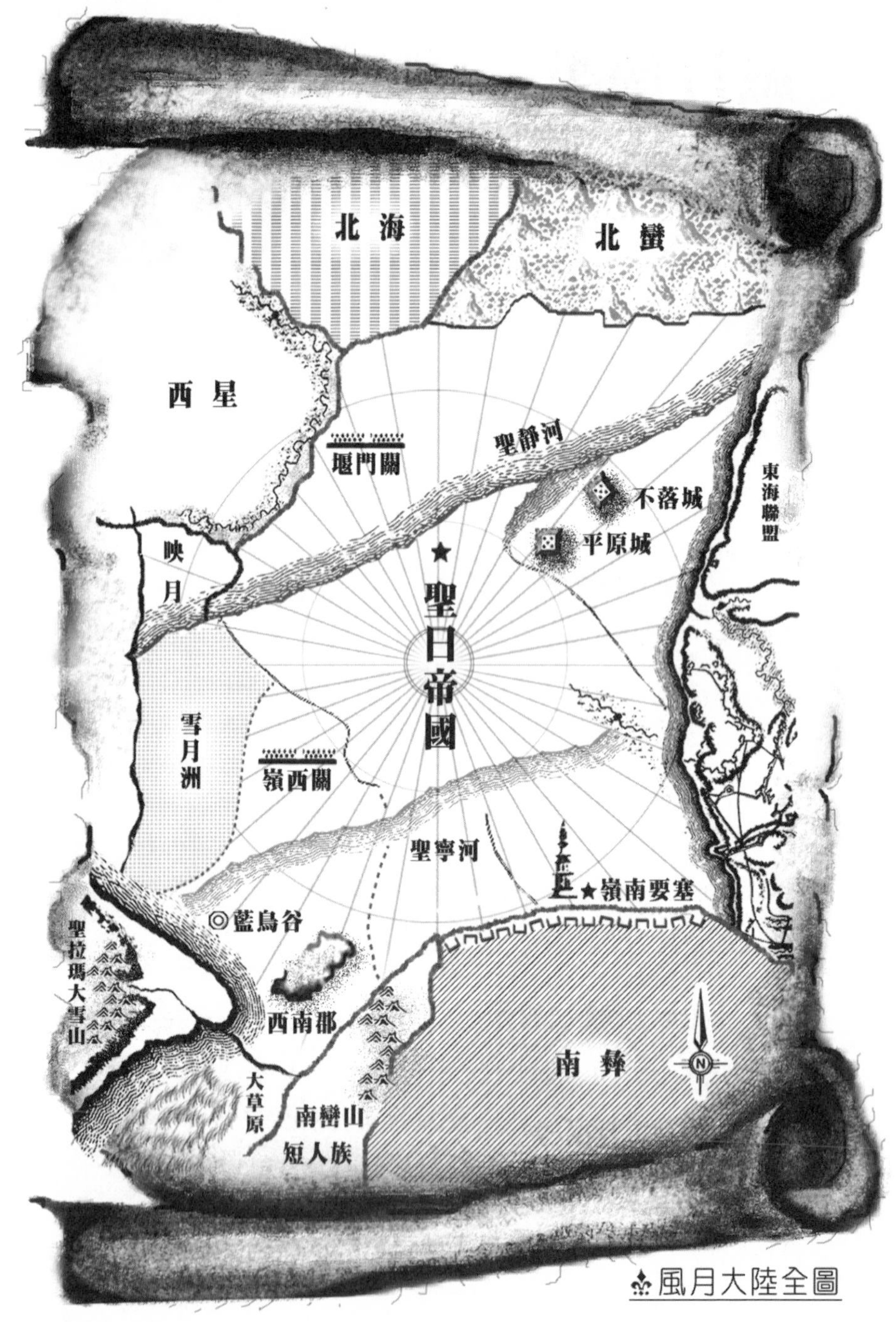
北海
北蠻
西星
堰門關
聖靜河
不落城
平原城
東海聯盟
映月
聖日帝國
雪月洲
嶺西關
聖寧河
嶺南要塞
藍鳥谷
聖拉瑪大雪山
西南郡
南彝
大草原
南巒山
短人族

風月大陸全圖

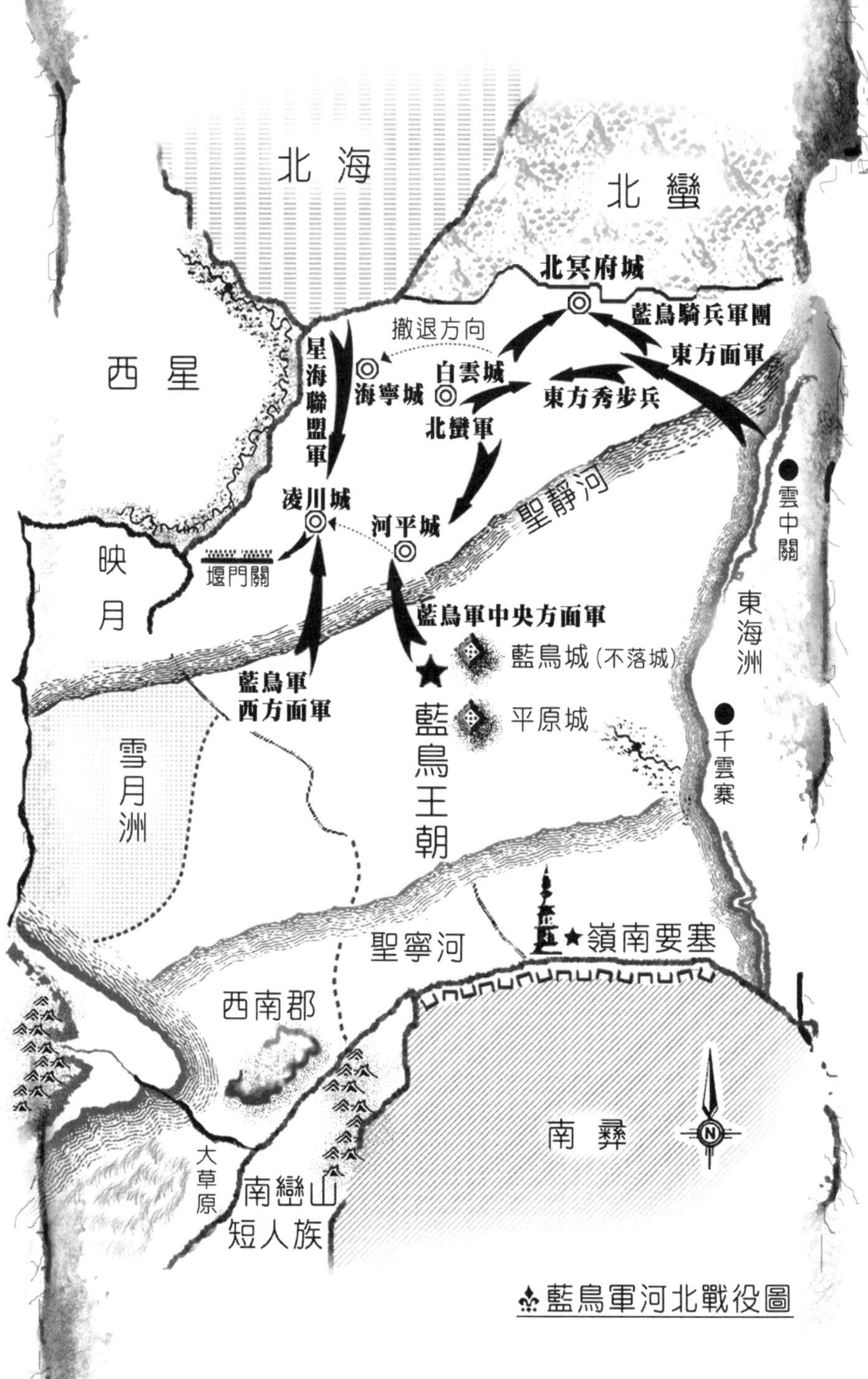
北海
北蠻
北冥府城
藍鳥騎兵軍團
撤退方向
東方面軍
西星
星海聯盟軍
海寧城
白雲城
東方秀步兵
北蠻軍
凌川城
河平城
聖靜河
雲中關
映月
堰門關
藍鳥軍中央方面軍
東海洲
藍鳥城(不落城)
藍鳥軍
西方面軍
藍鳥王朝
平原城
千雲寨
雪月洲
嶺南要塞
聖寧河
西南郡
南彝
大草原
南巒山
短人族
藍鳥軍河北戰役圖

第一章　對陣東海

既然要出去走走，就應該有個計劃，雅星等人研究了當前中原的局勢，最後決定天雷先赴東部戰區，到列科那裏穩住腳步後，再決定今後的行動，天雷同意。

爲了不引起東方兵團文嘉・嘉東將軍的注意與懷疑，凱武提出了個建議，建議天雷率領的這支騎兵隊，爲原北府軍彪騎營，在京城受虹傲的排擠，投靠東方軍團的列科，眾人紛紛叫好。雅星又從北府軍中挑選出三百名有經驗的老兵，加入到藍衣眾中，作爲掩護。

十一月十日，天雷帶領凱文、兀沙爾、雅藍、雅雪及二十名隨軍參謀、二千八百名藍衣眾士兵出望南城向東方戰區而去。

望南城距離平原城一千二百公里，平原城在京城南二百四十公里，距離東原郡府東原城六百餘公里，三千里遠行，橫跨整個中原中部，越城二十餘座。

從望南城向東三百公里到固原城，再向前推進三百公里到酈陽城，如今也爲嶺西郡的勢力範圍，各城主眼見聖日日漸衰落，六國進軍中原，都想找個依靠，而嶺西郡的強大正便合了他們需要，所以逐漸的歸屬。從酈陽城向東六百公里至京城不落城間，如今爲聖日中央兵團長文謹的勢力範圍。

自從凱旋將軍戰敗，凱武將軍退回河南後，映月騰格爾部也加緊了進攻的腳步，帕爾沙特有意配合夾擊，文謹將軍深知自己獨木難支，所以也像凱武將軍一樣，迅速撤離河南，但是，文謹將軍吸取凱武北府軍四散的經驗教訓，渡河後沒有回歸京城，而是迅速佔領了京城以西的廣大地區，鞏固自己的勢力範圍，爲自己家族留條後路，所以京城以西六百公里如今歸文謹中央兵團掌管。

虹傲殿下當然也想收服文謹部，但文謹將軍人老成精，懂得必須牢牢地掌握部隊，否則豪溫家族就是自己的榜樣。中央兵團如今嫡系部隊十四萬，後擴編各地的城防軍及民眾十五六萬人，共有軍隊三十餘萬人，實力不可小視。

聖日帝國如今形勢十分悲慘，京城聖靜河以北平原盡失，從東六百公里外爲東海聯盟軍佔領區，南六百餘公里外爲南彝軍隊佔領區，只有西面六百公里內爲文謹部佔領，但文謹名爲聖日之臣，並不聽從大將軍虹傲的調遣。再往西爲嶺西郡的勢力範圍，嶺西第一兵團眾將經過里雷特、凱旋兩位將軍事件後，明顯也是不聽從虹傲的調遣，誰願意把自己的生命交與一個無能之輩手中。所以當前聖日京城惶惶度日，苟延殘喘。

但是，文謹將軍雖然佔領了京城以西六百公里地區，對待嶺西郡的勢力還是有一定克制，雙方勢力一碰頭，各自止住腳步，沒有發生摩擦。

天雷率領兩千餘眾出望南城，斜向東南方向而走，穿越文謹部南部地區，一路上，中央兵團的官兵看見他們，也沒有特別為難，只略微盤問就放行，京城以西的百姓明顯增多，許多逃難的人拉家帶口向西趕，情景淒慘。十餘日後，眾人來到平原城外。

七年前，天雷帶領西南郡的各位兄弟進入帝京城，在平原城休息一天，平原城當時街面繁華，店鋪林立，各地的商人不斷，尤其是糧食十分的便宜，可如今，經過三年大災害和戰亂，平原城滿目瘡夷，百姓生活十分艱苦，多數店鋪停業，到處是逃難來的百姓，大家擠在一個個角落，混沌的目光裏充滿了無奈與麻木。

天雷滿腹辛酸，強忍悲痛，在黑爪人員的帶領下來到西南商盟開設的飯店內，比雲早在此等候。飯店內客戶很少，二樓以上已經停開，只有一樓的些許士兵在進食閒談。幾個士兵的談話引起了天雷的注意，他向兀沙爾看了一眼，見他也在傾聽，天雷立即提神。

「哎，我看南方兵團也堅持不了多長時間了。」

「可不是，兩年多來南方兵團和南彝作戰，雖然敗多勝少，但也算互有勝負，可是這次，那個百花公主帶來的戰象戰隊實在是太可怕了。」

另一個士兵問道：「大哥看見南彝的戰象隊了？」

「當然看見了，頭些日子我跟隨大軍作戰，看見足足有兩千南彝戰象戰隊，那大象身披藤甲，刀槍不入，上面坐著南彝的士兵，只騎槍就有二丈多長，還有一個弓箭手在上面射箭，橫衝直撞，大軍慘敗，至今不敢出城。」

「可不是，如今南彝大軍離這也不過三百多公里，哎，我看是沒什麼指望了。」

「哎，聖日帝國怎麼淪落到今天這般地步，國師活著的時候，誰敢欺負我們聖日，不打他們就算便宜他們了。」

「這還不是那個二殿下無能的結果嗎，我聽說前段時間，嶺西郡的雪無痕將軍進京城，他連見帝君一面也不讓，這樣做怎能不亡國啊。」

「可不是嗎，聽說凱旋將軍苦戰河北三年，他就連一兵一卒也沒有派過河北去，以至於凱旋將軍為國盡忠，雪將軍氣憤異常才進京城，可是沒有見到帝君，只有把氣撒在河北的敵人身上，他跨河搭橋，索要凱旋將軍的屍體，那個什麼帕爾沙特，連吭都不敢吭一聲就給了。」

「哎，帝國都像雪將軍那樣就好了。」

……

天雷不敢往下聽，夾了口菜，兀沙爾對他微微一笑，舉杯一飲而盡，隨後，天雷低聲吩咐比雲小心打聽消息，隨時向嶺西郡軍師彙報。

凱文帶領彪騎營的兄弟駐紮在城外，近三千人的騎兵部隊自然會引起守軍的注意，看見他們在離城不遠處紮營，士兵個個沒有亂動，這才放心。

平原城的北門守將出城來到營地，凱文與他見面，讓入帳篷，兄弟上酒後，詢問起是什麼部隊，要到那裏去等事情，凱文一一回答，他聽說是北府彪騎營的兄弟要投靠東方兵團去，盡全力爲南方兵團拉攏，凱文不爲所動，他也不肯走，直到天雷回來。

「大隊長既然從京城來到南方，何不就留在南方兵團效力，禹爾吉將軍一定會重用大人，我願代引見。」

天雷看他一眼，見他人三十幾歲，透著精明強幹，心裏愛惜，接過話說道：「大人客氣了，我們只是到平原城進行一下補給，然後就將東行，我們已經與列科將軍聯繫過了，就不敢麻煩大人了。」

「大隊長兄弟，你們……」

「大人不用多說，我們在京城受人排擠，南方兵團與他們是一家人，我們是萬萬也不會過去的，大人也是聰明人，知道兄弟們的難處，謝謝大人的好意了。」

「真是可惜，哎！」

「大人，如今帝國舉步爲艱，有志男兒都會爲國盡力，但是，我看大人也是不得意，當深感兄弟們的難處，如大人願意，我們一同前往東方兵團列科將軍處，大人必可一展宏圖大志，如何？」

「不必了，如有必要，我會向西行，等等看吧。」

這時候，雅藍姐妹擺上酒，凱文、兀沙爾一同相陪，天雷與他連飲三杯，四人暢談南方戰局，不覺很晚，眾人送他回去，也算交了個朋友。

休息一日，天雷帶人起程，六百公里的路，對於騎兵來說實在不算遠，三日後進入東原郡，黑爪早就派人進去，指引天雷的行程，儘量繞道不引起東方兵團太大的注意，兩天後來到恆原城外，天雷通知楠天讓兄弟們紮營。

恆原城在東原郡府城東原城的北面一百多公里，中等城市，如今爲東部戰線的北線，列科將軍帶領十萬人駐守在該處，天雷這支騎兵在城外駐紮，自然會引起守軍的注意，列科將軍派人出來詢問。

凱文在城門前等候著，看見有人出來，忙上前打招呼，說明來意，來人帶領凱文進城，面見列科將軍。

列科將軍在府內接見了凱文，見來人四十多歲，一身盔甲，渾身上下透著精明，同時眼裏有點熟悉，他仔細端詳了一小會兒，略微吃驚地說道：「你，你……」

凱文看列科已認出自己，忙上前施禮道：「鎮北軍彪騎營天雷大隊長手下凱文，見過列科將軍！」

列科聞聽，暗暗吃驚，嘴裏連忙說道：「天雷來了？」

「是，大隊長率領二千八百名彪騎營的兄弟投靠將軍來了！」

「天雷兄弟如今在何處？」

「正在城外大營！」

列科將軍忙吩咐手下道：「立即準備，我要出城迎接我的兄弟。」然後，拉著凱文的手，向外走去。

他邊走邊低聲問凱文：「凱文，天雷怎麼來了？」

「沒事，只過來走走，看看東海聯盟的實力及飛鷹戰隊。」

列科將軍這才放心。

來到城外天雷大帳篷內，天雷與兀沙爾正在等候列科。

天雷首先施禮道：「天雷見過列科師兄！」

列科將軍拉住天雷的手，十分的親近，這時候，兀沙爾上前見禮：「兀沙爾拜見列科將軍！」

「多禮了，這位是……」

天雷微微一笑，拉著列科入座，列科手下一將領及親衛上前給天雷見禮，列科將軍一一指點，天雷這時候可不敢托大，他以彪騎營大隊長的名義見過眾人。

天雷指著兀沙爾，對著列科說道：「這位是嶺西雙月兵團的兵團長兀沙爾將軍。」他接著指著列科對兀沙爾說：「這位是我的師兄列科！」

列科可是知道兀沙爾，當初郡北會戰時他在嶺西郡，知道兀沙爾投降這回事情，只是後面的事情不清楚，如今見他依靠天雷，也是爲天雷高興，他知道兀沙爾是元帥之才，所學在他之上，不敢怠慢，深施一禮，嘴裏說道：「老大人辛苦，列科實在失禮了。」

兀沙爾聽天雷重新介紹列科爲師兄，當然也不敢失禮，他拉著列科的手說道：「將軍，兀沙爾久仰將軍大名，今日一見，足慰平生，說句不好聽的話，如今我們都是老朽之人，實在比不上天雷這般有才華與朝氣，我們兩位老兄弟誰也不用客氣了。」

「是，老哥哥說得是，列科遵命。」

列科說完後，又與凱文見禮，他比凱文長一輩，與國師是一代人物。他看著凱文說道：「想不到凱文你也出山了，天雷真是福氣，得你與豪溫家族相助，嶺西郡將如朝霞東升，光芒四射，再無阻擋。」

「叔叔過獎了，豪溫家族深受天雷大恩，凱文承蒙雪將軍看得起，略盡綿薄之力而已。」

「好了，大家都是一家人，客氣的話誰也不用說，坐，坐！師兄，這次我不約而來，想必會給你帶來許多麻煩呢！」

「呵呵，剛說完大家都是自己人，你這話我可要反對了！」列科笑著說。

「師兄說得是，天雷知錯了。」

「對了，天雷，你怎麼想到東部來了。」

「嶺西郡如今安定，無大的戰事，我只好抓緊這段時間到中原各處走走，會會各國的軍隊，瞭解一下情況，以備將來作戰時吃大虧。」

「說得是，還是你看得遠，師兄老了。哎，這次你既然來了，就幫我解決一下東部戰局，緩和一下局勢，如何？」

「好吧，師兄，我既然來了，不看看東海聯盟的軍力如何，豈不是白來一趟，過兩天我們看看，不過，你得說說如今的形勢。」

「這當然！」

列科知道天雷、凱文、兀沙爾三人哪一個都不是等閒之輩，東北方如今來了三人，心頭好像放下一塊大石頭。兩年多來，他手下缺少優秀的人才，仗越打越壞，丟城失地，損兵折將，一刻也沒有安心休息，如今天雷的到來，他彷彿感到有了一些依靠，可以休息一陣了。

這時候，天雷向外喊道：「楠天，你們進來吧！」

楠天、里斯、布萊、洛德、卡斯五小兄弟聞聲而入，他們知道列科是列奇的兄弟，也視爲老主人一般，進來後跪倒磕頭，天雷一一給予介紹。

列科將軍看楠天、里斯、布萊等五個少年個個身材高大，臉龐帶著粗獷與豪氣，透露出精悍，每一個人都是不可多得的人才，心下喜歡，一一拉起，閒談了一會兒。

列科看時間也差不多了，這才領著天雷與凱文、兀沙爾、楠天、雅藍、雅雪等幾人進城，其餘人仍在城外紮營，各處安排食宿，安心休息。

這兩天內，列科向天雷詳細介紹了當前東部戰區的情況。

東海聯盟分三路大軍進犯中原，中路東方闊海部二十萬人，左右翼漁于飛雲、長空飛躍部各十五萬人，三路大軍與聖日東方兵團文嘉•嘉東部作戰近三年，向前推進一千公里，目前，中部軍在東原郡府城東原城前對峙，南部在東原城南二百多公里的翔城對峙，北部在恆城前不遠的小城建城對峙，已有月餘。

東海聯盟軍經過三年的作戰，大軍始終保持在五十萬人左右，他們兵員充足，後勤保障穩定，前鋒幾員年輕的小將驍勇善戰，飛鷹軍團神秘莫測，始終佔據上風，不像文嘉部的困難。東方軍團文嘉本部二十萬精兵，在大戰開始時有所損失，後經過補充，保持在三十萬至四十萬之間，但是也多是各城防雜軍，精銳部隊只剩餘十萬人左右。

列科將軍接到命令率領三十萬部隊東征，所部六個軍團也是後組建的部隊，與正規軍團自然無法相比，來到東方戰區後，經過與文嘉的協商，各又分兵十萬交與文嘉的長子嘉萊，抵抗右翼的長空飛躍部，自己只好率領二十萬人馬抵抗左翼漁于飛雲部，中部由文嘉支撐。

三年來，列科將軍小心用兵，堅守不出，損失不大，但跟隨右中翼不斷撤退，極少得到補充，如今自己手中仍然有近十五萬部隊。恆原城內現有軍隊十萬人，前方建城駐軍約五萬人，所有軍隊全部爲步兵，且裝備較差。

天雷、兀沙爾及凱文三人聽列科將軍簡單的介紹後，天雷忙問道：「整個東方兵團有多少騎兵？」

「東方兵團和中原部隊不同，由於戰馬購買極其困難，所以騎兵較少，如今只文嘉手中有三萬餘騎兵部隊。」

「那麼，東海聯盟有多少騎兵部隊？」

「東海聯盟的騎兵部隊也較少，由於東海地區少產戰馬，只有一個騎兵軍團，如今也就剩餘三萬人左右。」

「飛鷹軍團是怎麼回事？」

「東海聯盟由於海域較大，多數部隊適應於海戰，對陸戰不大適應，但是，幾十年來，東海聯盟卻培養出一支特殊的飛鷹戰隊，主要是生長在大海中的漁鷹，經過他們的訓練，作戰時，士兵身帶漁鷹，衝鋒時放出，鷹爪專抓對方士兵的臉，配合士兵衝擊，這仗就不好打了。」

天雷聞聽後，又接著問道：「東海聯盟有多少飛鷹戰隊？」

「具體數目不清楚，但是至少有一個軍團五萬人！」

天雷點頭，說道：「還好人數不是很多，如五十萬人人人身帶戰鷹，這仗也就不用打了。」

凱文在旁接口說道：「我雖然沒有看見飛鷹軍團，但是，我相信戰鷹也不是人人可以訓練的，他需要一個士兵幾年時間和飛鷹生活在一起，互相瞭解，彼此配合，才能熟悉並配合士兵攻擊。」

兀沙爾接口道：「我想也是，任何動物要與人產生默契，必不是一兩天的事情，需要從小培養，東海聯盟飛鷹軍團絕對不會很多。」

「也是！」天雷又問列科道：「你們是怎樣對付飛鷹軍團的？」

「由於飛鷹飛翔較高，速度快，且不知道它什麼時間下來，弓箭手對付它很困難，作戰時一旦飛鷹參戰，我們必敗，一直沒有很好的對付辦法。」

「哦！」

「戰鷹主要是攻擊士兵的臉，雙爪一抓，眼睛就容易被抓瞎，這樣一來，士兵還怎麼打仗。」

「是得想出一個對付牠的辦法。」

「軍官的盔甲及面具到是個有效的辦法，但是，士兵畢竟沒有那樣的裝備，想要防備必須另想他法。」列科將軍提醒道。

「好吧，過些日子我們見識一下，看看能不能想出一個好的辦法來。」

藍衣眾這二千八百名士兵對於列科將軍來說，簡直是無價之寶，由於他手中始終沒有騎兵部隊，對於突擊就沒有特殊的力量，只有另想他法，所以對這支部隊十分重視。加上是嶺西郡的藍衣眾，雖年紀都不大，但人人身經大戰，這次跟隨天雷前來，每一個人都不差，他又是羨慕，又是嫉妒。

這幾年，藍衣眾跟隨天雷，屢立戰功，成爲天雷手中最強大的軍隊。他們出身藍鳥谷，天雷又特殊給予照顧，武器裝備更是第一流，平時每個人配備短人族生產的小巧弩機，戰時作爲秘密武器使用，雖然如此，藍衣眾也沒有忘記使用弓箭，他們可以說個個都是弓騎兵。這次他們跟隨天雷遠行，怕一不小心露出馬腳，所以把弩機全部留下，只隨身攜帶兵器弓箭。就是天雷自己也把從沒有用過的霸王弓帶在身上，短人族又爲天雷打造了幾壺箭羽，有人爲他揹著，同時，雅星又怕天雷路上出現不方便的事情，又特意安排了多帶五百匹戰馬備用，平時馱物資裝備帳篷等，戰時可以作爲補給替換，想得十分周到。

三千三百匹戰馬在營地內飲溜，兄弟們無事情就相互之間一起練武，在增強功力的同時，鍛煉彼此之間的協調配合，到處都是練武場面，年輕人特有的熱情與朝氣在這小小的營地內跳躍。

列科將軍並不是第一次見識藍衣眾，但仍然被這熱鬧的場面所感染，在整個東部戰區，也許只有這一小塊營地內充滿著青春活力吧。他陪著天雷一起往裏走，不時地和小兄弟們打著招呼，天雷興致勃勃地看著，心裏也爲他們熱情所感染，興致勃勃。

布萊看著天雷過來，忙停下來打招呼：「少主！」，眾人叫著「將軍！」

天雷看著他，笑著說道：「布萊啊，練得不錯，我看又進步了。」

「謝謝少主誇獎。」

這時候，里斯等人也都過來，天雷看他們都停下手，忙說道：「大家繼續，不用過來，我們只是閒走走，沒事！」

楠天在後面笑著說：「少主既然沒事，不如借機指點兄弟們一下，也讓我們開開眼吧！」

天雷的興致本來就很高，聽楠天這麼一說，連忙說道：「好吧，那我就練趟槍法，也活動活動，師兄，你怎麼樣？」

「得了，還是你來吧，我可不行。」

天雷點頭說：「好吧！」邊脫下外衣，抖擻精神，邁步進入武場中間。

有人接過天雷外衣，遞過長槍，這時，大家都聚集在周圍，前排都坐在地上，後面的人站著，這也是規矩，長時間以來，天雷沒少指點藍衣眾武藝。

天雷抖擻精神，邁步展開槍法，他首先從列奇傳授的槍法開始，再演變爲霸槍絕技，大槍上下翻飛，氣勢威武，這還是只用了六層的功力，兩路大槍使完，霸槍九式全部展露出來，藍衣眾個個睜大雙眼，仔細觀看回味著天雷在每一式裏細微的變化，增強自己的心得，提高槍技。

一趟練完，列科拍了拍天雷的肩膀，小聲說道：「真是好槍法，師弟，你的功力已經達到成罡之境了吧！」

「是，師兄。」

「還是你行啊，我窮五十年時間也沒有突破神功第六層，真是羨慕你！」

「師兄，師父說我神罡天成，不是像你們一點一滴練出來的。」

二個人邊走邊談，不久就回到城內。

第二天，東原城有人過來查問恆城外騎兵是怎麼回事情，列科知道文嘉已知騎兵到來的事，忙打發人回覆文嘉說，是自己的一個遠方兄弟從北府軍過來投奔，是原北府彪騎營的人。

休息了有四天，列科約天雷前往建城查看軍情，也讓天雷及隨行人見識一下東海聯盟的軍隊，同時要求爲藍衣眾在建城外十里左右找一處營地。列科想了想，說建城外七里處有一個叫東柳莊的地方，天雷命令藍衣眾拔營前往，自己跟隨列科前往建城。

建城雖然不大，但是如今卻成爲東部戰區北線的前沿，城分四門，牆高也八九米，有列科的一個軍團駐守，軍團長亞術。

列科將軍率領五千中軍先行，藍衣眾後起身，天雷帶領楠天及布萊、里斯五小兄弟與列科大軍一起走，到達東柳莊時，藍衣眾已經趕上。

東柳莊大約有百十戶人家，莊前柳樹成林，在冬日裏略顯得蕭條，莊東不遠處有兩個起伏的山丘，不高，再往東七八里就是建城。天雷用目光一掃，對東柳莊十分滿意，命令藍衣眾在此休息，凱文志願留下，暫時代理隊長，楠天只帶領所部五百人跟隨，洛德、里斯、卡斯、布萊四人跟在天雷身邊。

列科、天雷、兀沙爾帶領眾人進城，建城內街道比較狹小，百姓多逃難而去，只有些許的老人仍在，街面上已經看不見商家開門，亞術的五萬軍隊在城內駐守，略微顯得擁擠。

亞術軍團長彙報了當前建城一帶的情況。漁于飛雲率領所部大軍十萬人駐守在建城東一百三十公里外的朝陽城，前鋒漁于淳望帶領五萬人駐紮在建城東十里處，已經有半個月時間，曾多次對建城進攻，但亞術只守不出，他只好無功而返。

自從東海聯盟進軍中原以來，以北線漁于飛雲部攻擊最爲困難，原因是列科部多是只守不出，以堅城爲依託，穩固防守，造成漁于飛雲部很大傷亡，但東海聯盟後續補給快，人員補充總能夠及時到位，所以兵力並不見少，前鋒漁于淳望雖殺法勇敢，但遇到列科這樣的戰法，也是一點辦法也沒有，只有用攻城才能解決問題，雖有勁也是使用不上，什麼兵法戰策幾乎省略不計。

前幾天，暗探傳來消息，報告說恆城不知從什麼地方支援來一支騎兵部隊，人數不足三千，漁于飛雲雖然也是對騎兵十分重視，但畢竟人員較少，所以只通知兒子小心，沒放在心上。

漁于淳望接到恆城新到達一支騎兵部隊的消息後，感到敵人出戰的時間就要來了，對於列科一直以來的戰法，騎兵是沒用的，只有在野外作戰，騎兵才會發揮重要的作用，所以他積極準備，調整士兵，同時加強收集消息。晚間時，他又接到消息，列科將軍帶領五千人進入建城，漁于淳望大喜，命令士兵提前休息，養好精神，準備明天討戰。

火紅的太陽從東方地平線上冉冉升起，朝霞灑落大地，微風中雖然有絲寒意，但漁于淳望卻沒有感覺到一絲一毫的寒冷。

三萬士兵分六個方陣列陣在建城東門前，漁于淳望和夏寧謀渾身盔甲立在旗幟下，戰馬馱著漁于淳望在陣前來回的踱著，十幾名士兵站在城門前邊不遠處高聲叫罵，叫喊著希望建城內出城交戰。

列科將軍在府內自然聽到了叫罵聲，他久已經習慣了，長時間以來，他堅守不出，挨罵是常有的事情，幾乎每一座城都發生多次，但天雷卻輕輕地皺下眉頭。

列科看在眼裏，心中暗笑，臉上卻毫無表情地對天雷說道：「怎麼樣，上城看看吧！」

「好吧。」

他帶領天雷、兀沙爾及亞術等人來到城牆之上，舉目向城下望去，就見十餘名士兵在城下叫喊得更歡，後方有六個步兵方陣，人數約有三萬人。

亞術僅僅知道天雷等人是原北府軍彪騎營人馬，況且是列科將軍的遠房兄弟，心中想看看這些人的實力。他指著城下的人介紹道：

「將軍，那邊陣前騎馬的兩人，一個是漁于淳望，後面另一個是夏寧謀！」同時瞥了旁邊的天雷一眼。

列科將軍輕輕地點了下頭，側身對天雷說道：「城下就是北線統帥漁于飛雲的兒子漁于淳望，北線前鋒，另一個是副帥夏寧博海的兒子夏寧謀，爲前軍副將。」

天雷仔細打量漁于淳望，他一身戎裝，臉微微有些黑，身材健壯，線條勻稱，跨騎黃馬，手提長刀，而一旁的夏寧謀也是滿身戎裝，臉皮白淨，中等身材，微微有些發胖，騎白馬使用長槍，兩個人精神抖擻，躍躍欲試，六個步兵方陣士兵個個威武有力，渾身殺氣。

第二章　暗道湧動

天雷點頭表示讚賞，這時，漁于淳望看見城上有將領出現，想是列科等人，他提馬上前，高聲斷喝說道：「城上是聖日東方兵團北線的主帥列科將軍嗎？」

列科將軍聽漁于淳望喊話，知道不答話不行，他上前一步，說道：「我是列科，下面可是漁于淳望小將軍？」

「正是，列科將軍，可願出城與我一戰？」

「小將軍豪氣雲天，列科老矣，小將軍請吧！」

「呵呵，聖日與東海作戰三年以來，列科將軍龜縮不出，不覺得難受嗎？」

列科將軍看了天雷一眼，一臉的苦笑。

天雷大怒說道：「狂妄之徒，不知道聖日英雄遍野，竟敢口出狂言，師兄，待我去會會他！」

「天雷，你要帶多少人馬？」

「一萬即可，這樣吧，師兄，你給我一萬兩千人，也分成六陣，楠天，你們五兄弟及雅藍、雅雪各領一隊人馬隨我出城，今日我要給這個狂妄之徒一個教訓。」

「好！」列科大喜，連忙令亞術下去準備。

天雷跨騎烏龍馬，一身黑色的戰甲，首先來到漁于淳望的對面，身後，楠天等人各領百十名藍衣眾在前，六個士兵方陣在後，每陣兩千名士兵，靜靜地等待著天雷說話。

漁于淳望看見城上有動靜，知道列科已經答應出戰，心中大喜，回歸本隊，不久，就見對面也是一員小將，年紀不大，彷彿比自己還小一些，他哈哈大笑問道：「對面是什麼人，可願與漁于淳望一戰？」

楠天聽後大怒，催馬來到天雷的近前，嘴裏說道：「隊長，我去會會他！」

他剛要催馬，天雷說道：「不用，今日看我三進三出，你們再隨後掩殺，讓東海的狂徒見見聖日的豪傑。」

天雷心中怒火升起，漁于淳望竟敢當他的面侮辱列科，他哪知道列科三年來堅守不出，東海的各位將領氣憤異常，哪裡有好話。

天雷大聲說道：「東海的小輩，竟敢口出狂言，今日叫你看看，什麼人才是真正的聖日豪傑，且看我三進三出，誰敢阻我！」

漁于淳望也很生氣，他大聲說道：「列科三年龜縮不出，如今竟然出現你這等鼠輩，口出狂言，妄稱三出本陣，好大的口氣。」

天雷哈哈大笑，言罷竟然唱起歌來，他高聲唱道：「豔陽如血，風如刀，聖日男兒多英豪，哪怕那狼煙四起風雲湧，彎弓如月刀光寒，金戈鐵馬英雄膽，豪氣如雲浪濤天，哪怕那虎狼成群風雲起，旌旗遍地日光暗，三進三出寒敵膽，小視中原浪翻天。」同時催馬而出，直奔漁于淳望。

漁于淳望聽歌聲響亮，聳然動容，看天雷催馬而來，忙帶馬直取天雷，兩人一照面，天雷手中大槍幻起九朵槍花，直刺漁于淳望面門、咽喉、雙肩、胸前與腹部，左右鎖定，馬快槍沈，漁于淳望手中大刀斬出一片刀芒，同時身體傾斜向外，天雷大槍在他左腿上劃出一道血口，馬並不停留，直取漁于淳望中軍方陣。黑色大槍幻起層層的槍芒殺氣，當先九人翻身倒地，烏龍馬直馳而入，一路向前，殺開一條路，直貫陣尾。

天雷帶馬向左側，從另一方陣後隊殺入，大槍展現間，一條血路直貫陣前，透陣而出，這時，他口中的歌聲第二遍才落，第三遍剛起，他斜向貫入右側三個方陣，大槍山上下翻飛，歌聲不斷，從前向後穿越兩個方陣，又圈馬殺回，第四遍歌聲又起，這時，五百藍衣眾個個熱血沸騰，隨著天雷的歌聲、馬蹄聲而唱起，感染了一萬兩千名士兵。

天雷並不停留，從陣前殺出後，又帶馬直貫中軍方陣，來回只片刻時間，造成漁于淳望六個方陣一片混亂，這時，歌聲已經從本隊每一個士兵口中唱出，群情振奮，個個豪氣沖天，前排藍衣眾個個勒緊戰馬，馬蹄撻撻地敲打著地面，躍躍欲試，天雷第三次殺出後圈馬而轉，大喝一聲：「殺！」又催馬而上。

藍衣眾三百名重劍手，兩百名刀手分成六隊，像箭一般催馬向前，身後士兵個個喊殺而上，直接衝入六個敵人方陣。

經過天雷三陣衝殺，漁于淳望六個方陣士兵已經膽寒，三陣間，將官被斬殺許多人，特別是中軍經過天雷兩次衝殺，漁于淳望的親兵衛隊死傷無數，漁于淳望本人與夏寧謀身上帶傷，士氣低落，眼看著天雷三進三出，就是攔不住，這時敵人大軍整個衝鋒，楠天、布萊、里斯、卡斯、洛德和雅藍雅雪姐妹幾員將領再次衝擊，加上藍衣眾個個武藝高強，劍重刀狠，整個抵擋不住，開始潰退，天雷後軍一萬餘人一湧而上，以一當十，奮勇當先，一路好殺。

大軍混戰，憑的是士兵士氣、勇猛，天雷的士兵雖少，但是士氣高昂，藍衣眾雖少，僅只有五百人，但個個好武藝，更何況騎兵對步兵，生力軍對潰軍，只一個衝刺就造成漁于淳望部全線潰退，六個方陣一起斬殺，哭聲、叫喊聲響成一片。

漁于淳望和夏寧謀在天雷喊殺聲中就知道壞了，以這樣的情況，如何能夠抵擋住大軍衝擊，漁于淳望躲開天雷的鋒芒，與楠天一照面，刀劍相撞，就感到雙肩發麻，他撥馬落荒就走，楠天緊緊追趕，身後大軍整個敗退，一路向東。

雅藍、雅雪姐妹帶領一個百人隊站在方陣的右邊緣，在天雷喊殺聲中，姐妹倆舉槍就上，她們倆雖然上陣的機會少，但也隨天雷出戰過，平時天雷多指點兩人騎槍法，且兩人同時練習，孿生姐妹心意相通，不離左右，身後重劍隊力大劍猛，很快就衝散敵人方陣，姐妹倆一陣好殺。

布萊、里斯、卡斯、洛德各自帶領自己的方陣隊，向前猛衝、狠殺，整個兩千人的隊伍象狼入羊群，士兵就別提多麼痛快了，近三年來，他們總是被敵人追著跑，頭一次像今天這樣追殺敵人，揚眉吐氣，他們一路追出十里，來到漁于淳望的前軍大營。

漁于淳望的前鋒大營在建城東十里外，距離戰場不遠，整個大營內還有兩萬人，守營的士兵忽然間看見前鋒大將落荒而回，後面有幾十匹戰馬在追趕，知道事情不好，一面趕緊通知兩個萬人隊長，另一方面出去接應，整個大營頓時一陣慌亂，這時，楠天領著眾人追殺而入，後面馬蹄聲陣陣響起，五個隊騎兵快馬如飛，一擁而上，後方，敵人步兵喊殺聲不斷，越來越近，三萬步兵已四散奔逃，早已經不成隊伍了。

漁于淳望趕緊集合隊伍抵抗，五百騎兵從各處衝擊，製造混亂，哪個地方聚集起來的人多就向哪裏衝擊、狠殺，漁于淳望看不久後敵人大隊追兵必到，如今這種局面實在危險，命令組隊後撤，時間不是很長，大隊追兵的喊殺聲已經近了，聲浪比先前更加響亮，知道建城又增加追兵的力量，他趕緊命令士兵加速撤退，落荒而走。

建城上，列科與兀沙爾、亞術看見天雷出城，按照他的吩咐，派出一萬二千人，組成六個方陣，藍衣眾領隊，兩軍陣前，雙方僅簡單說了兩句話，就見天雷狂笑而歌，催馬就上，只一個照面就殺傷漁于淳望，力殺六陣，三進三出，整個士兵士氣大振，藍衣眾、士兵無不狂歌，瘋狂衝鋒，僅僅一萬餘人就殺得漁于淳望三萬人大敗而逃，城上城下士兵群情振奮，喊聲震天，三人均是目瞪口呆。

兀沙爾僅僅知道天雷用兵非常的好，善於隱藏實力佈置周密，手下高手眾多，士兵武器優良，但絕對沒有想到天雷武藝如此強悍霸道，馬快槍沈，殺法驍勇，他還是第一次親眼看見天雷出戰，帶隊衝鋒，簡直是如入無人之境。

列科將軍早就知道天雷武藝高，聖雪山的唯一傳人哪裡會錯得了，但是，他卻絕對沒有想到天雷槍法如此嫻熟精湛，勇猛如此，同時也感到天雷的槍法絕對不是聖雪山絕技，天雷的謎底，他是怎麼也想不出來。

亞術站在城牆上，眼望著城下衝入敵人大陣中的天雷，熱血一陣陣上湧，他的歌聲、他的豪氣、他的膽量、他的武藝無不令他激動萬分，士兵的士氣是從沒有過的高漲，在天雷的帶動下，簡直與他率領的士兵判如兩人，等到藍衣眾率領士兵出擊時，他更是開了眼界，無論是那一個騎兵，槍、刀、重劍個個嫻熟，殺法兇悍，勇猛無比，每一個人都如一員將領。當漁于淳望大軍潰退的時候，他是無論如何也站不住了，與列科將軍打聲招呼，率領三萬人親自支援，隨後跟出，士兵士氣高漲，不用催促就勇往直前。

天雷衝殺一陣後，見敵人大敗，已經形成潰退的形勢，知道自己上去也是多殺幾個人而已，他勒住戰馬，望著遠處漸漸離去的士兵，只得慢慢在後面跟上。

他走得慢，亞術率領部隊可走得不慢，竟然追趕上來，亞術來到天雷馬旁，並排而走，他豎起大拇指說道：「天雷大隊長，亞術佩服，真是好樣的！」

「軍團長誇獎，天雷愧不敢當。」

「哎，天雷大隊長稱中原豪傑當之無愧，亞術今日得見大隊長一展神威，展聖日英雄豪氣，真是痛快，痛快啊！」

這時列科與兀沙爾也催馬上來，列科接過話說道：「天雷，如今漁于淳望已經大敗，下步你看如何？」

天雷略微沈吟一下，說道：「大哥，快速殺到敵人大營後，部隊立即停止追擊，派出斥候、小分隊向前追趕，觀察地形，探聽消息，大戰暫時恐怕不應該發生在這裏。」

兀沙爾看著列科，微笑著說道：「老哥哥如有勇氣，何不趁機率領大軍南進，配合中部戰線首先殺退中路，那麼，其餘兩路不攻自破，必然退軍。」

列科將軍沈吟一會兒，開口說道：「這是個好辦法，只是，北線如何抵擋漁于飛雲的反擊？」

兀沙爾看著天雷，微微一笑，並不開口。

天雷略微沈思一下，說道：「漁于飛雲經此一陣，必然不會冒然出兵，加上北線十五萬人馬，巧做安排，堅守半個月至一個月應該不是問題，如果殺退中路敵人後再從南翼反包圍北線之敵，戰局可能會要很長一段時間平靜，只是不知道文嘉將軍的膽量與氣魄、實力如何。」

列科將軍聞聽，精神大振地說道：「天雷，我把北線交給你，你需要多少人馬？」

「亞術一個軍團足已，再加上我的彪騎營，堅守半個多月絕對有把握！」

「哈哈，好，就這麼辦，亞術，你立即帶人駐守在漁于淳望大營，多派出探馬探聽消息，今後，北線一切事宜暫時聽從天雷調度。」

「是，將軍！」

「大哥，這不好吧，我輔助亞術將軍即可。」

「天雷，這可不行，北線如今只剩餘一個軍團，我真的不放心，如你接手，我還略微好些，你放心就是，亞術會全力配合你。」

「天雷兄弟，我亞術佩服你，我一定會聽從你的調遣。」說罷，亞術帶馬而去。

這時，列科已經讓中軍官傳令恆原城守衛的十萬兵馬向建城移動，幾個人一路細說，不久來到漁于淳望的大營，士兵正從東邊陸續回來，歡呼聲陣陣響起，士兵的喜悅掛滿臉上。

亞術正指揮士兵整理散亂的大營，重新面向東開轅門，收拾器械、糧食等物資，一片忙亂。布萊、洛德、卡斯等人陸續回來，天黑的時候，各部全部收回，天雷命令卡斯帶領一個百人隊出去，向朝陽城方向偵察，明早布萊前往替換等等安排。

朝陽城內，漁于飛雲接到兒子漁于淳望戰敗的消息，就是一楞，天已經漸漸地黑了，他和夏寧博海兩人擔心著自己的兒子，忙派出搜索隊尋找，二更時分，漁于淳望和夏寧謀帶領殘兵敗將約萬人回到城內，二人見到了父親，落下淚來。漁于淳望和夏寧博海見兒子回來，放下心事，從地上拉起二人，叫人帶領二兄弟梳洗、吃飯後，半夜時分，父子四人這才細說此戰經過。

漁于飛雲聽得十分詳細，反覆詢問了天雷力殺六陣，三進三出的經過以及五百騎兵衝殺的情況後，沈吟許久沒有說話。夏寧博海暴怒，把二人一頓臭罵，才稍微消了點氣，他看著漁于飛雲說道：

「大哥，明天我帶人出去，殺死他娘的！」

漁于飛雲輕皺眉頭，說道：

「列科今非昔比，增加了些許騎兵，幾員小將，再經此一戰，士氣大振，況且，他如今手中有兵力十五萬人，此時出擊，大爲不智。」

「大哥，難道我們就在此等待不出擊了嗎？」

「那也不是，如今敵勢不明，消息很少，如不能探知確切消息，必然要吃大虧，當前緊要任務是偵察敵人的情況，掌握準確消息，知己知彼，方能百戰百勝。」

夏寧博海只是一時氣憤，當然不是沒才幹，聞聽漁于飛雲的話，點頭說道：「大哥說的是，從明天起，我多派人手探聽消息。」

「當然，另外，通知後方再補充一個軍團，請求中路東方闊海大哥增調五千騎兵，同時，讓飛鷹戰隊做好準備，一定要一戰擊潰列科，否則，必將有大麻煩。」

「是，大哥！」

「淳望，明天你前往你東方伯父處，把情況說清楚，再請求五千騎兵增援，不要羞於出口，這是大事情，一點也不得馬虎。」

「是，父親！」

「謀兒，勝敗乃兵家常事，不要放在心上，你與淳望殺敵千里，敗一陣算不得什麼，以後找回來就是。」

「謝謝伯父！」

「淳望、謀兒，此次你們戰敗，有多種原因，一是我們輕敵，出擊過遠，後援沒有跟上，這不怨你們，另一方面敵情不明，以至於有此失敗。但是，我要警告你們倆人一點：聖日地方萬里，千年多來，英雄豪傑輩出，只是以前你們沒有真正地碰上而已，如今，這個叫天雷的力殺六陣，三進三出，武藝之精湛，比你們二人只高不低，另外那個使用重劍的，也是一員虎將，今後，如果你們再敢輕視中原英雄豪傑，必然會吃大虧，這次的教訓，你們一定要老老實實地記住。」

「是，父親！」

「是的，伯父！」

「我再說明一點，這個叫天雷的可怕之處並非他的武藝，而是他的心計，在你們討戰的短短時間內，他能夠想出力殺六陣，鼓舞士氣的辦法，實在是太可怕了。他沒有一心與你們二人交戰，否則也許你們倆就回不來了，他的心事只注重於軍團大戰，鼓舞士氣，以少勝多上面，這是個什麼樣的人才。」

漁于淳望與夏寧謀一聽，才恍然大悟，爲什麼天雷並不真正與兩人交手，只一面而過，衝殺六陣，他的目的是攪亂自己本陣，同時用歌聲豪氣鼓舞己方士兵士氣，最後達到殺退自己大軍的目的。

「父親，這個叫天雷的到底是什麼人？」

「聽探子回報，說從京城方向來了一支原北府軍彪騎營，人數大約有三千人，領隊的就是這個叫天雷的隊長。」

「北府彪騎營？」

「這支北府軍過來的彪騎營作戰十分兇悍，原爲北府軍凱武將軍的一支騎兵部隊，他們多次與北蠻人作戰，經驗豐富，實力絕對非同一般，如今這支部隊隨凱武將軍退回河南，聽說北府軍在凱武走後四散，不想這個叫天雷的竟然來到東部，投靠了列科。」漁于飛雲解釋道。

夏寧博海聽後接口：「既然是北府軍隊，又與北蠻人作戰過，如今仍然有三千人的建制，實力可想而知，絕對不可小視。」

「是的，所以我叫淳望到東方大哥處增調五千騎兵，目的就是要對付他。」

「難道我們的飛鷹戰隊對付不了他嗎？」

「騎兵速度快，身披戰甲，鷹爪不一定能起多大的作用，如果讓他們衝進本隊，後果可想而知，飛鷹士兵如何能夠抵擋住騎兵的衝殺，即使是有一定的效果，也是兩敗俱傷的結局。」

「正是。」

「好了，你們都下去休息吧，明天再說。」

列科將軍恆原城十萬軍隊兩天後到達建城外，與亞術軍團會合，休息一日，拔營向朝陽城方向推進，距離朝陽城三十里紮下大營，又休息一天，列科在晚上悄悄拔營南進，離開營地。天雷命令亞術率軍又休息一日，全軍拔營後撤，沿途挖掘壕溝多處，小股偵察隊四出，全面阻截斬殺朝陽城內的斥候探子，封鎖消息，士兵們士氣高昂，戰意大漲。

楠天、布萊、卡斯、里斯、洛德五人各率領一個百人隊，配合亞術軍團的斥候，偵察地形，截殺敵人暗探，騎兵活躍於朝陽城外三十裏內，快馬奔襲，來如風，去無蹤，遇小股敵人斬殺，遇大隊快速後撤，極其活躍。

漁于飛雲幾天前接到消息，列科率領十五萬人馬向朝陽城方向而來，駐軍在三十里外，沒有向前攻擊，隨後，整個大軍全線後撤，小股騎隊與阻擊部隊封鎖消息，城內偵察部隊出去一批又一批，很少有人回來，他也不敢派出大股的部隊，以防中埋伏損失，焦頭爛額，一點辦法也沒有。

漁于飛雲知道列科將軍是在引他出城決戰，如今列科手中有十五萬人，比自己多一個軍團，如果敵人攻城，十五萬人對十萬守軍不會有好結果，但自己一旦出城，必然會中列科埋伏，所以暫時只好按兵不動。

兩方斥候小股部隊在城外三十里內，展開了較量。

大軍作戰，最忌諱沒有準確消息，漁于飛雲儘管知道派出小股部隊斥候必然會有所損失，但他必須派出，收集盡可能得到的消息，以防情況有變化。

漁于淳望幾天前起程趕赴東雲城，拜見東方闊海，城內小一輩的以夏寧謀為首，大明島高手也不少，隨軍出征的人也有四百餘人，擔任漁于飛雲的親兵護衛，這時為了減少斥候傷亡，漁于飛雲也顧不到許多，令夏寧謀帶領，會合夏寧家的高手，共五百人出城偵察消息。

夏寧謀把五百人分成五組，天黑時分五個方向出發，隱匿行蹤，小心前進，他自己帶領一個百人隊向正西方向搜索。

楠天為五小兄弟之首，帶領一個百人隊封鎖正西方向的消息，左右各兩支百人隊，晚間的時候，他把戰馬放在後方營地，自己帶領兄弟們守候各處。作為斥候，除偵察消息外，保護自己尤其重要，特別是夜間，敵人的偵察隊也比白天活躍，在夜幕的掩護下，是探聽消息的最好時間，也是斥候最危險的時間，一個不注意，就會失去生命，所以楠天一點也不敢鬆懈。

楠天可不是頭一次擔任斥候，在嶺西郡北會戰期間，天雷曾經令他們五個小兄弟擔當過軍前藍爪斥候，與兀沙爾的斥候較量過，可以說經驗豐富，是前軍斥候的最好人選。

月上梢頭的時候，楠天就有一絲不好的感覺，知道有敵人過來了，他揮手令兄弟們隱匿好，仔細向前觀察，借著微弱的月光，楠天看見有人在跳躍前進，一撲一進，聲息幾乎全無，速度之快，也是頭一次見到，明白是高手，時間不大，更多的人出現在月光下，雖不像前幾人那般小心，但也是全無聲息，人數近百。

楠天抽出背後的箭，上弦瞄準前面撲進之人，距離有十幾步遠的時候，弓弦聲響，百十支箭飛一般射向前面的目標，兩輪箭雨後，夏寧謀損失三十餘人，其餘全部臥倒在地，各自找地方隱藏，不敢發出一點的聲響，同時，箭上弦，刀出鞘，準備廝殺。

夏寧謀初出不利，遇到楠天的埋伏，他隱匿行蹤，向前慢慢爬行，藍衣眾有明確分工，前排埋伏的人收起弓箭，抽出兵刃，後面不遠處的人拉緊弓弦，一有動靜立即射擊，兩方人在月光下比耐力、比意志、比信心、比技巧、比武藝，悶聲不響地展開絕殺。

天快亮的時候，夏寧謀知道再也不會有好結果，悄悄地撤退回到城前，人數只剩三十幾人，他一臉的慘然，回到城內一看，各處更慘，甚至有一組只回來幾個人。漁于飛雲背著手在室內來回走動，夏寧博海坐在一旁，一言不發。

「列科到底從何處找來這麼多的好手，難道中原武林的好手都過來了？」漁于飛雲突然停下腳步，語氣沈重地問夏寧博海。

「也許吧！」

「從謀兒他們昨晚出去的情況看，絕對是軍中高手中的高手，無論埋伏、阻截、搏殺，無一不是經過專門訓練的人，列科有這群高手相助，以後這仗不好打了。」

「可不是，大哥，想起來可真是的，我們派出去的人都是你我兩派中的好手，竟然失敗得這麼慘，對方實力絕非小可。」

「吩咐下去，斥候儘量少派出，減少損失。」

「那總不能這樣吧，大哥！」

「等淳望回來再說，騎兵配合大隊步兵一起出去，步步爲營，我就不相信列科能怎麼樣，暫時先等待。」

「好吧！」

在夏寧謀撤回的同時，楠天等各組也逐步撤回，清點損失，減員三十四人，負傷者二十幾個，楠天心中大痛，彙報天雷，好好安葬兄弟，加強巡視戒備。

東原郡府城東原城內的文嘉將軍幾天前接到列科的傳訊，說北線可保暫時無事情，願意配合中路擊退敵人，文嘉大喜，詳細詢問了使者情況，列科的佈置約定，立即調整軍隊，準備兩面夾擊，擊潰中路的東方闊海。

目前，在中路戰場上，東原城前方駐守著東方闊海二十萬軍隊，時間有十天左右，大軍正在休整，準備攻城。文嘉部軍隊不足二十萬人，實力比不上東方闊海。加上對方手中有飛鷹戰隊兩萬多人，一直處在下風。如今，列科與他約定於十日後從北、西兩個方向出擊，正面與右翼由文嘉負責牽制，左翼由列科十萬人馬攻擊，以打破當前的形勢，擊退東方闊海，暫時穩定防線。

東方闊海這兩天眼角一直跳，感覺有些不安，不知道有什麼事情發生，他把這事情與司空傲雪一說，司空傲雪笑道：「大哥也真是，眼角跳兩下也不是什麼大不了的事情，難道文嘉還有什麼辦法解除當前的局面不成？」

「說得也是，可是我就是感覺不大好。」

二人正說著話，東方秀領著漁于淳望進來，二人看他一副頹喪的樣子，知道北線出事情了，忙拉過漁于淳望詢問，得知他在建城外戰敗，損失四萬人馬，如今到中路求援，又得知列科得到北府軍隊過來的彪騎營支援，實力增加，需要支援五千騎兵，東方闊海同意。

談話間，漁于淳望對天雷多加讚賞，言語間流露出讚歎的意思，東方秀在旁聽後皺皺眉頭，接過話說道：「淳望，那個叫天雷的真如你說的那麼厲害，莫不是你害怕了？」東方秀與漁于淳望兩人私交頗好，無話不談，所說的話也沒有什麼顧忌，也不怕他生氣。

漁于淳望臉色微微一紅，然後正色說道：

「大哥，你也知道我不是那種沒見過世面之人，武藝兄弟敢自傲。這個天雷絕對非同一般，他不但武藝高強，心計尤其突出，小弟絕非對手，不如大哥與我一同回去，我們一起會會他一下如何？」

東方秀這才吃了一驚，他與漁于淳望相交多年，深知淳望的狂妄，如今竟然這樣推崇這個叫天雷的人，實在是他沒有想到的事情，同時也感到天雷實在是值得一會，他馬上面對著父親說道：「父親大人，我想和淳望一起去會會這個叫天雷的人，望父親答應。」

「好吧，既然你如此說，那麼就由你率領五千騎兵趕赴朝陽城，幫助你漁于叔叔，會會這個叫天雷的人。」

「謝謝父親！」

這時候，司空禮聽說漁于淳望過來，忙進來探望，正巧聽說東方秀要到朝陽城一會一個叫天雷的人，他趕緊進來，大聲說道：「伯父，請允許我和大哥一起前往，一會這個叫天雷的人如何？」

司空傲雪一聽兒子的話，笑哈哈地說道：「好，好，禮兒，正好你與秀兒一同前往，見識一下豪溫家族的北府騎兵。」其實，他哪裡願意讓東方秀與漁于淳望兩個人一起對付天雷，讓他們兩家獨佔鰲頭，一心想著爲兒子立功。

第三章　力壓東方

東方闊海那裏會不懂得他的心事，但也沒有反對的理由，自己的兒子能去，爲什麼人家的兒子就不能去，只好同意，這下好，前鋒一下走了兩員大將。

當下，三個青年一起出去，來到外面東方秀的大帳篷內，東方俊、東方雲、東方美以及司空明、司空秀梅聽說漁于淳望過來了，一同到東方秀的大帳篷內探望，好不熱鬧。

東海聯盟這次征伐中原，是幾十年來的頭等大事，準備極其的充分，小一輩的都要求隨軍前往，六家主也很高興，欣然同意，並命令各個少主公子爲正副先鋒，其餘子弟隨軍聽令，對於小一點的如東方雲、東方美及司空秀梅等只是充數而已，哪能讓他們衝鋒陷陣，只跟隨家長身邊傳令等事情罷了。這時看到北線的漁于淳望過來，格外的高興。

東方美是東方家族唯一的寶貝女兒，她年紀最小，只有十六歲，長相清秀，十分俊美，平時在東海時，就與漁于家族的女兒漁于淳潔交好，對漁于淳望就如同哥哥一般。看見他過來，問這問那，得知自己的哥哥東方秀要到朝陽城去，會什麼一個叫天雷的人，高興得也要去跟去，同時也想去看看漁于淳潔。

漁于淳潔從小與東方秀訂親，東方美與她關係好，她聽東方秀不同意帶自己去，就跑出去找父親東方闊海，纏磨了半天，東方闊海想她到朝陽城與漁于淳潔在一起，也不會出什麼事情，加上實在也害怕她，最後終於同意，東方美跑回來告訴大家，其餘的兄弟姐妹都很羨慕。

第二天，東方秀開始整頓騎兵，精心挑選出五千人馬，再重新編組，稍加訓練，準備三日後起程。東方秀與漁于淳望、司空禮率領五千騎兵趕赴朝陽城，五千人順大道向朝陽城進發，一路快馬加鞭，與二十里外小心運動的列科部擦肩而過

列科將軍晚間悄悄出發，十萬步兵小心向南前進，行動速度緩慢，以便調整體力，配合東原城內的文嘉部作戰，他在白天儘量休息，天黑後前進，一百三十公里的路程走了整整五個晚上，來到東原城東北部的大楊莊，安下大營，此處距離東原城有將近三十餘里路，距離南面的東方闊海大營二十多里，是事先與文嘉約定好的地點。

文嘉將軍的聯絡官兩天前就達到大楊莊，見到列科將軍後，把約定的事情又確認一遍，並詳細介紹了文嘉的作戰方案、時間、地點，以及要求列科發起攻擊的時間、地點，列科將軍聽後，沈吟了一下，對發起攻擊的時間提出了一些修改。經過五夜的行軍，列科和他的部隊已經適應了晚間的行動，所以，他提出文嘉最好把發起攻擊的時間定在傍晚時

分，進行夜間作戰，這樣一來有一個最大的好處，就是東方闊海的飛鷹戰隊在夜間是否還能發揮到像白天一樣的作用。如果文嘉將軍同意，明天太陽落山的時候，首先由文嘉部發起突擊，隨後，列科部從北部策應，擊潰敵人中路。

按照約定，在明天中午前，文嘉仍然沒有派使者來就表示同意，雙方將按時發起攻擊。

東原城內的文嘉將軍這兩天十分興奮，不管是什麼原因，列科部能夠抽出足夠的兵力配合中路作戰，擊潰當面的東方闊海部，就是最大的喜訊，同時，在他的心裏，也有許多爲什麼，但當前沒有時間，作戰的方案，部隊的調整、配置等等事情一大堆，別的事情連想都不敢想，對於使者回來後，說列科提出晚間作戰的想法，文嘉將軍大喜，這樣一來，可以在無形中降低飛鷹戰隊的作戰能力，減少自己的損失，他當即同意，並迅速作出反應，對晚間作戰的注意事項做了充分的準備，並讓部隊自己解決實際問題，克服夜間作戰的困難。

嘉東家族經營東海郡近百年，門人子弟多不勝數，東方兵團內的軍官都是自己的子弟，團結自不用擔心，近二十年來，文嘉鞏固自己家族的勢力，並致力於培養新一代，頗有成效，特別是他的兩個兒子，長子嘉萊、次子嘉興，都是年輕一代的俊傑，爲抵抗東海聯盟南線的正副主帥，小女兒嘉莉如今十六歲，跟隨父親左右，其餘各軍團長也是家族的佼佼者。

十二月十六日，晚霞把聖拉瑪大平原東部照得通紅，東原城沐浴在夕陽裏，顯得格外的美麗，而城內士兵整齊地排著隊伍，靜靜地等待著主帥的令下，奔赴戰場廝殺。

文嘉將軍帶領著四個軍團長從帥府內大步走出，跨步走上簡單搭建的講臺，他威嚴的目光緩緩地掃過每一個士兵的臉，然後用慷慨激昂的聲音說道：

「聖日的勇士們，嘉東家族的驕傲們，我將帶領你們去殺退侵略我們家園的敵人，拿出你們的勇氣，用你們的長槍大刀狠狠地殺擊敵人，用敵人的血證明你們是我的驕傲、家族的驕傲、聖日帝國的驕傲！」

「殺擊敵人，還我家園！」

「殺擊敵人，還我家園！」

士兵被文嘉簡單的話語激起了豪氣，喊聲震天。

「勇士們，這次列科將軍從北線抽調十萬精兵支援我們，讓我們一起，用我們的勇敢證明東海子弟兵是不可戰勝的！」

「我們是不可戰勝的！」

「出發！」

文嘉將軍首先走下講臺，上馬提刀，向城門方向而去，隨後，四個軍團長各自走到自己隊伍的前面，上馬出發。

文嘉將軍來到城門前，大喝一聲：

「開城門。」

東原城門在文嘉將軍的喝聲中緩緩拉開，文嘉將軍一馬當先而出，隨後的四個軍團依次列好隊伍，帶著凜然的殺氣，向十里外的東方闊海大營殺去。

二十萬大軍行動，城外東海聯盟探子早就聽到了動靜，快馬飛報東方闊海，中路軍在東方闊海一聲令下後立即出營，剛剛列好隊伍，文嘉將軍的大軍已經距離不遠，高高飄揚的帥旗迎風飄擺，四個軍團列著整齊的方陣出現在視野裏，前排士兵手提著高大的盾牌，猙獰的盾面在晚霞裏看上去格外冷森，後面士兵手裏舉著長槍大刀，槍尖泛起點點的寒星，如夜晚的星河，大刀映照晚霞，閃動著一條條寒冷的光芒，滾動著刀浪，他們邁著堅定的步伐向前走來，毫無懼意，森冷的目光裏閃動著殺意。

東方闊海看著滾滾而來的敵人陣式，心中納悶，文嘉擺出的是中右攻擊陣式，一面兩個方陣，各十萬人，三萬騎兵在右後翼壓陣，左翼幾乎沒有掩護和攻擊力，難道文嘉放棄左翼進攻就不怕被側翼突破包圍？如果以這樣的陣勢就想取勝，只有一個辦法：左翼另有敵人的援軍。

他想了想，左翼敵人只有北線的列科部，難道列科已經擊潰漁于飛雲嗎，絕對不可能的，但文嘉擺出如此的陣式，也只有這個解釋，他不敢輕易移動左翼部隊攻擊，等待看左翼的反應再說。

眼見著中右翼兩軍越來越近，文嘉軍隊的士氣越來越強盛，東方闊海知道如果再不下令出擊，則必然大挫本方士兵的士氣，他高聲傳令：「右翼出擊！」「騎兵準備！」

東方闊海本陣士兵二十四萬左右，其中步兵二十萬，騎兵二萬二千人，飛鷹戰隊二萬，而騎兵佈防在右翼，同樣保持在右翼防止文嘉騎兵突破，飛鷹戰隊保持在後陣，作為突擊力量。

出擊部隊為右翼的兩個方陣十萬人，左翼兩個方陣沒有動，東方闊海不像文嘉把所有的部隊全部投入，連預備隊都沒有留下，以防止左翼發生突然情況，但是，十萬對二十萬衝擊，兵力顯然不夠，時間不長，他又下令中軍的五萬人投入戰鬥，仍然留著左翼的一個軍團和飛鷹戰隊七萬人，以防變化。

這時候，司空傲雪看出本方部隊仍然處於劣勢，以詢問的口氣說道：

「大哥，是否下令最後一個軍團從左翼發動攻擊？」

「傲雪，以你帶兵的經驗，可敢放棄左翼攻擊？」

「這……大哥，當然不敢了，但是……」

「我想文嘉敢這樣做，一定是有他的道理，那就只有一個可能，他另有伏兵支援，再等等看吧！」

正說著話，從遠處快馬而來一個哨探，他人還沒有下馬，嘴裏就喊道：「列科軍團從後面上來了！」

「小聲說話！」東方闊海喝聲的同時又問：「有多少人馬？」

「大將軍，敵人最少有兩個軍團！」

「還有多遠？」

「估計只有一里多的路程！」

「該死的，怎麼才發現？」司空傲雪大聲罵道。

「這……」

「傲雪，如今不是發脾氣的時候，馬上命令全軍後撤，騎兵軍團和飛鷹戰隊掩護，快！」

隨著東方闊海話落，後面傳令兵已經吹起了號角，悠揚的號角聲起伏頓挫，長短不一，騎兵迅速穿越過步兵的交戰處，截斷文嘉的攻擊，飛鷹戰隊的飛鷹迅速騰空而起，士兵邁著整齊的腳步快速前進，交戰的步兵爲之一頓，步兵在軍官的喝聲中快速後撤，井然有序。

文嘉將軍在後面率領騎兵部隊壓陣，看見東方闊海騎兵和飛鷹戰隊飛出，步兵快速後撤，知道必是列科部已經發起攻擊，並被發現，如今雖還沒有投入到主戰場，但已經發揮了作用，當前他的任務是拖住敵人，等待列科部投入，當下他大聲下令：

「擂鼓發訊，全軍攻擊，給我拖住敵人！」

騎兵快速斜插而上，與敵人混戰在一起，經過這一陣騎兵投入混戰，東方闊海部得到一定的喘息時間，步兵已經脫離一小段距離，這時候，飛鷹戰隊的飛鷹已經發揮作用，從空中俯衝，在前方士兵中墜落，人鷹混戰，一陣忙亂，文嘉部暫時被迫減慢進攻速度。

這時候，列科部已經從左翼發起了攻擊，東方闊海利用手中僅有的一個軍團組織抵抗，掩護大軍撤退。

戰局雖然對東方闊海十分不利，但是，東海聯盟軍隊畢竟是訓練有素的勁旅，在這樣不利的情況下，部隊沒有慌亂，各大世家的高手也發揮了極大作用，他們站在士兵的最前面，一邊抵抗著敵人的追擊，一方面掩護大部隊後撤。文嘉部攻勢雖然兇猛，但也沒有突破後撤部隊的防線，特別是騎兵與飛鷹戰隊拼死抵抗，減緩了大部隊的追擊速度，雖自己傷亡很大，但還是爲大部隊贏得了後撤的時間。

掩護撤退的士兵個個用命，拼死也不後撤一步，步騎兵四萬餘人用對家族的忠誠、勇氣、果敢、鮮血和生命贏得了榮譽，贏得了敵方士兵的尊重，他們沒有一個人從戰場上下來，全部獻出了生命。

列科將軍的攻擊與文嘉部相差有兩刻鐘時間，同時，由於爲加強隱蔽性距離較遠，所以投入戰場的時間較晚一些，等到達主戰場時，東方闊海已經下令全軍後撤一段距離，同時爲了掩護後撤部隊，拿出了手中的兩支王牌，不計犧牲全力掩護後撤，贏得了時間，擺在列科部面前的，是一支掩護主力後撤的一個完整軍團，他們個個用命，死戰不退。

列科將軍看東方闊海撤退已有一定的距離，馬上命令部隊對這一軍團實施包圍，文嘉將軍看見列科部的移動情況，命令全力配合，激戰到第二天天亮，殲滅東方闊海全部的阻截部隊，大戰告一段落，文嘉、列科取得了與東海聯盟開戰以來第一次重大的勝利。

此次會戰，從雙方的傷亡人數上看，兩軍不相上下，東海聯盟損失十萬人左右，文嘉與列科部共計九萬餘人，但是，從軍隊的質量上看就相差懸殊，東海聯盟傷亡一個整編軍團，二萬人的飛鷹戰隊和騎兵部隊兩萬人，全部爲東海聯盟中的王牌主力部隊，而文嘉和列科部損失的僅僅是一些普通的士兵，雖然文嘉的騎兵也損失慘重，幾乎全部被打殘，但這個代價是值得的，從戰略意義上講，文嘉與列科阻止了東海聯盟進軍的腳步，打破了飛鷹軍團不敗的神話，極大地鼓舞了士氣，暫時穩定了中線戰局。

東方闊海一邊回撤，一面生悶氣，從開戰至今三年來，東海聯盟從沒有這麼巨大的損失，雖然傷亡不是很大，但全部都是他的嫡系心血，如果不是他當時當機立斷，後果不堪設想，雖然這次會戰失敗有種種原因，但是，北線的漁于飛雲仍有不可推卸的責任，列科軍隊爲什麼會突然出現在中線，爲什麼在這樣的時刻，漁于飛雲要求騎兵支援，調走部分主力騎兵，他心中惱火，傳令親兵向朝陽城的漁于飛雲詢問。

東方秀、司空禮和漁于淳望帶領五千騎兵部隊，頭一天晚上來到朝陽城，漁于飛雲和夏寧博海在帥府接見了幾個少輩，晚間設宴爲東方秀、司空禮洗塵，漁于淳望、夏寧謀、東方美和漁于淳潔在席。席間少不了熱鬧，談及東方秀和漁于淳潔的婚事等，更多的是談論這次列科不知從什麼地方請來了這麼多的高手，至令北線呈現如今這種不利的局面。

天雷這個人及二千多騎兵的到來，令漁于家族與夏寧家族蒙羞，眾人議論紛紛，特別是小一輩的個個擦拳磨掌，準備天一亮後即刻起兵攻擊，讓天雷接受教訓等等。

第二天天一亮，從朝陽城東門方向傳來馬的鑾鈴聲響，士兵開城門讓來人進入，見是中軍東方家族的親信，不敢阻攔，來人快速進入帥府，求見漁于飛雲，時間不是很長，漁于飛雲出廳接見來人，親衛把事情的經過一說，當時他臉色發青，一言不發。

這時，夏寧博海和東方秀等人陸續進入大廳，聽得雖然不是很全面，但是也知道列科率部偷偷南進，配合文嘉攻擊中路東方闊海，現在中路形勢十分不妙，但是，就算北線出兵增援也來不急了，令漁于飛雲和夏寧博海不能接受的是，自己竟然一點也不知道這種情況，況且還在朝陽城畏縮不出，靜候中線備受打擊，至遭受東方闊海的詢問，這是極大的恥辱。

這個恥辱是他們自己造成的，怨不得別人，而列科就這樣無聲無息地在他們面前走掉了，造成盟軍的重創，而自己面對的，只不過是敵人的一個空城計，這種恥辱就連剛剛到達的東方秀、司空禮也是無法接受的，他們一個個臉色發青，憤怒的火焰在眼中熊熊燃燒。

漁于飛雲突然仰天大笑道：

「好，好，好一個天雷，好一個列科，好一個空城計，漁于飛雲得到如此的侮辱是應該的，可是，漁于飛雲只有用鮮血染紅北線建城，方能洗刷去這種奇恥大辱！」

他看了眼站在眼前的人大聲罵道：

「都站著幹什麼，還不馬上整頓軍隊出發，不把建城染紅，我們有什麼臉面去見中線的全軍將士，見東方老哥哥！」

東方秀、司空禮、漁于淳望等轉身出去，號角聲立刻響遍全城，士兵緊張而有序地列隊，東方秀、司空禮、漁于淳望三人披掛整齊，命令開城，五千騎兵上馬奔出，一路向西，而他們心中的憤怒感卻沒有絲毫的減弱。

三人率領騎兵出城有五里遠，就聽見前方炮聲轟響，一支騎兵出現在眼前，東方秀擺手勒住戰馬，五千騎兵按次序列陣，同時舉目向前看去。

就見前方出現的騎兵人數有二千五百餘人，分成五個方陣，每一個陣式之間的距離卻比較大，有五百米，中間的一個方陣，漁于淳望仔細一看，認識正是天雷率領的五百人隊，士兵個個盔甲鮮亮，大旗幟隨風呼啦啦地飄擺，斗大的三個字「彪騎營」特別醒目。天雷立馬橫槍站在旗角之下，臉上掛著笑意，左右各有兩個騎兵方陣，各五百餘人，同樣的盔甲裝束，同樣的旗幟，靜靜地等在原地。

漁于淳望指點著天雷向東方秀和司空禮介紹，同時提醒二人小心，因爲他發現天雷的陣式過於鬆散，懷疑他早有準備，防止中埋伏。

東方秀和司空禮二人心中的怒火漸漸地平息下來，聽著漁于淳望的介紹，仔細打量著天雷，兩軍距離約有五百米，但二人目力非常好，看得十分仔細，怎麼看，天雷也不像眾人所說的那樣勇猛，稍微單薄的身材，白淨的臉，面帶微笑，倒像是個體弱的書生，只是一身盔甲略微顯得有些軍人的氣質，要說他計謀出眾二人相信，說到勇猛異常，他們是說什麼也不能理解。

當下，東方秀催馬上前，高聲說道：「對面可是彪騎營的天雷隊長嗎？」

天雷聽著東方秀說話，也提馬上前一段，高聲回答道：「正是，敢問對面你是那一位將軍公子？」

東方秀聽後，皺皺眉頭，強壓湧起的憤怒，天雷的話有輕蔑的含義，他再次說道：「我是東方秀，家父東方闊海！」

「東海第一公子，天雷有幸了，今日一戰，東方公子不知怎麼個戰法？」

「東方秀早聞聽天雷隊長武藝高強，槍法出眾，不知可否與東方秀一戰？」

「今日一戰，關係北線前鋒大任，天雷不敢因私廢公，我們二人一戰時間多得是，今天就免了吧，天雷只希望兩軍搏殺，早些解決閣下這些騎兵。」

東方秀再也忍受不住心中的怒火，他大笑道：「好大的口氣，就憑你這區區兩千五百餘人就想解決我東方秀五千騎兵嗎，好，我就來領教，請！」

「請！」

二人撥馬而回。

東方秀回到本隊後，對著司空禮、漁于淳望說道：「剛才你們可聽見了，天雷想憑他這區區兵力就想解決我們，實在是豈有此理。」

司空禮接過話說道：「大哥，我看他們的陣式，每陣不超過六百人，且距離較遠，鬆散而不方便支援配合，我們以五個千人隊抵住圍殺，不讓他們靠攏，你看可好？」

漁于淳望也在旁補充說道：「我們以兩倍的兵力圍殺一組，注意防範他們互相靠攏配合支援，相信他們就是有什麼變化，也不讓他們動彈，分割包圍，一個一個殲滅。」

「好，就這麼辦，你們左右各領二個千人隊衝擊包圍，中間的天雷就交給我了，開始吧！」

五個千人隊長在身後聽完，精神大振，司空禮在左，漁于淳望在右，四個千人隊催馬齊出，各奔自己的目標，東方秀立馬沒動，觀看著左右的形勢，壓住陣腳。

騎兵作戰不同於步兵，千八百米的距離轉眼即至，天雷左右的布萊、卡斯、洛德、里斯各率領一個五百人隊，見對面敵人快馬奔出，放下手中的兵器，摘弓抽箭，催馬斜向而上，並不迎向敵人的正前方，而是向周邊，並保持一定距離。

待兩軍近在百米時開弓放箭，每人射出兩箭後撥馬而走，與敵人本隊脫離，並不接觸，斜轉向外，邊走邊射，他們在馬上左右搖擺，或坐或臥，或左或右，但手中的弓箭卻始終不停止發射，在方圓十里內展開了遊騎箭射，四下兜圈子，同時，他們並沒有什麼本隊他隊之分，左右的兩組只要夠距離，不管是那一個隊的敵人，一陣騎射後斜向就走，始終不與敵人近戰。

在第一輪箭雨後，東方秀就感到情況不好，他大聲提醒：

「注意敵人的弓箭！」

司空禮和漁于淳望也注意到了對手騎射的本意，他不時地提醒本隊：

「注意敵人的弓箭，注意！」

兩軍沒有接觸，但箭雨紛飛，司空禮和漁于淳望的騎兵已經從馬上墜落多人，待到大幅度兜上圈子後，他們就只有挨打的份，不時有人中箭落馬，情況十分不妙，東方秀大急。

東海聯盟的騎兵無論是馬術，還是騎射，當然比不上大草原藍鳥谷出身的藍衣眾，藍衣眾個個都是弓騎兵，箭法精準，騎射無比，東海的騎兵並不是從小就長在馬背上，他們是後天訓練出身，箭法也會，但他們在馬上射箭的準確度，無論如何也比不上藍衣眾，兩個圈子下來，每個千人隊各減員二到三百人。

東方秀在馬上氣得大罵：「天雷，你們像兔子一樣逃跑，這也是騎兵作戰？」

天雷立馬在他的對面，聽見東方秀的叫罵聲，微微一笑道：

「東方秀，就憑你也懂得騎兵作戰，今天我就好好地教教你，什麼才是騎兵作戰，變百人隊形。」

身後號手吹響號角，戰場上迅速出現了變化。

藍衣眾快速分離，以百人爲一組，分散的面積更加大，鬆散更寬，但每一個百人隊不離漁于淳望和司空禮千人隊左右，交叉攻擊，一二箭即走，團團圍住，前後左右儘是藍衣眾，倒形成了五個百人隊包圍一個千人隊的奇異景象。

東方秀看著士兵一個個從馬上落下，心如刀割，他額頭青筋凸起，臉色變青，再也忍受不住，大喊一聲：「攻擊！」率領千人隊直撲天雷。

天雷在馬上大槍一擺，喝聲：「殺！」

楠天率先催馬而出，身後藍衣眾重劍、長刀高舉，在豔陽下反射出寒光殺入敵陣。

漁于飛雲和夏寧博海率領兩個步兵軍團起步較晚，十里路對於步兵來說，還是需要費一定的時間，遠遠地落後在東方秀的騎兵後面，等待中午時分趕到十里外的戰場上，遠遠就聽見喊殺聲。

戰場共在五個地區展開，左右兩軍與中央戰場殺法不同，有五個百人隊團團圍住己方的四百餘人在交叉射殺，簡直就是在馬上練習騎射，而在中央，就見敵人彪騎營的旗幟不時地移動，東方秀部與敵人拼死力搏，人數相當，在敵人每一次的衝擊下，就有多人落下馬來，知道東方秀頂不住多少時間了，他果斷命令步兵分出五個萬人隊接應，從東向西兜上，企圖對敵人實施分區包圍，欲與殲滅。

天雷其實並沒有盡力在與敵人拼殺，他不時地注意整個戰場上的情況，監視東方的動靜，見漁于飛雲的大旗遠遠地出現，知道敵人主力步兵上來了，他趕緊傳令撤退，號角吹響，各個百人隊漸漸的會合，向西慢慢地退去，邊走邊射箭，壓住敵兵追擊，撤出戰場。

東方秀看著遠遠退走的敵人，欲哭無淚，他頭一次感到失敗是什麼滋味，在天雷教訓他什麼是騎兵作戰的時候，他還有被侮辱的感覺，但是在敵人退走的剎間，他深深感到天雷的強大，不可戰勝，自己的渺小、無知，他頭一次感到自己對騎兵認識的不足、幼稚，天雷的教訓，他心服口服，他呆呆地望著遠去的旗幟，滿面的頹喪。

「賢侄，不要悲傷，勝敗乃兵家常事，這算不了什麼！」漁于飛雲來到東方秀的面前，安慰地說著。

漁于飛雲趕到戰場的時候，天雷已經率領騎兵撤離了戰場，只留下滿目的淒涼，己方的士兵橫七豎八地躺在空曠的野地上，到處是遊蕩的戰馬和躺在地上的旗幟，能夠撤回在東方秀、司空禮和漁于淳望身邊的士兵不足兩千人，個個臉上帶著驚恐和憂傷。司空禮和漁于淳望也是一臉頹喪地呆在東方秀的身邊，一言不發，楞楞地看著西方漸漸淹沒的旗幟。

第四章　東原大捷

「傳令全軍休息，整理戰場，派出斥候偵察，明早發起攻擊，一定要消滅天雷部。」

「是！」

漁于飛雲扶下馬上的三人，整理一下他們的盔甲，他用長輩無聲的關懷溫暖著他們失落的心，臉上帶著關切、堅毅和笑容。

「父親，叔叔！」

漁于淳望和東方秀、司空禮三人落下淚來。

「別哭，不就是敗了一陣嗎！你們從東海一路殺到這裏，縱橫千里，未嘗一敗，有一次這樣的經歷是好事情，只要你們堅定信心，一定能夠戰勝這個叫天雷的！」

東方秀首先恢復心神，他看著漁于飛雲感激地說道：「謝謝叔叔，我記住了，我一定要戰勝他！」

「我也是！」

「我也是！」

司空禮和漁于淳望兩人齊聲回答，東方秀看著兩人，伸出手來，三個人同時把手緊緊地握在一起，他們一起說道：

「我們發誓：戰勝天雷，縱橫中原！」

在一旁的親衛及士兵也激動地喊道：

「戰勝天雷，縱橫中原！」

漁于飛雲看著三個年輕人心懷略安。

晚霞從遠處漸漸地西落，如血的殘陽格外鮮紅，情景醉人。

列科和文嘉並肩走在東原城外的曠野上，遙望著西下的斜陽，感慨萬千。從今天早上起，兩路大軍會合，合力圍殺東方闊海殘部阻擊部隊後，清理戰場，兩個人就站在了一起，文嘉將軍多次提及北線的情況，列科只是微笑著用簡單話語略作回答，時而用話語岔開，但是，他還是明確告訴文嘉，北線在最短的時間內不會有什麼問題，但等明日他就會回軍。

當文嘉詢問天雷彪騎營的時候，列科告訴文嘉，天雷的到來緩和了東線的局勢，東方闊海一定會暫時停止進攻，重整旗鼓，眼下已經沒有什麼疑慮了，但是，在他的臉上，仍然掛著擔憂的表情。

晚間的時候，天雷派快馬傳訊給列科，述說漁于飛雲部已經出朝陽城西進，希望列科在明天早上時出發，全力攻城爭取拿下朝陽城，如果漁于飛雲回軍朝陽，則退回建城，餘事請放心。

文嘉將軍在旁聽到傳訊的內容，臉上帶著擔憂的表情說道：

「列科大哥，天雷能否頂住漁于飛雲的攻擊？從這裏到達朝陽城最少也要三天的時間，他能行嗎？」

列科微微一笑說道：「如果我們不相信天雷，只怕在東部戰區就沒有人有這個實力了，事情已經到了如今這種地步，也只好相信他了。」

天黑的時候，第二個斥候又過來傳訊，告訴列科說，東方秀率領的騎兵五千人幾乎全被殲滅，漁于飛雲只前進了十多里後就安營紮寨，請他放心，明早安心迂迴攻擊朝陽城，列科和文嘉聽後大喜，懸掛的心這才放下一半了。

文嘉將軍仔細詢問了天雷殲滅東方秀騎兵的情況，列科和文嘉聽斥候與高采烈的訴說完，當時就呆住，天雷竟然只用兩千五百名騎兵去對付一倍的敵人，並獲得全勝，幾乎沒有什麼損失，這怎麼可能呢。

呆了一會兒，列科突然大笑道：「漁于飛雲，你遇見天雷算你倒楣，相信你東海聯盟還沒有人能擊潰天雷的部隊，就憑你手中區區十萬人馬可真是夢想，文嘉，安心吧，漁于飛雲如果再不知進退，必敗無疑。」

文嘉將軍看列科開懷大笑，倍受感染，同時也知道列科隱瞞了什麼，但也不好追問，只要擊潰漁于飛雲部，東部戰局就趨於穩定，什麼事情以後再說。

第二天天一亮，列科將軍整頓軍馬，率領八萬四千人向朝陽城進發。

漁于飛雲經過一夜的休整，穩定了幾個小輩的情緒，天一亮整軍出發，一路向西走出二十里，大軍停下腳步，他和眾人到前邊一看，就見前方利用地形稍微高一點的優勢，挖掘出許多戰壕，處處壕溝縱橫交錯，整體成「工」、「井」形狀，約有萬餘人的軍隊駐守在壕溝中，且多爲弓箭手，弓上弦，正靜靜地等待著大軍的衝擊。

幾個人面面相覷，無話可說，天雷擺出這樣的陣勢，明顯就是要進行阻擊，並有效殺傷敵人，保全自己，陣地阻截並不是什麼新花樣，沒什麼新鮮的東西，甚至有些可恥。在騎士的眼中，這是無賴的表現，但對於防守一方來說卻十分有利，如果漁于飛雲手中有強大的騎兵，這不算什麼，騎兵速度快，耽擱不了多少時間，迂迴截殺甚至有利，但對於全步兵來說就不是那麼回事情，要麼費時間，要麼傷亡犠牲很大。

天雷明顯地在浪費漁于飛雲的時間，因爲他知道列科已經從東原城出發，向朝陽城方向運動，只要堅持三二天就可以。

漁于飛雲知道敵人的意圖，他只好下定決心，不惜士兵的傷亡爭取時間，他馬上傳令，命令一個軍團攻擊前進，餘部隨後跟進。

士兵列著隊形，互相保護前進，前排士兵手提高大盾牌，後排士兵互相間進行保護，防止箭雨的殺傷，他們以軍人特有的對家族的忠誠和勇氣，大踏步前進。

頭道陣地中指揮的是兀沙爾，他喝著口令，叫喊著士兵準備，同時眼睛注意著敵人進攻的距離，在敵人前進到陣地前八十米時命令放箭，近萬人的弓箭一起發射，景象極其壯觀，況且，士兵放箭的角度較高，放過前排的盾牌手，專射殺後排的士兵，這種射法雖殺傷力不強，但可以令士兵受傷，失去暫時的攻擊力。

前排盾牌手顯然加快了速度，但是只前進了三十米就遭遇到陷阱，一個個摔倒在地，這時，弓箭就會從盾牌的缺口處射進，大量殺傷敵人，越往前走陷阱越多，士兵傷亡越大，五十米的距離，實在是讓攻擊方的士兵望而生畏，死亡近在咫尺。

身邊的軍官吆喝著前進，鼓舞士兵的士氣，手中的武器不時地撥開身前的箭羽，快速向戰壕靠近，陷阱一個又一個地塌下，士兵倒下後就跟不上隊伍，留在後隊療傷。

兀沙爾看敵人距離戰壕只有二十餘米，開始命令士兵撤退，士兵把身邊的油罐打翻，分批迅速從「工」、「井」形中央通道後撤，準備發射火箭。

待全部撤出戰壕後，看到敵人大量越進戰壕，兀沙爾命令發射，幾百支帶著火焰的箭射進戰壕內，大火頓時燃燒而起，士兵帶著渾身的火光，叫喊著衝出戰壕，在地上滾滅火焰，兀沙爾立即命令射箭，退守第二道戰壕。

這一陣攻擊，漁于飛雲的一個前鋒軍團死亡不大，但傷者極多，有的被箭羽射在身上，有的被火燒傷，更多的人被陷阱扎傷，痛苦的叫喊聲響成一片。

漁于飛雲命令繼續進攻，士兵連續突破三道防線，向前推進有二十里才停止住腳步，統計傷亡者有兩萬餘人，大軍頓時拉開了距離，形成長長的一條，為了有效地保護傷兵，漁于飛雲又派出一萬人保護，配合糧草等物資一起落在後面。

東方秀、漁于淳望等人看傷者眾多，情況十分不利，忙提醒漁于飛雲，這時，漁于飛雲也注意到了這種情況，只是比他原先意料中的傷亡情況還要好些，他也沒有辦法，既要搶時間，又要消滅敵人雪恥，沒有犧牲是不行的，只是如果繼續下去，十萬人馬到達建城就不剩餘什麼了，看來要另想他法了。

晚間，漁于飛雲和夏寧博海召集眾人開會，商議對策，眾人一陣沈默後，開始七嘴八舌地議論，提什麼樣的建議都有，最後，由漁于飛雲總結制定了第二天的攻擊計劃。

天亮後，東方秀和司空禮、漁于淳望三人率領僅剩餘的二千騎兵向右繞道而行，進行迂迴。正面，大軍以百人隊為一組，分散開來，擴大攻擊面，全力攻擊。一個軍團五萬

人分成五十個組，在兩家族高手的率領下直撲敵人陣地。

正面的攻擊取得了意料中效果，一上午就突破了天雷二處陣地，推進有二十里，再向西望，戰壕溝也基本上不多見了，漁于飛雲大喜，眾人精神振奮，稍作休息，下午繼續攻擊，爭取在傍晚前突破所有的戰壕陣地，快速向建城方向。

東方秀等三人率領的騎兵迂迴部隊在西北十五里處，與楠天的兩組人相遇，楠天重施故伎，騎射快攻，東方秀經過前次的失敗，想出了對付的辦法，周邊盾牌手列陣，裏面弓箭手射殺，雖移動不是很靈活，但整體陣型牢固，攻擊力大大提高，楠天無法，只有與東方秀糾纏，雙方都失去作戰本意，不久撤回。

下午，漁于飛雲突破所有戰壕防線，傍晚時分下令休息，眾人無不高興，喝酒慶祝，早早安歇。

睡至後半夜，漁于飛雲等人被喊殺聲驚醒，大火沖天而起，映得夜空半邊天通紅，騎兵的馬蹄聲遠遠可聞，漁于飛雲等人急忙上馬向後營，這時敵人已經撤走了，士兵從驚慌中清醒過來，但大營已經是一片淒慘景象，所有的帳篷幾乎全部燃起大火，糧草在大火中已經燒得不剩，漁于飛雲仰天長歎，一臉的頹喪。

天亮後，滿目淒涼，後營的帳篷在大火中化為灰燼，傷兵被安置在空曠的地上，痛苦的叫聲聽得漁于飛雲等人一陣陣辛酸，但仗已經打到了一半，傷亡了許多人，實在是不甘心。眾人正在哀傷的時候，斥候進來報告，列科已經率領人馬向朝陽城方向移動，估計已有近半的路程。

漁于飛雲沈默了許久，不得已下令退軍，所有在大帳篷內的年輕人無不流淚，痛心疾首，但朝陽城為大軍的後防線，一旦有失全軍有被殲滅的危險，況且許多後勤家屬人員也不得有絲毫的閃失，大軍被迫撤退。

後軍變前軍，人馬起身後，所有大將聚集在漁于飛雲的周圍，漁于飛雲站在曠野上，注目遠方，眼裏充滿了痛苦和無奈、痛恨與殺伐之意，東方秀、漁于淳望、夏寧謀、司空禮等人無不咬牙切齒。漁于飛雲收回目光，沈聲說道：

「我漁于飛雲對著死去的將士靈魂發誓，我一定會回來，用敵人的鮮血洗刷今日的恥辱！」

「我們發誓：用敵人的鮮血洗刷今日的恥辱！」

「回軍！」

大軍徐徐後撤，退回朝陽城內。

楠天率領彪騎營一路監視著漁于飛雲和夏寧博海的大軍退走，眼看著他們進入朝陽城。六日後，天雷和列科部在建城外五十里處會師，歡呼聲震天動地，列科將軍緊緊抓住天雷的手，激動得說不出話來。兀沙爾、亞術等人上來相見，訴說離別後的情況，好不熱鬧，三日後，大軍退回恆原城休整。

恆原城內喜慶的氣氛無比熱烈，無論是士兵、軍官還是百姓，都爲這巨大的勝利而高興，歡欣鼓舞。城內長時間沒有的喜慶氣氛被推至高潮，富裕的人家在門前施捨飯菜，貧困的人們得以吃上一頓飽飯，士兵難得地喝上免費的二兩酒，互相吹捧著在戰鬥中的勇敢，亞術軍團的士兵更是驕傲。

帥府內，十張大方桌左右排列，中間的一張更加寬大，鮮豔的桌布紅得耀眼，全新的食具顯示出主人的用心，在兩旁的人們悄悄地說著話，彼此詢問，眼裏充滿了興奮。今天，列科召集所有副大隊長以上的軍官開慶祝大會，設宴款待。

「將軍大人到！」一聲高喊，眾人起立。

列科將軍在前，天雷在後，舉步進入大廳。兩人今天也是一身的乾淨衣裝，天雷便裝，白色繡著天藍色的鑲邊，袖口繡兩支飛翔的藍鳥，栩栩如生，他的臉上掛著微笑，渾身上下散發著祥和的氣質，令人感到非常的舒服。

「是將軍！」

「果然是將軍！」

「真的是將軍啊！」

大廳內頓時一陣驚喜聲，人們一下子往前湊，來到天雷的面前跪倒，口裏叫著：

「參見將軍！」

「見過雪將軍！」

一時間大廳內跪倒一多半人，沒有行禮的一臉的驚奇，瞪大雙眼看著天雷。

天雷滿心激動，上前扶起眾人，嘴裏不時地說道：

「各位兄弟請起，我謝謝大家，各位兄弟辛苦了！」

其實，天雷就連一個人也叫不上來名字，但他知道這些人都是帝國軍事學院的同學，多數人與他一起參加過增援凌原城，有的人甚至還參加過路定城會戰，是同學兼戰友，在遙遠的東部戰區相遇，格外的親近。

列科將軍見眾人熱鬧的差不多了，這才大聲說道：「各位兄弟，請入席，今天是大喜的日子，請允許我爲大家介紹一位將軍！」

眾人各自入席，列科將軍環眼全場，這才又說道：「各位兄弟，我來介紹一下，這位是帝國嶺西第一兵團的將軍雪無痕，我的師弟！」說完，笑呵呵地率先鼓起掌來。

天雷上前一步說道：「各位兄弟，無痕何德何能讓各位兄弟如此愛戴，謝謝大家，同時請各位兄弟不要把我到來的事情傳出，謝謝！」

列科將軍接著說道：「本次東原城會戰大捷，首功當爲我們北線的各位兄弟，列科在這裏謝謝了，請各位兄弟端起酒杯，我敬各位一杯！」

「謝將軍！」

眾人端起酒杯，一飲而盡，興奮之情更加火爆熱烈。

「大家都知道，長時間以來，東部戰區形勢一直不利，原因種種，我就不必細說，但這次我們在雪將軍的幫助下取得大捷，實在是令人振奮，我們敬雪將軍一杯！」

「敬雪將軍！」

「無痕謝謝各位兄弟了！」

「請坐！」列科將軍接著說道：「我們的困難相信各位兄弟都知道，但我相信有在座的各位兄弟的幫助，我們一定能取得更大的勝利，讓我們爲勝利乾杯！」

「爲勝利乾杯！」

眾人又乾一杯，然後落座，推杯換盞，熱鬧異常，之後，眾人依此向列科和天雷敬酒，列科開懷大笑，天雷是喝了一杯又一杯，把喜慶的氣氛推向高潮，最後，他實在不勝酒力，被雅藍、雅雪姐妹扶回寢室，吐得一塌糊塗。

連續熱鬧了三天，在這三天裏，天雷是早、中、晚必有人請吃飯，帝國軍事學院的兄弟們特別的親近，他也不好掃大家的興致，醒了又喝，喝了就醉，把雅藍姐妹忙得吃睡不安穩，就是這樣，仍然有許多兄弟沒有輪上，大家在一起暢談當年的豪情壯志、當前的形勢、帝國的未來，悲喜交集，長歌不絕。

第四天，東原城文嘉將軍的一個兄弟到訪，要求列科與天雷到東原城作客，共慶勝利，商議大計。列科將軍作爲北線的主帥，自然是應該前往，天雷作爲這次戰役的功臣，被邀請也屬於自然的事情，列科也知道文嘉想要見識一下天雷，所以只好要求天雷同往，天雷經過思考，最後決定率領彪騎營前去。

東原城內的文嘉將軍對列科的歡迎儀式宏大熱烈，場面非凡，兩人受到英雄般的歡迎。文嘉將軍親自出北門迎接，東方兵團幾乎所有的大隊長以上的將領全部跟隨而出，文嘉將軍擁抱過列科後，列科忙爲他引見，他雙眼緊緊地盯住天雷，表情裏有驚訝、讚歎和不相信，但他知道，就是這文弱的少年人挽救了整個東部戰區。

「天雷見過文嘉將軍！」天雷忙施禮。

文嘉將軍拉住天雷的手，嘴裏客氣說道：「天雷兄弟太客氣了，文嘉有幸，得遇見當世少年英傑，兄弟請！」他一面細細打量天雷，一面伸手向裏相讓。

就見這少年身材中等，一米八五左右，並不魁梧，略微顯得有些單薄，一臉的書卷氣，掛著微笑，身上有一股說不出的雍容華貴氣質。

天雷也是第一次見到文嘉，兩個人雖然同是聖日帝國東西的兩大將軍，但天雷畢竟待的時間短，又長期在嶺西郡，只一次進京城，連城門也沒進，沒有見過文嘉將軍，所以也是打量著這位名將。就見他個子不高，與自己不相上下，五十多歲，人稍微有些胖，皮膚白淨，一雙大眼炯炯有神，高鼻梁，闊口，短鬍鬚，一身的便服，人不出眾，貌不驚人，非常的平凡。

當下兩人一陣謙讓，最後，列科拉住天雷的手，與文嘉並肩向前方走去。文嘉一邊走一邊給列科和天雷介紹各位東部將領，天雷一一拱手，嘴裏不停地說著客氣話。

列科知道天雷的身分，按照帝國的軍階與文嘉平級，比自己要高一級，各位將領當然比不上，所以也不讓他委屈，三人並肩也說得過去。

突然，一位年輕的大隊長激動地喊道：「將軍，是你嗎？」說完，跪倒施禮，滿面的激動，隨著他的話語，又有幾人喊著跪倒，天雷一臉的尷尬，文嘉詫異，列科苦笑。

天雷不得已上前，扶起他道：「兄弟，見到你我非常高興，你們都辛苦了！」

「將軍真的是你，將軍辛苦！」

「你們都辛苦了，都起來吧！」

天雷一一上前扶起，低聲問候、安慰，這時候，列科將軍已經把天雷的身分告訴給文嘉，文嘉滿面激動，上前緊緊拉住天雷的手大聲說道：

「雪兄弟，真的是你嗎？」

「是我，文嘉大哥！」

「雪兄弟，我太高興了，你來到了東部戰區也不前來看望哥哥我，一會兒你可要受罰啊！」

「全憑文嘉大哥吩咐！」

「來，來，來，兄弟們，我給大家介紹介紹，這位就是帝國嶺西郡第一兵團的主帥雪無痕將軍，你們重新見過！」

「見過雪將軍！」

「拜見雪無痕將軍！」

見禮的聲浪一聲聲響起，天雷隨著文嘉的介紹不停地還禮，人群越加激昂，士兵們聽說嶺西郡的雪無痕將軍到了，都向前擠，抬腳仰臉仔細觀望，好不容易天雷等人才來到帥府大廳，又是一陣引見。

文嘉將軍這時候想起跟隨天雷而來的部隊，忙問道：「雪兄弟，跟隨你前來的可是藍衣衆？」

「是，文嘉大哥！」

「文嘉失禮了，雪兄弟，軍中可有誰在，我是再也不敢怠慢了！」因爲他知道天雷的軍中一定會有人坐鎮，實在是不敢怠慢失禮。

「這個……，文嘉大哥，軍中是有二人，你可要見見！」天雷想，事情已經到了這種地步，如果還不讓凱文與文嘉見面，實在有些對不住二人。

「雪兄弟，誰？」

「凱文，兀沙爾！」

文嘉一聽，大吃一驚，凱文爲豪溫家族的族長，兀沙爾他也是久仰大名，這時候天雷軍中有兩位帥才坐陣，他是無論如何也不敢失禮，趕緊起身向外走。

天雷苦笑跟出，來到帥府外不遠，藍衣眾正在駐紮，文嘉大老遠就喊道：「凱文，你還不出來嗎？」

凱文和兀沙爾正在等候，知道天雷一定會不忍隱瞞，凱文聽見文嘉的叫聲，迎頭過來，先施一禮道：「凱文見過文嘉大哥！」

凱文與文嘉從小時候起就認識，年紀相仿，交情不薄。文嘉拉住凱文的手，眼淚流了下來：

「凱文兄弟，想死哥哥了！」

「大哥，小弟慚愧！」

「算了，凱文，這位一定就是兀沙爾老先生了？」他看了眼旁邊微笑著看他們的兀沙爾。

「兀沙爾見過文嘉將軍！」

「老先生客氣，是文嘉怠慢了！」

「不敢，不敢，將軍客氣！」

「好了，你們也不用客氣了，到府裏說話吧，我可是餓了！」列科年紀大，身分高，說話緩解氣氛。

「各位請！」文嘉抬手相讓。

「將軍請！」

「哈哈，像你們這樣，什麼時候才能入府，大家都別客氣，走吧！」列科當先而行，天雷看看，舉步跟隨，他知道文嘉是主人，凱文與兀沙爾是自己的部下，自己只有先行。

眾人說說笑笑，重新來到大廳內，分別落座。

文嘉指著一位老者對天雷說道：

「雪兄弟，我給你介紹，這位是東海劍派的宗主海東先生！」

他看著老人說道：「這位是帝國嶺西第一兵團的主帥雪無痕將軍！」

天雷首先向老人行禮：「雪無痕拜見海東宗主！」

「雪將軍大名遠播，中原俊傑，海東有禮了！」他面帶微笑，微微欠身。

「先生誇獎了，無痕慚愧！」

「將軍客氣了！」

這時候，就見一位十六七歲的少女快步走進來，她東張西望了一陣，把目光停留在天雷的臉上，用清脆的聲音說道：

「你可是雪無痕將軍嗎？」

天雷客氣地站起，說道：

「正是！」

「嘉莉！」文嘉喝了一聲後，對天雷說：「雪兄弟，這是我的小女兒嘉莉，失禮了！」

天雷看見少女向他做了個鬼臉，一點也不害怕，忙對文嘉說道：「文嘉大哥客氣了，都是自己人，沒什麼失禮的！」

「嘉莉，還不給雪叔叔行禮！」

少女忸怩地說：「爲什麼叫他叔叔，他也不比我大多少啊！」她突然跨前一步，小聲對天雷說道：「我叫你哥哥好不好？」

「好啊！」天雷笑呵呵地回答。

「嘉莉見過雪哥哥！」

「嘉莉，妳說什麼？」文嘉聽後，臉上變色。

天雷趕緊接過話：「文嘉大哥，我們是各交各的，這是我們年輕人的事情，請你別管了！」

「這像什麼話！」文嘉苦笑。

「我說文嘉，你就別管他們年輕人的事情了，隨便豈不更好些！」列科在一旁接著說。

文嘉就勢下臺，眾人宛然一笑，心想這樣亂七八糟的稱呼可是頭一次聽說。

宴會比恆原城列科府開得熱鬧得多，人也多，天雷第一次到東原郡府，文嘉又熱情，眾將領輪番敬酒，天雷推讓不得，只好又喝得大醉，被雅雪、雅藍扶回休息，這些日子他連番喝醉酒，實在是厭煩得不得了，但作為將軍，他又沒辦法不去應酬，只好把對酒的怨恨埋在心裏，發誓以後少喝、不喝。

傍晚的時候，天雷清醒過來，睜開眼，就見雅藍和雅雪坐在床前，手裏拿著毛巾，眼盯著他，見他醒來，兩人慌忙起身，過來扶他。天雷一陣感激，他漲紅了臉對著她們說道：

「真對不起妳們，我又喝醉了，咳，總是這樣辛苦妳們！」

「少主，你說到那去了，我們姐妹從十三歲起就服侍你，如今已經十餘年了，你怎麼還這樣說話！」雅藍白了他一眼，停住話語。

「啊，十三歲，可不是，我們十三歲時在藍鳥谷相遇，如今已經十一個年頭了，可真快！」

「是啊，少主！」

「這麼多年了，妳們也二十三歲了吧，真對不起妳們！」

「少主，你可別這麼說，我們姐妹從小為孤兒，幸虧遇見少主，服侍少主是我們姐妹一生的榮幸，我們會一輩子跟隨少主的！」雅雪說完，眼一紅。

第五章　惺惺相惜

天雷聽得心醉，他拉住兩人的手，癡癡地不說話，雅藍和雅雪互相看了一眼，臉色微紅，這是天雷第一次這樣拉著他們，十餘年了，天雷就像高高在上的神，使她們不敢有絲毫的非份之想，盡心盡力服侍左右，從沒有像如今這樣感到心跳不正常。

雅藍雅雪姐妹與雪藍不同，首先，她們是聖日人，其次沒有什麼身分地位，十餘年來盡心服侍他，甚至比凱雅等人還近。雪藍畢竟有聖女的身分地位，是雪奴族的聖女，全族的驕傲。而凱雅來得晚，身分地位又不同，不像平常人那樣隨便，就是親熱也沒有這般自然。明月公主是一團幻影，來無影，去無蹤，如今還是天雷心頭上的夢，甚至不敢接受。而她們姐妹，如流水般自然流淌在他身邊，時刻陪伴，一晃十一年。

天雷微微用力，兩個人不由自主地坐在床邊上，天雷輕撫著她們的臉，眼裏流露出柔和、依戀和情意。

「少主！」二人顫聲叫道。

天雷清醒了過來，臉微微一紅，輕聲說道：

「妳們可想過離開我的身邊嗎？」

「少主，你不要我們了嗎？」

「不是，我是捨不得妳們，不由自主地問！」

「還好，少主，我們一輩子都服侍你的！」兩個人用手輕拍著胸口，長出了口氣。

「好！」天雷輕輕地跳下床，突然在左右兩人的臉上親了一口，笑呵呵地向外走去。

姐妹倆用手撫摸著被天雷親過的臉，呆在床邊上，臉如熟透了桃子，又粉又紅。

天雷自己到外間拿起臉盆，倒水準備洗臉，正往屋裏走，一抬頭看見嘉莉站在自己的門前，兩眼正盯著他看，他靦腆一笑，招呼道：「嘉莉，怎麼站在外面，屋裏坐！」

嘉莉看周圍沒有別人，小聲說道：

「雪哥哥，你醉酒醒了？」

「是啊！」天雷有些不好意思。

雅藍、雅雪聽見天雷說話的聲音，連忙來到外面，對著嘉莉說道：

「嘉莉小姐來了，快屋裏請！」

「謝謝兩位姐姐啦！」

「哎呀，嘉莉小姐，我們可不敢當姐姐，小姐請屋裏坐。」

嘉莉不好意思地看著天雷說：

「雪哥哥，你還沒吃飯吧，我也沒吃飯呢。」

「是啊，正好一會兒我們一起去。」

「好啊！」

看見嘉莉高興的樣子，天雷心想：這個小姐怎麼像個小女孩子似的，吃飯還得找個人陪著，大概從小嬌生慣養吧。他哪裡知道，文嘉只有這麼一個女兒，從小就像個寶貝似的，事事依著她，兩個哥哥嘉萊、嘉興也不敢與她頂嘴，處處讓著她，說什麼是什麼，嘉莉可從來就不怕文嘉等人，在她的眼裏，只有喜歡與不喜歡，高興與不高興。

她早就聽父親和兩個哥哥說過有一個將軍叫雪無痕，非常的厲害，住在嶺西郡，上午的時候，她在後院聽人說雪無痕來了，忙跑出去，在客廳裏一見，非常的年輕，只比自己大幾歲，人長得好，又和氣，從心眼裏就喜歡，非要叫天雷哥哥。後來見天雷中午喝酒大醉，她已經來了兩趟，只是天雷沒有醒，她只瞧瞧就走了，晚間吃飯的時候一想，也許這個雪哥哥還沒吃飯呢，就來叫他。

幾個人進入室內，天雷洗把臉，雅藍在旁照顧，雅雪陪著嘉莉站在旁邊，嘉莉看兩姐妹人長得好，又和氣，加上是雪哥哥的人，所以也很喜歡，歡喜地站在一旁看著，也不坐，天雷洗完臉，見她還在站著，忙說道：「嘉莉，請坐啊！」

「我站著好了，雪哥哥，你常喝醉酒嗎？」嘉莉好奇地問。

「也不是，只是有時候喝醉。」天雷苦笑著回答。

「聽父親說，喝醉酒很難受呢。」

「可不是！」

「那你怎麼還喝醉酒呢？」嘉莉奇怪地問。

「我也不願意啊，只是有時候大家都來敬你酒，怎麼好意思不喝呢，人一多就醉了。」

「那……那我以後就不讓別人敬你酒，你不就喝不醉了嗎！」

「那倒是，不過……」

「沒事了，父親和叔叔他們最聽我的話了，我不讓你喝酒，保證他們就不敢逼你。」嘉莉得意地說。

「那就太好了，嘉莉，可真謝謝妳。」天雷聽後大喜，他正愁這件事情，酒既不能不喝，又要喝醉酒，他是一百個不願意，有嘉莉自願替他擋著，怎能不高興。

「好啦，雪哥哥，我們吃飯去！」

「是！」

嘉莉帶著天雷往飯廳走去，就見嘉莉來到一處較小的客廳，裏面放著幾副碗筷，桌椅板凳乾淨異常，精雕細刻，一看就不是一般的地方。

僕人見小姐帶人坐好，忙上菜，儘是些精巧的美食，又香又甜，吃得天雷飽飽的，又喝了兩口湯才放下碗筷。

幾個人出飯廳來到客廳內，文嘉、列科、兀沙爾和凱文正在等他，文嘉見天雷進來，忙起身，天雷連忙讓他坐下，同樣坐在文嘉的身邊，文嘉這才說要請天雷吃飯，幾個人正等待他呢。

「文嘉大哥，我可是剛剛吃完飯啊，怎麼，你們還沒有吃嗎？」

「雪兄弟，你吃完了？」

「是啊，父親，剛才是我請雪哥哥一起吃飯呢。」

「是嘉莉啊！」

「當然了。」

「雪兄弟，既然你已經吃一點了，就再與我們喝點吧！」

「父親，那可不行啊，我已經答應雪哥哥了，不讓你們再逼他喝醉酒呢！」

「這個……」

「文嘉大哥，我可是真的不能再喝了，你就別難爲我了。」

「好吧，既然雪兄弟已經說了，幾位，看來只好我們自己喝了。」

「行，他不喝就算了，我們喝我們的。」列科在旁幫忙。

「好吧，雪兄弟，你們坐會兒，我們先過去了。」

「文嘉大哥和幾位哥哥請便，請！」

文嘉帶幾個人出去，嘉莉得意地對天雷說：

「怎麼樣，雪哥哥，我沒騙你吧！」

「嘉莉小姐真厲害，謝謝妳了！」雅雪在旁忙稱讚道謝。

姐妹倆冰清玉潔，玲瓏透頂，那裏會讓天雷向嘉莉道謝，況且嘉莉單純，極其好哄，幾句好話就讓她樂半天，哪裡是姐妹倆的對手。

「可不是，嘉莉小姐真厲害，就連文嘉將軍都不敢讓少主喝酒！」

「父親可是最聽我的話呢。」

幾個人在室內閒談，雅藍雅雪把嘉莉哄得樂上了天，天雷在旁看著心裏直樂，同時又是羨慕，又是傷感。他從小生長在大雪山，後進藍鳥谷，從沒有見過像嘉莉這樣一塵不染的孩子，藍鳥谷的兄弟姐妹從小困苦無依靠，爲一口飯吃而掙扎，少年早熟，歷盡艱辛，想法怎能與嘉莉的單純相比。

從第二天起，陸續有人開始請天雷吃飯，東部戰區的將領、帝國軍事學院的同學，什麼人都有，反正無論你是什麼人，嘉莉是緊緊跟在天雷的身後。文嘉拿這個寶貝女兒沒辦法，只剩下苦笑，反倒是便宜了天雷，一上桌，嘉莉是堅決不讓天雷喝酒，文嘉手下的將領都知道將軍這個寶貝女兒，也不敢招惹她，加上天雷的謙讓，也就算了。可把雅藍雅雪高興得夠嗆，直誇嘉莉本事大等等，嘉莉是一臉得意。

飯後，文嘉與天雷、凱文、兀沙爾、列科幾個人在客廳內品茶，話題漸漸地談及當前的局勢，文嘉略帶興奮的語氣說道：

「經過這一戰，東方闊海當暫停攻擊，東部戰局在雪兒弟的幫助下暫時得以緩和，我們也可以休整一段時間。」

列科接過話：「但是我們的情況卻不很樂觀，當前，經過這一戰，我部現有作戰部隊十二萬人，中部剩餘十七萬人，南線頂多有十五萬人馬，共計四十四萬人，而東方闊海後勤補給快，軍隊沒有受到巨大損失，目前，北線漁于飛雲部估計有八九萬人，東方闊海手中有十五萬左右，南線長空飛躍部十五萬人馬，共計有兵力四十萬左右，但他們很快就會補充至五十萬人以上，而我們卻很困難。」

文嘉略帶遺憾地說道：

「那又能怎麼樣，帝國已經走到今天這般地步，我們還能指望虹傲嗎？只有靠我們自己，雖然困難重重，但還得堅持下去。」

「可是，這仗實在是沒法打下去，我們得不到一點補充，人馬越來越少，戰鬥力下降，從根本上說堅持不了多長時間。」列科皺眉說完。

文嘉看天雷和凱文、兀沙爾在一旁靜聽不言語，知道事不關己，不願意多開口，但文嘉知道只要三人開口，無不是對他巨大的幫助，所以儘管心中難過，但也只好委屈自己。

「雪兄弟，你說兩句，讓哥哥我聽聽。」

天雷略微沈吟了一下，語氣沈重地說道：

「東部戰局暫時趨於穩定，這對大家來說有巨大的好處，就文嘉大哥來說是一次機會，兄弟有些事情實在是不好開口，但大哥既然問到我，我就說兩句，最遲開春後，河北必然會發動攻擊，以四國聯軍的實力，虹傲怕頂不住，京城必遭圍困，但這並不是最可怕的，如果他們不急於攻下京城，而是圍點打援，向四方出兵，大哥能否頂住東海聯盟和北蠻兩面夾擊？」

文嘉倒吸了一口冷氣，楞楞地說道：

「事情不會這麼糟糕吧。」

「但我們必須做最壞的打算，以帕爾沙特的精明，如果以映月部向西，北蠻部向東，西星部向南，以京城爲中心，全線出擊，聖日大局已定，名存實亡了。」

「可不是！」凱文接過話：「如果西進嶺西，南取平原城，東攻東平郡，以目前聖日四方的實力，加上兩面夾擊，用不上兩個月恐怕大局已定，京城一年內必然淪陷，中原就爲六國所有。」

「以我看，帕爾沙特殿下必然會這麼做！」兀沙爾帶著尊敬的語氣說。

文嘉痛心疾首地說道：「聖日千年基業就這樣毀在虹傲的手中，我們這些臣子就淪爲喪家之犬，帝君……」他黯然淚下，思念起倫格大帝來，想到昔日的輝煌，怎能不哭泣。

列科同時也流下淚來，他看著天雷說道：「既然師弟你看出這樣的結局，可有什麼挽救的辦法？」

「如今虹傲恐怕還沒有意識到事情的嚴重性，以爲憑聖靜河天塹和八十萬的兵力足以匹敵北部聯軍，我們不能左右京城的局勢，南線禹爾吉擁兵自傲，三十萬人馬不會爲我們所用，雖爲敗軍之將但也不會放棄手中的權力，東、西遠隔三千里，不能會合成爲一股力量，鞭長莫及，早晚會被各個擊破。」

眾人一陣沈默，黯然不語，正在這時候門外有人稟告：

「奧卡求見雪無痕將軍。」

文嘉看著天雷，天雷忙說道：「是我的部下！」

文嘉點頭，吩咐道：「請他進來吧。」語氣非常客氣。

不久，奧卡進來，翻身跪倒：「奧卡拜見少主！」

「奧卡，起來吧，快見過文嘉將軍！」

「奧卡拜見文嘉將軍！」

「快快請起！」文嘉看著奧卡，忙上前扶起他，心中不住地打量天雷的這位部下，就見奧卡二十六七歲，中等身高，細長眉，有些慘白的臉，面無表情，身上透出陰冷之氣，整個人無比陰森。

「奧卡，你怎麼來了？」天雷待文嘉重新坐下問道。

「少主，是軍師大人讓我過來聽從少主調遣，同時有消息通報少主。」

「哦，說吧！」

「據黑爪消息，河北帕爾沙特部新增二十萬兵馬，映月、西星、北海和北蠻各部已經完成渡河準備，大小船隻幾千艘，估計有提前渡河的跡象，軍師讓少主提前回程，主持大局。」

「好吧，你也辛苦了，下去找楠天休息。」

「是，少主。」

「雪兄弟，這位是……」

「我的黑爪部首領，主管監視各處消息。」

「哦，雪兄弟，按照奧卡的消息，河北有攻擊的跡象，事情已經趨於嚴重，你有什麼打算？」

「哎，文嘉大哥，局勢走到今天這種地步，無痕也沒有什麼辦法，只有提前作準備，與各國一戰，我想東部局勢暫時已經穩定，後天我將動身趕赴平原城，但願能看看南彝作戰。」

「這個……」文嘉將軍沈吟一會兒，接著說道：「雪兄弟，你可否再等三天，我恐怕有事情與你商量。」

「好吧，打擾大哥這許多時日，無痕非常感激，就再麻煩大哥幾日。」

「好，謝謝雪兄弟。」

東原城內這次會談，使聖日帝國未來形勢明朗化，東、西二大將軍深深地認識到了形勢的嚴峻，特別是文嘉將軍，深感自己情況不妙，危亡在即，急於擺脫這種覆滅的命運，從而拉開了三千里大撤退的序幕。

兩天內，東原城快騎四出，各個戰區高級將領迅速回到東原城，會議一個接著一個，人人臉上帶著憂傷、無奈和疲倦，文嘉將軍在兩天內很少露面，就連整天帶著快樂的嘉莉也感到氣氛緊張，臉上很少出現笑容，她纏在天雷的身邊，滿面緊張。

清晨的陽光照射進天雷的庭院，小小的跨院幽靜，天雷、兀沙爾、凱文收拾好衣物，靜靜地等待著與文嘉將軍告別。今天是他們離開的日子，但文嘉一直還沒有露面，就是列科也是一樣，天雷的心感到一絲不安，不知道爲什麼，彷彿就要有大事情發生。

聽見腳步聲響，天雷忙帶領兀沙爾和凱文走出房門，在院內與文嘉相遇，就見在文嘉的身後跟隨著列科和兩個青年，四人來到天雷的身前，翻身跪倒，文嘉激動地說道：

「雪兄弟！」

天雷大吃一驚，忙扶文嘉起來，他誠惶誠恐地說道：

「文嘉大哥，你這是做什麼？」

「雪兄弟，當前的形勢你已經明白，東部戰區隨時有被消滅的危險，文嘉無能，死不足惜，但四十萬將士何辜，三百萬百姓何辜，爲保全這些兄弟姐妹、父老兄弟、全軍將士，文嘉斗膽，請雪兄弟援手，讓他們跟隨雪兄弟同往嶺西，爲聖日保存一點實力。」說罷淚如雨下。

天雷聳然動容，文嘉果然不是一般人物，在當前形勢下，這是最好的辦法，天雷內心曾經有過這樣的念頭，但沒有說出口，但文嘉卻自己提了出來，並以大局爲重，百姓爲先，將士爲由，爲聖日保存一點元氣力量，他是無論如何也不能拒絕。同時，這件事情困難重重，一不小心就會累及百姓，生靈塗炭，一時間沈吟起來。

「請雪將軍收留！」

聲音作響，大門外五十餘人快步而入，倒身下拜，天雷舉目觀看，是文嘉手下的高級將領，全部跪在小院內。

「天雷，你就接下這副擔子吧！」

列科看天雷猶豫不決，大聲喊道，文嘉在旁一直叫著：「雪兄弟！」

「好吧，天雷斗膽接下此任，望各位哥哥同心協力，共度危難。」

文嘉大喜，大聲說道：「謝謝雪兄弟，從現在起，文嘉手下四十萬兄弟和三百萬民眾就交給雪兄弟了。」

「文嘉大哥，這怎麼行？」

「你不用多說，我已經和各位兄弟商量過了，就這麼決定。」

「文嘉大哥！」

「呵呵，雪兄弟，來來，這是我的兩個兒子嘉萊、嘉興。」他轉頭對著兄弟倆說道：「快上前見過雪無痕叔叔！」

「嘉萊、嘉興拜見雪叔叔！」

「起來吧！」天雷用手攙起嘉萊和嘉興倆兄弟，並對眾人說話。

「謝謝雪將軍大恩！」

「咳！」天雷長歎一聲後，在院內小心地踩起步子，轉了兩圈，突然停下身子叫道：「奧卡！」

「少主！」

「傳訊通知軍師做好迎接東部戰區兄弟和百姓的事情，著令他與文謹將軍協商讓出一條通道，從望南城到平原城設立駐紮點，保證百姓吃住！」

「任命兀沙爾將軍爲平原城方向兵團主帥，凱文將軍爲副，任命威爾爲第一軍團重步兵營督統領，尼可爲長槍營督統領，命令第一、三、四軍團起程搶佔平原城！」

「命令維戈藍翎兵團攻擊聖寧河兩岸，切斷南彝後勤補給，全面牽制南彝對平原城的攻擊！」

「命令越劍青年兵團和水軍作出渡河搶佔堰門關的架勢，要聲勢大些，並監視河北敵人動靜！」

「命令藍衣眾日夜兼程趕赴東原城！」

「命令平原城比雲做好準備，協助兀沙爾將軍搶佔平原城。」

「是，少主！」奧卡躬身退出，不久，三隻飛鴿騰空而起，向西飛去。

天雷吩咐完後，抬眼一看，文嘉、列科、兀沙爾、凱文等人直直地望著他，不好意思地笑了笑，其實他不知道，剛才他氣勢威嚴，渾身上下不自覺地流露出磅礴的氣勢，渾然一體，令人心驚。

文嘉首先回過神來，不好意思地說：「雪兄弟，我們要做些什麼？」

「文嘉大哥，當前我們局勢穩定，東平城可抽出十萬人做好動員百姓撤離準備，但要小心進行，七天後開始撤離，沿途佈置駐紮點，安排百姓吃住，所有能帶的東西全部帶走，同時，在建城、東平城、翔城一線嚴密佈防，防止消息走漏。」

「南、北兩線軍隊什麼時候撤？」

「暫時穩定戰線，一個月後向東平城靠攏，做好阻擊的準備，大約二十天後藍衣眾就會到了，那時候步兵首先撤退，由騎兵掩護即可。」

「好，雪兄弟不愧是中原豪傑，短短的時間內事情安排得井井有條，文嘉遵命就是。」

「文嘉大哥客氣，列科師兄，你還要回歸北線，做好掩護工作，嘉萊、嘉興兩位兄弟也要回南線翔城，穩定戰線，防範走漏消息，做好撤退的準備。」

「是！」

三個人同時應是，天雷看事情安排得差不多了，這才讓人進屋，眾人在屋內詳細計劃了撤離的各項工作，人員分配，兵力配置等等事情，不覺天已經近午。

忽然，有士兵前來報告，說東海聯盟使者駕到，文嘉不知道爲什麼事情，轉頭看天雷，天雷看事情安排的也差不多了，吩咐讓來人進城，他這才與列科、文嘉來到客廳內。

不久，就見來使漫步而入。當先一人一表人才，一身文士打扮，雪白的衣裝，面部俊俏，瀟灑不群，後面一人高高的個子，濃眉大眼，皮膚黝黑，一身武士裝透著英氣。

「東海聯盟使者長空旋、海島宇拜見文嘉將軍！」

「免禮，看座！」

有人拿過凳子，二人落座，文嘉這才說道：「不知道兩位小將軍所來何事？」

「下戰書！」長空旋回答。

「下何戰書？」

「與天雷隊長下戰書！」

文嘉將軍看了一眼旁邊坐著的天雷，如今事情由天雷做主，但表面上還是由文嘉來做，他微微一笑道：

「二位小將軍恐怕還不認識，我來引見，這位就是彪騎營的大隊長天雷！」

長空旋長身而起，一禮到地，海島宇站起身來，雙眼精光暴射，嘴裏大聲說道：

「你就是天雷？」

「在下正是天雷！」天雷站起還禮。

「好，好，好，果然是個英雄人物！」海島宇大聲喝好。

「二位將軍也是當世年輕的俊傑，天雷久仰大名啊！」

「客氣，客氣！」海島宇連聲謙虛，但神色也是得意之極。

「但不知二位將軍爲天雷下何戰書？」

長空旋長笑一聲：「天雷兄揚名東部戰區，首戰擊敗漁于淳望和夏寧謀二位兄長，二戰騎兵揚威，吃下東方秀和司空禮二位哥哥三千騎兵，三戰獨當一面，抵擋住我十萬大軍進攻建城，野外戰壕令東海軍損兵折將，不得已退回朝陽城，實令東海聯盟慚愧不已。但東海六公子心有未甘，今特來爲天雷兄下戰書，懇請一戰，再領教兄台神鬼莫測的手段，不知道天雷兄意下如何？」

天雷沈吟一下道：「長空兄遠來東平城，豪氣干雲，實在令天雷佩服，東海六大公子威名遠播，天雷真心敬佩，今各位兄長邀請天雷一戰，實是天雷一生的幸事，小弟怎敢不答應，但是，小弟有個請求，不知道長空兄和海島兄意下如何？」

「請講！」

「小弟久聞東海聯盟有六大公子，前次見過東方、漁于、夏寧、司空四位兄長，想必二位就是餘下的長空、海島兩位公子，天雷久有一會之心，一直沒有實現，這次六位兄長瞧得起天雷，邀請一戰，但天雷有個大膽的想法，就是我們這一戰，要比比智慧、勇

氣、力量、計謀、膽量、武功、兵法、耐心、韌勁和毅力，不知道二位意下如何？」

「好，果然不愧是聖日的豪傑，不知道天雷兄要如何比法？」二人聽天雷的說法，大喜，這是全面的較量，一定很有意義，當下兩人急問。

「不如我們雙方各出一個軍團，五萬人，一個人不得多，一個人不得少，在城外六十里外對陣，半個月後開戰，在這半個月期間，雙方可以先觀察地形，安紮營地，部署兵力，想出計謀，但不得交戰，半個月後，東海有六公子，小弟有五小兄弟，全力一戰，如何？」

「好，太好了，但不知道勝負如何分？」

「每一方敗退至城下就算失敗，如何？」

「天雷兄胸懷錦繡，計劃精妙，長空旋不才，謹代表東海聯盟六公子接下了，天雷兄還有什麼要求？」

「呵呵，天雷佩服二位兄長豪氣，再有，就是邀請長空兄和海島兄作客東平城二日，三日後我們一起出城走走，不知道二位兄長可給天雷這個面子？」

「好，不管將來戰果如何，但長空旋交天雷兄這個朋友！」

「海島宇交天雷兄這個朋友！」

「謝謝二位兄長的抬愛！」天雷說完，向外喝道：「楠天，叫布萊等人過來，見見東海的兩位公子！」

「是，少主！」

天雷看楠天下去，轉頭向列科和文嘉看去，兩個人笑呵呵地看著天雷，知道他是在要手段，爭取時間，好讓軍民安全撤退，當下心中好生敬佩、感激，見天雷看他們，文嘉忙說道：「一切就依天雷所說。」

「謝謝兩位將軍！」

這時候，楠天領著布萊、洛德、卡斯、里斯進來：「見過少主，二位將軍！」

「好，你們見過東海聯盟的長空旋、海島宇兩位公子！」

「楠天見過長空旋公子，見過海島宇公子！」

「布萊見過長空旋公子，見過海島宇公子！」

……

五位小兄弟上前拜見長空旋、海島宇，二人眼中神光閃爍，仔細觀看五人，長空旋邊點頭邊說道：「五位小兄弟都是人中之傑，長空旋有禮了。」同時，心中亦是佩服五人。

幾人又說了一段話，安排長空旋和海島宇下去休息，同時，二人也讓人回轉朝陽城，通知消息。

東海聯盟東方闊海和司空傲雪被文嘉和列科合力夾擊擊退，心中大恨，退守東雲城，傳令南線長空飛躍、海島無疆退軍，暫緩攻擊，南線接到消息，全軍撤退，同時讓長空旋、海島宇向中路東雲城採聽消息。

長空旋、海島宇來到東雲城，正趕上漁于飛雲帶領東方秀、司空禮、漁于淳望和夏寧謀，向東方闊海彙報作戰失利的原因。東方闊海和司空傲雪聽完漁于飛雲的彙報，再加上東方秀、司空禮二人的補充說明，考慮到六大世家的關係及兒子的戰敗，也就沒說什麼，好生安慰漁于飛雲以及四個孩子。

總結前段時間失利的原因，大家得出一個共同的觀點，那就是，自從這個天雷的彪騎營來到東部戰區，使東海聯盟遭受巨大的重創，促使東海聯盟二路軍隊失利，雖然原因種種，但這一點也是大家公認的。

但是，東方秀及司空禮、漁于淳望、夏寧謀是怎麼也不甘心，看到長空旋和海島宇更是臉上無光，幾個人商議了一陣，最後決定對天雷下戰書，邀請再戰一次，長空旋自告奮勇，擔任使者，海島宇也想見見天雷到底是怎樣的人物，也自願跟隨前去。

晚間時分，東方秀等六人把自己想法與東方闊海、漁于飛雲、司空傲雪一說，三人亦是同意，為了重新找回他們的信心，東方闊海特意讓他們小兄弟六人自己解決這個問題，一切事情由他們做主，東方闊海等老一輩家主全力支持，六個人滿心喜悅，詳細計劃一番，第二天，讓長空旋和海島宇出使東原城。

跟隨二人前往東原城的親衛被長空旋打發回去，向東方闊海彙報約戰的情況，東方秀、司空禮等人見親隨回來，忙問事情怎麼樣，親衛把長空旋交代的事情一說，東方秀仰天大笑道：

「好一個天雷，好一個比智慧、比武藝、比謀略、比韌勁，東海六公子如果再失敗在天雷手下，還有什麼面目縱橫中原！」

「是啊，大哥，天雷的手段真是狠毒，是要我們東海六公子除名嗎！」漁于淳望聽東方秀大笑說完，接口說道。

「可不是，他好像是吃定了我們一樣，竟敢以一人之力對抗我們六人，難道我們怕了他不成，好狂妄的口氣！」司空禮憤憤地說。

東方秀看了大家一眼道：「先彙報給各位老家主再說。」

幾個人來到室內，東方闊海等人已經在屋內等候，聽完東方秀的彙報，長歎一聲說道：「秀兒，禮兒，淳望，謀兒，你們這次可是真正地遇到了對手，如果你們再不謹慎從事，東海六大世家的英名將盡付流水，我們還有什麼面目爭雄中原。」

第六章　舌戰群雄

如今形勢嚴峻，六國共同出兵，僅東海聯盟何以敢小視聖日，況且，嶺西郡雪無痕十個軍團兵馬強盛，裝備精良，時刻進京勤王，東海聯盟想壓倒聖日，目前自想當然爾。

「是！」幾個人不敢怠慢，連聲應允。

司空傲雪接過話說道：「觀天雷的行事、作爲、手段，不失爲英雄，這次邀請旋兒、宇兒作客東原城，顯示出極高的胸懷，如果你們在心胸上不敵天雷，就永遠趕不上他，你們要學習的不僅僅是他的才學，更應該學習他的胸懷。」

「正是！」漁于飛雲接著說道：「在北線的二次戰鬥中，天雷盡用計謀，沒有展開個人廝殺，顯示出大將風度，顧全大局的胸懷，只此一點，就足以說明他的眼光，你們之所以失敗，就是失敗在這一點上。所以這一次，你們一定要處處小心，步步爲營，不給他一點機會，嚴守個人本分，相互配合，他如果想贏你們，也不是容易的事情。」

「是！」

「好了，天雷既然說在半月之內可以盡觀戰場，你們就利用這一段時間內到戰場各處走走，我想三天後，天雷一定會借送旋兒、宇兒回轉的機會，到東平城一探虛實，我們也不可失去風度，讓中原豪傑恥笑。」東方闊海大笑又道：「你們幾個小兄弟可以盡選軍中精銳，把家族的好手都帶上，去會會中原的豪傑。」

三人大喜，到軍中挑選精銳人員，忙著整編訓練。

在東雲城內，東方秀等人忙選精銳部隊的時候，東平城內的天雷帶領長空旋、海島宇二人在城內各處閒逛，交談著各自的閒話，三人極其投緣，大有相見恨晚的意思。天雷談到興奮處說道：「二位兄長，我十分敬佩你們的所學，如果不是戰爭，我們定能成爲最好的朋友。」

「正是，我們也是一樣，天雷兄，如果你在中原待不下去了，我們希望你能到東海聯盟來，我們是萬分的歡迎啊！」

「謝謝兩位兄長，以後的事情以後再說，目前小弟還沒有達到這般地步。」

楠天跟在三人的後面，抿嘴直笑。

「兩位兄長，不如到小弟的彪騎營走走如何？」天雷邀請二人。

「好啊！」

不久，幾個人來到城外的營地，布萊等人正在練武，看見天雷帶人過來，忙打招呼，長空旋也是高興地與布萊、洛德說話，同時偷眼觀看營地內的情況。天雷看見，也只裝作沒看見，帶領二人一邊閒聊一邊走，介紹各處的情況，各營的編制，各營帶隊的大小隊長等人，全然沒有一絲隱瞞，並自豪地對二人說，他們每一個人都抵得上東海聯盟兩個騎兵。

第三天一早，天雷帶領楠天、洛德、布萊、卡斯、里斯五個小兄弟、雅藍、雅雪姐妹和二十名士兵向東雲城而去，沿途不時地觀看各地的地形及村落分佈，走得十分緩慢。走到約距離東原城六十里地方停下腳步，天雷讓人畫下地形，指點著在何處安營紮寨等事情，並派一人回城通知文嘉準備一切，說說笑笑間，天色已晚，幾個人就在野外宿營，打些野味，一點也不寂寞，長空旋被天雷的氣度深深折服，由衷欽佩。

天亮後，長空旋邀請天雷向東走走，天雷欣然同意，全沒有一絲畏懼，瀟灑自若，一行人近中午時分來到東雲城外，停住腳步，天雷慨然說道：「二位兄長，送君千里，終有一別，小弟就送二位兄長到此了。」

長空旋拉著天雷的手：「天雷兄弟都到東雲城外了，何不與小弟一起到城中走走，好讓小弟一盡地主之意，以後，不管我們兄弟如何爲敵，那都是各爲其主，但我們之間的情誼永遠也不會忘記！」

天雷聽後，感激地應允，邁步向東雲城走去。

一行人來到東雲城外，早有人進城通報，就聽見城內禮炮聲響，西門緩緩打開，東方闊海帶領眾人先後走出，大老遠就笑呵呵地說道：

「貴客，貴客，東海聯盟至西行以來，還是首次接待聖日豪傑，天雷小兄弟豪氣雲天，老夫好生欽佩。」

長空旋和海島宇沒有想到東方闊海親自出城迎接，好生意外，同時大感歡喜，這是極其有面子的事情，其實東方闊海是為兒子等人增強信心。當下二人滿面笑容，忙為天雷介紹，天雷一躬到地：

「晚輩天雷‧雪拜見東方闊海前輩！」

「好，好，果然是當世豪傑，老夫身受了。飛雲、傲雪，你們也見見口中的天雷小兄弟！」

天雷一聽，忙又施禮道：「天雷拜見漁于、司空兩位前輩！」

「好，好！」司空傲雪上下打量天雷。

就見天雷身穿一身雪白的衣裝，上鑲天藍色的錦邊，袖口繡著不知名的小鳥，頭紮藍色束帶，腰繫藍色絲帶，皮膚白淨，臉上掛著笑意，在陽光的照耀下特別的燦爛，給人一種說不出的祥和、瀟灑氣質。

在天雷的身後，站著兩位姑娘，一般高的個頭，一個模樣，一身藍色衣裙，一臉嚴肅，再後面，並排站立著五個少年，個個身材壯碩，威武不可鄙視。

漁于飛雲雙眼神光大漲，神情微微有些激動，他看著天雷道：「小兄弟武功大成，實在難得，好，好！」

「謝謝前輩誇獎！」

漁于飛雲爲東海大明島一派的一代宗師，論個人武功，東海實無出其左右，他家傳武藝源出中原，後經過幾代人發展形成如今的一個宗派，也是一代武學巨匠，天雷的功力大小他雖沒有看出來，但大概的情況是一目了然。

這時，東方秀、夏寧謀、漁于淳望、司空禮及各家的小兄弟都上前見過天雷，特別是東方美、司空秀梅、漁于淳潔、海島香雲幾位姑娘睜大雙眼，仔細打量天雷，心裏萬分的佩服，在當前兩家爲敵的情況下，天雷竟敢到東雲城來，也實在不是她們所能瞭解的。

熱鬧了一陣，東方闊海大笑著說道：「小兄弟初到鄙處，多有失禮，快快請！」

「前輩請！」

「小兄弟是客，不要客氣，請吧！」東方闊海當先舉步，天雷隨後相隨，眾人不久來到大廳內，東方闊海、司空傲雪、漁于飛雲當先坐下，天雷在左上首落座，雅雪、雅藍姐妹站在身後，對面，東方秀等眾人相陪。

「小兄弟的膽量、氣度、胸懷、才學無不令人敬佩，東方闊海雖年長幾歲，但今天見到小兄弟，當知中原豪傑不可小視，怠慢之處，望小兄弟原諒！」

「盟主太誇獎了，天雷雖稍有才學，但中原豪傑並起，英雄遍野，天雷的這點所學實在是算不了什麼，倒是幾位公子的才學、氣度實在令天雷敬佩，不由自主地就前來相會了。」

「天雷兄太客氣了，我們都是兄弟的手下敗將，實在不敢當此誇獎。」東方秀臉色一紅，接過話。

天雷正色說道：「東方兄此言差矣，前次兩番大戰，小弟是占盡先機，有心算無心，東方大哥和幾位哥哥對小弟是一點也不瞭解，當然會吃虧。然而這次，小弟知道再也佔不到絲毫便宜，才順水推舟前來探望，私心之中望一窺先機，不想幾位元老前輩氣度恢宏，把小弟的一點點私心看破，實在是令小弟慚愧，以後交戰勝負如何還說不定呢！」

「哈哈，秀兒，你看看，這就是強者的氣度心胸，有則有，無則無，大丈夫頂天立地，傲視群雄，談笑禦敵，你們要多學習才是！」

「是，父親！」

「前輩太也高抬了，天雷簡直是無地自容。」天雷臉色微紅，雅藍、雅雪面含微笑。

「小兄弟不要謙虛，這次聽旋兒回報小兄弟的高見，東方闊海當真是高興，他們六人得遇見小兄弟這樣的俊傑，不論勝負如何，以後當見識大長，我謝謝了。」

「前輩心裝日月，高瞻遠矚，帶領東海聯盟縱橫四海，這次馳騁中原，小人才是欽佩萬分呢。」

「客氣，客氣！」東方闊海聽天雷誇獎，面帶得意，手捻鬍鬚連忙客氣。

漁于飛雲和司空傲雪也是高興，他們這次出兵中原，本意就是揚名四海，爭霸中原，不想先得到天雷的誇獎，也是一種收穫。

東方美在一旁聽了多時，再也忍受不住開口說道：「天雷哥哥，就你一個人與六個哥哥大戰嗎？」

「當然不是了，東方小姐，我還有五個小兄弟，就是在外面的幾個，我們也是六個人啊！」

「他們是你的部下嗎？」

「是，也不是。他們從小與我一起長大，所學不在我之下，我們兄弟相稱，一起作戰，已經有許多年了。」

「是這樣啊！」

「對，就連他們姐妹也是！」天雷回頭望了一眼雅藍雅雪姐妹，兩人臉色一紅，對著東方美微微一笑。

「兩位姐姐長得真美！」

「謝謝東方小姐誇獎。」

「聽說天雷兄以前在北府軍中效力嗎？」漁于淳望問道。

「是，在凱武將軍到嶺西郡後，我們就投靠了列科將軍，他是我家裏遠房的兄長。」

「前次與天雷兄一戰，所學甚多，以後還望天雷兄多多指教。」東方秀正色說道。

「東方兄客氣了，小弟多有冒犯，望多加原諒。」

「天雷兄騎兵作戰經驗豐富，所學比小弟強十倍，東方秀輸得心服口服，從沒有怨恨過天雷兄。」

「慚愧了，不過小弟確實在騎兵方面有獨到之處，以後有機會，願意與東方兄切磋。」

「謝謝了！」

幾個人你一句我一句正說著，氣氛融洽，東方闊海看著幾個年輕人，打從心裏愛惜天雷，多次想提及讓天雷爲東海效力，也不得機會，正在這時候，有人進來報告：「南彝凝香公主駕到。」

東方闊海大喜，忙讓東方秀等人到城外迎接，自己陪著天雷在室內等待，時間不長，彝凝香在東方秀、漁于淳望、長空旋等人的陪同下進入大廳。

「彝凝香拜見東方伯伯、司空伯伯、漁于伯伯。」

百花公主彝凝香進入客廳內，首先爲三位家主見禮，東方闊海不敢怠慢，趕緊起身還禮道：「賢侄女遠道而來，一路辛苦，妳父親可好？」

「家父很好，謝謝伯伯關心，家父也問三位伯伯好！」百花公主小嘴很甜，語音如珠落玉盤般優美。

「呵呵，好，好，賢侄女請坐吧。」

彝凝香緩緩轉身，面向天雷，她語氣溫柔地問道：「這位是……」

她邊說話邊打量著天雷，越打量心中越奇怪。天雷人長相不是十分的俊秀，雖也可以算得上美男子，但他獨特的氣質可不是一般人可比，人如春風中的楊柳，瀟灑不群，高雅中帶著隨和，隨和中越顯得高貴，笑容如春風拂面，感人肺腑，越加的舒服。

她打量天雷，天雷也在打量著她。天雷早就聽說過南彝的彝凝香公主，人如百花齊放，美麗無限，人稱百花公主，今天頭一次見到，果然名不虛傳。就見她一身綠色的百褶衣裙，腰紮白色絲帶，腳穿繡花鞋，外罩粉紅色斗蓬；頭上插兩支花翎，如藍鳥的羽翼般美麗，臉如芙蓉，一雙醉人的大眼像會說話，多一分顯大，少一分顯少，長長的睫毛黝黑，彎彎的眉，高高的鼻，小巧的嘴，鴨蛋型臉龐，人正靜靜地看著天雷。

東方秀趕緊上前介紹道：「這位是聖日東方兵團彪騎營的天雷大隊長。」

「天雷大隊長。」彝凝香輕聲說道。

這時，天雷只好躬身施禮：「天雷見過百花公主！」

彝凝香趕緊還禮：「天雷大哥客氣，彝凝香有禮了。」

她同時在心中疑惑，聖日的一個大隊長跑到東雲城幹什麼，雙方正在交戰，莫非有什麼秘密約定？但臉上不會表露出來，兩人落座。

東方闊海人老精怪，當然看出百花公主的心意，當下笑呵呵地說道：「賢侄女可能還不知道，我們正在約戰天雷隊長，前次，秀兒等皆敗於他手，心中不服氣，正約戰再鬥。」

「噢，東方秀大哥也輸在天雷大哥手中了嗎？」她笑盈盈地問東方秀。

東方秀臉上一紅，趕緊承認：「正是！」

百花公主笑臉如花地對天雷說道：「天雷大哥名震東海，可凝香從沒有聽說過大哥的名字，也許是凝香孤陋寡聞，但不知大哥以前在何處得意？」

「得意可不敢，以前在北府軍彪騎營，如今在列科將軍手下效命！」

「噢！」百花公主點頭。

幾個人又說了段話，安排天雷和百花公主休息，時間已近中午，東方闊海原來就準備開飯了，如今百花公主遠道而來，又特意加了許多菜，表示歡迎。

天雷的休息地是一獨立小跨院，三間正房，左右兩處廂房，足夠兄弟幾個人住。隔壁就是百花公主的休息處，院子稍微大些整齊些，因爲百花公主隨行人員不少，且多是女孩子，所以就顯得十分熱鬧。

晚間時，東方美、漁于淳潔、司空秀梅、海島香雲幾個女孩子都過來聊天說話，百花公主有意往天雷和東方秀幾人交戰上引，她們幾個女孩子也沒有在意，漸漸就說開來，把天雷力殺六陣，擊潰漁于淳望和夏寧謀，後騎兵對決，再敗東方秀與司空禮、漁于淳望三人，再後來，以一個軍團抵擋住漁于飛雲和夏寧博海的十萬大軍進攻，迫使其退回朝陽城，同時，促使列科和文嘉夾擊東方闊海，擊潰中路大軍等等事情說了一遍。

幾個女孩七嘴八舌，一會兒百花公主就瞭解了大概，心想：一定是東方秀等六公子不服，約好再戰。她又詢問了約戰的情況，等東方秀幾人說完，心生佩服，想天雷這個人以一己之力戰勝東海聯盟多人，如今孤身進入東雲城，無論是膽量、氣魄、才學，哪一樣都是不可多得的人才，怎麼從沒有聽說過這個人呢？又想，也許是天雷年歲較小，剛剛起步成名也說不定呢。

第二天天剛亮，天雷起床在院內散步，不覺走出院外，大街不遠處，百花公主帶著兩名侍女正在漫步，欣賞風光，不由自主抬眼看見天雷，忙過來打招呼：

「天雷大哥起得真早，昨晚休息得好嗎？」

「謝謝公主關心，妳也好吧？」

「我很好，頭一次來到東雲城，不由自主地走出來欣賞，大哥也是吧！」

「是！」

「聽聞天雷大哥的英雄事蹟，凝香深表欽佩，如大哥以後沒有什麼去處，南彝願成爲大哥的家鄉，凝香願意照顧大哥的！」百花公主柔聲說道。

天雷身上不覺地冒汗，百花公主細聲細語，聲如百鳥歌唱，動聽迷人，他哪裡是百花公主的對手，慌忙說道：「謝謝公主的好意，天雷生爲聖日人，當爲聖日民族盡本分，在當前的形勢下，還沒有考慮什麼。」

「好吧，天雷大哥以後如有意，一定要記住找凝香啊！」

「是，是！」

閒談了幾句，天雷趕緊回去，擦了擦臉上的汗，雅藍、雅雪在旁暗笑，同時心想：以後一定要看住這個百花公主，不讓她再接近天雷。

吃過早飯，天雷來到大客廳，東方闊海、司空傲雪、漁于飛雲及東方秀等小一輩的都在，滿滿一屋子人，百花公主也是剛剛進來，客氣了一陣，大家重新落座，東方秀首先說道：「天雷兄認爲誰是當今大陸年輕一代的魁首人物？」

天雷略加沈思後說道：「當今大陸，英雄並起，但首推西星的帕爾沙特王子殿下。」

「爲何？」

「帕爾沙特王子殿下才學出眾，武藝超群，家學星海神功久已大成，射星槍法神鬼莫測，爲當代最年輕的一代武學宗師。他心懷廣大，眼裏囊括四海，久有一統大陸的雄心壯志，統帥八十萬西星帝國軍隊，所向披靡，當爲最年輕的一代魁首。」

眾人聽後點頭承認，漁于淳望接過話說道：「天雷兄高見，但不知以下爲誰？」

「這個……」天雷沈吟了一會兒，又接著說道：「以下當推明月公主、百花公主及六位東海公子。」

「天雷兄誇獎了。」

「天雷大哥太高抬凝香了。」

東方秀、漁于淳望、司空禮、長空旋、夏寧謀、海島宇一齊謙遜，百花公主笑臉如花，嬌聲謙遜推讓，同時，每一個人的臉上都流露出高興的神采。

「天雷兄認爲聖日嶺西郡的雪無痕如何？」長空旋問道。

「雪無痕一戰路定城，二戰郡北，三戰雪月洲，成名也是靠實力，但這是因為他手下文有雅星，武有驚雲、維戈、雷格、越劍等人，況且，嶺西郡彈丸之地，哪裡能與上面幾位縱橫千里的人物相比，也許以後有所作為吧，但也算是一個人物。」

「天雷兄真是高見，長空旋今日聽兄長一言，收益良多，只不知兄長認為自己如何?兄長的志向如何?」

天雷沈吟了好一會兒，心中對長空旋大罵不是東西，問什麼不好，偏偏問完雪無痕又問自己，但也不能不回答，最後說道：「天雷年輕名淺，自不敢與各位名人相比，但天雷的志向也不願意妄自菲薄，願率領一支鐵騎縱橫中原，成為一代名將。」

東方闊海手捻鬍鬚大聲說：「好志向，好豪氣!老夫斗膽相詢，小兄弟看我東海聯盟實力如何?」

天雷看了他一眼，沒有說話。

東方闊海看出天雷有難言之處，道：「小兄弟但說無妨，這裏都是自家人，沒有什麼忌諱。」

天雷再次沈吟一下道：「中下水準。」

室內眾人聳然動容，臉上神情各異，長空旋大聲問：「天雷兄長為何這般認為?」

天雷穩定心神，接著說道：「西星以武藝流派立國，多年來國力強盛，帕爾沙特王子殿下威名遠播，星智、星慧等名將眾多，八十萬精銳部隊強大無比，士兵個個擅長武藝，東海聯盟無以比！」

他看室內眾人點頭，接著又說道：「映月國主雄才大略，幾十年來雄視中原，二十萬鐵騎縱橫天下，明月公主為當代奇女子，騰格爾等名將眾多，如今僅在河北就陳兵六十萬人馬，並善於陸戰，東海聯盟何比？」

天雷見沒有人說話，他接著說道：「北蠻國兵馬強橫，士兵以一當十，北蠻狼騎兵為大陸最強大的騎兵，五十萬兵馬陳兵河北，時刻伺機渡河，窺視聖日京城，東海聯盟戰不贏北蠻強橫人馬，也無以比。」

「好，想不到小兄弟字字見血，一言指出東海的困難，請接著說！」東方闊海一臉嚴肅地說。

「聖日如今雖四面楚歌，但東方兵團有軍隊近四十萬人，南方兵團三十餘萬人，加上鎮守京師的八十萬人馬，僅這些東海聯盟就無可比。要不是如今形勢嚴峻，六國共同出兵，僅東海聯盟何以敢小視聖日，況且，嶺西郡雪無痕十個軍團兵馬強盛，裝備精良，時刻進京勤王，東海聯盟想壓倒聖日，目前自想當然爾。」

「好，好，聽小兄弟一席話，勝讀十年書，那麼，小兄弟認為東海聯盟一無是處了？」司空傲雪雖嘴裏讚歎天雷，但語氣裏也是不十分滿意。

「那倒也不是！東海聯盟國富民豐，兵員充足，海戰無敵，雖不擅長陸戰，但畢竟後勤及人員保障不難，但以當前區區五十萬人想與映月、西星、北蠻四國爭上風極其困難，特別是手中沒有騎兵、戰車等，更是不可能的，想要獨霸中原，至少也得用一百年。」

彝凝香聽完天雷的話，嬌聲笑道：「天雷兄心裝日月，袖有乾坤，才學驚人，凝香今日聆聽教誨，不枉東雲城一行。那麼，天雷兄認爲南彝如何？」

天雷狠狠地瞪了她一眼，接著說道：「南彝地處偏遠，國力不足，兵力分散，特別是不善於大兵團作戰，如今雖與聖日爭鋒稍占上風，但是，一旦與其餘各國作戰必敗無疑。」

「凝香還是頭一次聽見如此的見解，雖不動聽，但凝香能夠接受，謝謝天雷大哥！」

「淺薄之見，不足於論天下，但既然各位前輩問及，天雷就只好胡說一通了，請各位不要放在心上。」

「小兄弟如此才學，又如此客氣，實在令漁于飛雲汗顏，正如小兄弟所說，當前大陸的形勢確實如此，東海聯盟想在中原立足，必須擴充實力不可。」

東方闊海長歎一聲道：「中原有像小兄弟這般人才，任何一國想要討得好去實在是難，小兄弟，如不介意，東方闊海請教了！」

「東方大哥客氣，東海聯盟出兵中原，時機把握的非常之好，又與南彝聯盟，形成南北夾擊之勢，聖日想擊潰任何一方都十分困難。但是，如今河北四國聯軍，實力大增，顯然有先呑併中原後再圖他謀的打算，而河北集團一旦渡河成功，早晚要解決的問題就是東海聯盟與南彝，他們怎麼可能讓人瓜分勝利的果實呢？所以，無論是東海聯盟，還是南彝，都不具備單獨抗拒北方集團的實力，只能被各個擊破，如果東海聯盟和南彝緊密聯盟，保存實力，也許日後還有與北方集團一戰的實力。」

「呵呵，天雷兄是要說東海聯盟、南彝實在無必要再與東方兵團文嘉、南方兵團禹爾吉部血戰的必要吧，這才是兄弟說這麼多的本意吧！」長空旋大笑著說。

「正是！」天雷臉色微微有些發紅，他毫不遲疑地承認。

「但如果這樣一來，豈不是讓我們坐等河北集團攻取不落城，兩手空空嗎，形勢只會更加被動。」

「這……，只好看今後一段時間形勢的發展了。」

「天雷兄可是爲文嘉的說客？」

「不是，天雷只是一時之想。」天雷正色又道：「天雷爲聖日人，做事情首先當爲聖日考慮，方不負爲人。但是，剛才天雷所說句句是實情，何去何從，各位前輩自會考慮決斷。」

「好了，天雷大哥既然沒有別的意思，我們就不要再說這些了。對了，天雷大哥打算全力與東海六位公子一戰嗎？」百花公主打斷天雷的話，又嬌聲問。

「是，明天一早小弟就起程回去準備，定當與六位兄長一戰。」

幾個小輩一時間談得愉快，女孩子難得也插上一二句，東方闊海起身告辭，漁于飛雲和司空傲雪跟隨來到後面，三人落座，司空傲雪道：

「這個天雷所說句句實情，這個小子太可怕了，如讓他發展下去，恐怕當為東海之患，不如我們……」他用手做了個斬斷的手勢。

「唉！傲雪，這個小子雖然表現極佳，但最後幾句卻露出本意，當為文嘉派來之人，這就不能說他如何了，可以肯定是文嘉也有困難，想由他的嘴勸我們暫時休兵，如果這樣我們就不放他回去，定當被中原各路恥笑，認為我們連一個小小的大隊長都驚慌失措，毫不足慮嘛。」

「大哥說的是，但這小子也確實有幾分才學，以後必定為一代良將，不如我們示之以好，說不定會為我們所用。」漁于飛雲說出自己的想法。

「就這麼辦，不過，我們也確實有必要暫時休整，就讓他和秀兒他們暫時戰一場，拖延時間，另外，再補充三十萬人馬，我們這五十萬人太少了點，還有，要想盡辦法購買馬匹，擴充騎兵部隊，中原作戰，沒有騎兵十分不利。」

「是，大哥。」

三人仔細研究了今後的策略，一致表示要加強與南彝合作，儘量避免發生大規模交戰，保存實力，不要把文嘉逼得太緊，否則雙方都沒有好處等等。

天雷出使東雲城，舌戰東海六公子，巧論天下形勢，分析利弊，促使東海聯盟暫時放鬆了對文嘉部的緊逼，爲東部大轉移贏得了時間，同時，促使東海聯盟與南彝緊密聯合，共同對抗北方集團，在南北兩個超級集團中間增添了鴻溝，爲整個中原戰場增添了變數。

二日後，天雷告辭，東海六公子及百花公主等人送出城外，臨別時，天雷拉住長空旋的手說道：「長空兄才智過人，天雷敬佩，請兄長再送小弟一程，可好？」

長空旋知道天雷有話說，藉口又向前送，眾人告辭回城。

天雷與長空旋二人在前行，天雷突然對長空旋說：「長空兄，東海聯盟騎兵最弱，幾無什麼戰鬥力，就中原爭霸來說，這是十分不利的局面，如果東方盟主有意，小弟願意賣給你們一萬匹戰馬，不知道大哥可願意爲天雷溝通？」

「天雷兄，這是真的？」

「是，前次小弟繳獲戰馬萬餘匹，放著也沒什麼用，如果東方盟主可用糧食交換，小弟願意以十萬擔糧食交換這一萬匹戰馬。」

「好，天雷兄，小弟謝謝了，但不知事成後我們怎麼聯繫？」

「過段時間，小弟將與眾位大哥交戰，這一萬匹戰馬，小弟將安入營內，如果長空兄弟想達成此事，請秘密找小弟聯繫即可。」

「我們就這麼說定了，但是，天雷兄，可否用金錢等交換，這麼多糧食，目前我們恐怕也較爲困難。」

天雷微微一笑，搖頭說道：「不行，其餘的話小弟就不說了，事情就這麼決定，一點也沒有迴旋餘地，你照實回稟就是，成與不成，只好看機遇了。」

「好吧，既然話都說到這個份上，小弟就不多說了，我就告辭了，天雷兄保重。」

「保重！」

二人分別，天雷一行回歸東平城。文嘉和列科等接到人，懸掛的心才放下，天雷細說此行的經過，眾人無不大笑。

「轉移的事情安排怎麼樣了？」

文嘉回答：「首批人員差不多了，都是各位將領的家眷和士兵的家屬，還有些百姓，目的是帶動其他的人，後天一早開始行動。」

「好，這件事情就由大哥負責，要儘量讓百姓全部轉移。」

文嘉點頭答應。

這次轉移，可以說是敗退，也可以說是移民，涉及面廣，距離遠，工作量十分巨大，文嘉動員手下十萬官兵及各城的所有文職人員，深入到各個鄉鎮，動員百姓撤離，同時，要求各家各戶把糧食交上來，用金錢補償，糧食統一作爲沿途百姓吃用，貴重物品物資裝車起運，以士兵爲先導，沿途保護，每三十里駐紮一個營地，讓百姓軍民休息吃宿，事情安排得非常詳細周到，文嘉幾乎傾家蕩產，再所不惜。

第七章　戰略轉移

聖拉瑪大陸通曆二千三百九十二年二月十六日，東方兵團四十四萬官兵及三百萬民眾拉開了歷史上最大一次戰略轉移，整個轉移過程橫跨三千里，越二十四城，困難可想而知。

十六日清晨，文嘉、列科、天雷及所有留下的將領都站在東平城上，向西眺望，看著緩緩遠去的軍民，文嘉滄然淚下。嘉東世家經營東海郡百餘年，祖孫四代，一草一木都結下深厚感情，如今，他們被迫離開，又怎麼能不流淚呢。

天雷拉著文嘉的手，語氣沉重地說：

「文嘉大哥，你不要難過，我們一定會打回來的，聖日民族雖然暫時困難，但在大哥廣大心懷感召下，一定會逐步強盛，後人一定會記住你的豐功偉績！」

「雪兄弟，謝謝你！」

「大哥！」兩個人的手緊緊地握在了一起，眼裏充滿著堅定的神色。

三日後，東平城西門外馬蹄聲轟響，不久，一隊隊身著黑色盔甲的士兵漸漸出現，他們在將官的組織下分組列陣，整齊劃一，人數約五萬人，靜靜地等待。楠天帶領布萊、洛德五兄弟出城迎接，安排紮營休息，帶隊的副統領羅格等人進入城內拜見天雷。

奧卡的黑爪每一天都把藍衣眾到達的位置向天雷彙報，所以天雷知道他們這幾天到達，但是，文嘉見到藍衣眾的陣容，還是一陣心驚膽顫，他早就耳聞藍衣眾的威名，爲當今大陸少有的一支勁旅，東方兵團如果有這樣一支軍隊，也不會被東海聯盟打得節節敗退，同時，藍衣眾到達，也使他放下了些許心事。

當下，羅格拜倒在地：「副統領羅格拜見少主！」

「羅格，起來吧，一路可好？」

「都很好，多謝少主關心，我們都惦記著少主！自從軍師接到少主的飛鴿傳書，藍衣眾立即起身，日夜兼程，深恐少主出事情，如今看見少主安然無恙，大家放心了。」

「謝謝兄弟們！對了，羅格，我看藍衣眾人數好像多了許多？」

「是，少主！軍師至從少主走後，全力整編藍衣眾，並把從北府軍過來的騎士團官兵編入，加上幼字營成年的小兄弟，如今已經達到五萬人。」

天雷點頭，表示知道，又問道：「北府軍又有人過來了？」

「是，少主！北府軍如今到達望南城的人已經達到近十萬人，都是凱武將軍的舊部，如今軍師正在整編，就等著少主爲他們命名呢。」

「好，做得不錯。噢，對了，羅格，上前見過文嘉將軍。」

「羅格拜見文嘉將軍，剛才多有失禮，請將軍原諒！」

「哈哈，副統領不要這麼說，今後大家都是自己的兄弟，快請坐！」

文嘉一點也不敢怠慢，並不因爲自己身分而小視羅格。事實上，藍衣眾是嶺西郡最強大的軍團，絕對的主力，羅格能夠成爲副統領也是將才，這次他率領藍衣眾前來東平城作戰，一路辛苦，所以也不挑剔。

「羅格，你跟楠天下去休息，把事情交給布萊、洛德他們就是，休息兩天後就要作戰了，可不能給我丟臉啊！」

「多謝少主信任，羅格明白，告辭了。」

天雷看羅格一臉疲倦，滿身風塵，心疼不已，讓他們多休息二日。

這兩天，按照天雷的吩咐，文嘉的一個軍團抽掉一萬人到六十里外建築大營，天雷彷彿特別喜歡戰壕似的，把大營四周圍挖掘出三道壕溝，深有一米五十公分，其中兩側壕溝向前伸延出半里，像一支螃蟹的兩支前爪，彎彎曲曲，不知道幹什麼用。

大營駐紮地叫做前坎村，在大平原上地勢就算較高的一處了，小村不大，有四十戶人家，人早就跑光了，只剩下幾個年老體弱者。天雷讓紮的大營公分三處，正東一處，西北方向一處，西南方向一處，成三角形狀，把小村包圍在中間。

村內有一口土井，方便飲水，糧食補給都放在村內，待事情辦好，與東海六公子約定的時間已經到了，天雷命令三萬藍衣眾住入大營，把前段時間繳獲東方秀及東方闊海的戰馬分一萬匹圈入內，等待交換糧食，與六公子開戰。

平原城守軍五萬人，一個整編軍團，是南方兵團兵團長禹爾吉的總預備隊。城東部連接東原郡，西方連接嶺西郡，南部三百公里處朔陽城為抵抗南彝大軍的防線，北部為京城不落城的南門戶，是支撐東西南北的重要支點，一旦平原城淪陷，京城南部就暴露在南彝軍隊的直接攻擊之下，與北方聯軍形成南北夾擊京城防線的勢態，東西切斷文嘉將軍的東方兵團撤往西部嶺西郡的道路，是連接東西戰區生命線上的重要支點，地理位置十分重要。

十天前，兀沙爾和凱文率領一萬名藍衣眾從東原城出發，趕赴平原城，主持大局。比雲在接到天雷命令後，協助兀沙爾和凱文完成使命，藍鳥第一、二、四軍團二十七萬人早已經出發，不日將與他們會合，在黑爪的協助下，兀沙爾和凱文隨時能夠知道大軍到達的位置，計算著會合的時間，一時間內，平原城風起雲湧，烏雲密佈，百姓加入東部撤往嶺西郡的軍民中，越來越多。

禹爾吉將軍在平原城南三百公里朔陽城得到消息，感到平原城一帶形勢大變，從東部戰區撤退下來的百姓數不勝數，並有軍隊沿途護送，向西進發，就知道東方兵團出事情了，他趕緊安排好戰區內的事宜，趕赴平原城，二日後到達平原城時，向東西望去，人潮滾滾望不到邊際，百姓在士兵的維持下向西撤離，把平原城南的道路幾乎塞滿。

平原城內軍民人心大動，士兵站在城牆上楞楞地看著向西而去的人群，心中惶恐。禹爾吉將軍來到城府內，剛坐下就詢問城守出了什麼事情，城守也不十分明白，但比雲已經打過招呼，把大體上知道的事情與禹爾吉將軍一說，他這才放心，派人通知比雲過來，詳細詢問。

比雲在早些時候接到嶺西郡方面轉來天雷的命令，詳細瞭解了情況後，心中一陣歡喜，他經營平原城一帶多年，功績雖然比不上京城內的騰輝，但自己也時刻想著比一比，這次嶺西郡和東原郡這麼大的動作，足可以名垂青史，他哪能不高興，趕緊召集自己的手下，召開會議，反覆研究，制定方案，眾人分頭行事。

比雲自己做平原城守的工作，由於嶺西郡距離較遠，大軍等過一段時間才能到達，所以只是簡單地對城守說一些情況，同時陳明利害關係，平原城守雖然是禹爾吉將軍的人，但幾年的戰爭，他也看出禹爾吉不是成就大事的人，在當前聖日困難的情況下只有另想它法，與比雲說法相和，雖沒有當時就答應，但也默許了。

一段時間內，平原城黑爪展開了全面的策反工作，南方兵團的將領們都在等待、觀望。

比雲聽說禹爾吉將軍叫自己過去，也沒感到意外，一個月時間已經過去了，禹爾吉將軍不可能一點消息也沒有，嶺西郡三個軍團距離平原城已經不遠了，東原郡的先頭部隊、百姓已經達到平原城一帶，正向西撤退，這麼大的動作，禹爾吉當然會急著趕回來，他收拾好自己的衣裝，趕赴禹爾吉的帥府。

禹爾吉將軍看比雲進來，客套了一番，他當然知道比雲是什麼人，西南郡比奧的兄弟，名義上雖然是商人，但誰都知道他是幹什麼的，所以客套過後，直接切入主題：

「比雲兄弟想必知道我請你來，是爲了什麼事情吧？」

「將軍客氣了，必是要問小弟東原郡的事情。」

「不錯！」

「東方兵團文嘉將軍與嶺西第一兵團雪無痕將軍前些日子取得了協議，要把東部戰區的人馬及百姓轉移至嶺西郡，合兵一處，以防被各個擊破，如今正在開始行動。」

禹爾吉將軍的臉色十分的難看，一方面，這麼大的事情他一點也不知道，顯然二人也沒有把他放在眼裏，另一方面，東部戰區遠離嶺西郡三千里，中間隔著平原城，要從自己的勢力範圍內經過，他們卻一點也沒有通知他，顯然是看不起他，而最重要的就是，一旦文嘉將軍放棄了東部戰區，東海聯盟就會趁勝追擊，鋒芒所向必是京城和平原城，以當前東海聯盟與南彝聯盟的形勢下，必然會配合南彝攻取平原城，然後兩方共同攻擊京城。

「文嘉和雪無痕好大的手筆，禹爾吉一點也不知道，他們就不怕擔上賣國求榮的罪名嗎？」

既然不滿，話當然就不那麼好聽，比雲滿面帶笑地說道：「比雲早得到消息，負責與將軍聯絡，但將軍一直在前線，比雲一時間也有事情脫不開身，所以事情才拖到現在，比雲向將軍謝罪。」他把責任都攬在自己的身上。

「哼。」禹爾吉將軍哼了一聲，他一點不傻，知道比雲在說謊，但也不能把比雲怎麼樣，西南郡、嶺西郡不說，如今又多了個文嘉作後臺，他還真的不敢把比雲怎麼樣，臉色鐵青，憤然而起，背手在室內轉了兩圈，突然問道：

「文嘉和雪無痕向大將軍請示了嗎？」

他想起了虹傲，如果沒有虹傲殿下的允許，就是私自動兵，禹爾吉想怎麼做，首先在理字上站得住腳。

「這個小人就不清楚了。」比雲當然知道天雷和文嘉沒有與虹傲商量，但也不能明說。

「哼，他們為什麼突然放棄東部戰區，難道不知道這樣一來局勢很危險嗎，京城東部不是直接暴露在東海聯盟的攻擊下了嗎？」

「這個小人也不清楚，可能是文嘉將軍想退往京城吧！」

比雲有一句沒一句地與禹爾吉胡扯，一問三不知，他要首先探一探禹爾吉的想法，後作決定。

「將軍想怎樣對待這件事情？」

禹爾吉眼珠一轉，心道：文嘉既然頂不住東海聯盟的進攻，但看撤退的形勢也不是敗退，當有一定的實力，如果不放文嘉部過去，他也不能怎麼樣，想罷說道：

「文嘉將軍既然撤退，禹爾吉想，一定是有了不得不退的理由，但既然到達平原城，禹爾吉就會好生招待，百姓可以向西，他們到那裏我管不著，但軍隊卻不行，軍人是帝國的根本，不能隨便亂走。」

比雲點頭說道：「將軍的意思是，百姓可以向西，由雪無痕接收，軍隊留在平原城，歸將軍指揮，可是？」

「我就是這個意思！」禹爾吉沉著臉說。

「小人無法阻止將軍作出的任何決定，但文嘉將軍和雪無痕將軍可能已經有了整體計畫，如果將軍阻攔，必會打亂整個轉移的步驟，造成嚴重後果，甚至會危及百姓，請將軍三思啊。」

「我並沒有干預二位將軍的計畫，但軍人必須爲國盡忠盡義，文嘉既然不能守住東部防線，禹爾吉願接手軍隊，抵抗外敵，難道我錯了嗎？」

比雲點頭說道：「將軍既然如此說，比雲沒有話說，只好如實稟告文嘉和雪無痕將軍，請兩位將軍決斷，但比雲衷心希望將軍不要干涉這件事情。」

「哼！」禹爾吉滿臉不悅。

「小人告辭！」

「不送！」

比雲退出將軍府，心頭湧起萬千思緒，感慨文嘉與天雷的同時，爲禹爾吉的愚蠢、一意孤行而難過，這次會面，促使比雲下定決心，盡全力幫助天雷解決平原城問題，有必要甚至不惜流血。

嶺西郡內，軍事雅星接到天雷的傳書，佩服文嘉將軍的高瞻遠矚，爲聖日民族捨棄一切的胸懷，同時緊急傳令藍衣眾起程。他派人向文謹將軍通報了情況，協商共同迎接東方兵團的軍民，打開一條通道，建立營地，安排軍民食宿，又傳天雷的命令，讓維戈藍翎出兵，同時命令越劍青年軍團作出準備，製造渡河假象，緊急命令藍鳥第一、二、四軍團準備起程，事情忙得他焦頭爛額，腳步不停，嶺西郡內，軍民積極行動起來，糧食、物資調向東部。

路定城外，藍鳥第一軍團威爾、尼可、格魯率領重步兵營、槍兵營和神機營十七萬人起程趕往望南城，尼姆的攻城營留下，凌原城的藍鳥第二軍團在格爾的率領下，緊急趕赴望南城，會合衣特的藍鳥第四軍團，一時間內，二十七萬嶺西精銳部隊齊聚望南城，等待軍師雅星的命令。

軍事雅星召開三軍團軍事會議，會上，他通報了東方兵團文嘉將軍的事情，傳達了天雷的命令，詳細制定了行軍的路線、補給等，臨時組成五人軍事領導小組，由威爾、尼可、格魯、衣特和格爾率領軍團，到達平原城，聽候兀沙爾和凱文指揮，搶佔平原城。

臨行前，雅星告訴他們，這次軍事行動關係重大，涉及幾百萬民眾的生死，如果南方兵團禹爾吉將軍配合，則無話可說，否則，就把禹爾吉處理掉，保證天雷安全撤退。

五人感到氣氛壓抑，雅星以少有的殺氣令他們感到事情的嚴重性，同時，爲了天雷的安全，他們在心中已經決定不管他是誰，如果敢阻擋天雷行動，那麼他的結果只有一個：死。

藍鳥三個軍團在五位小將的率領下兼程趕赴平原城，他們心中焦急，加快行軍速度，用時四十三天，趕到平原城外三十里，大軍安下大營休息，黑爪部早有人在等候，通報了兀沙爾和凱文的位置，傳令各部安心休息，並等待與兀沙爾主帥會合。

兀沙爾和凱文從東平城起步較晚，由於距離比嶺西郡近一些，爲了配合大軍行動，天雷讓他們晚些走，同時，東平城外，天雷和東海六公子的大戰已經漸漸拉開了序幕。

三天前，長空旋秘密來到東原城，天雷把他安排在自己住的院內，晚間兩個人詳談，自從天雷在東雲城外與長空旋一番談話後，長空旋回轉東雲城，晚間秘密拜見了東方闊海，把天雷販賣軍馬的事情一說，東方闊海雖然歡喜，不知道天雷爲什麼要糧食，又一想，可能是文嘉部糧食不足，另一方面，就是爲了增加自己後勤的壓力，緩解戰局，他早有購買戰馬的想法，只是還沒有兌現，如今聽長空旋一說，他思考了一會兒對長空旋說道：

「旋兒，你的能力我很放心，購買戰馬我答應了，但十萬擔糧食也不是小數目，如果文嘉有意誆騙我們，反而不妥，畢竟如今雙方正在交戰，你再約天雷一次，可否一次交易小一些，以一千匹爲一組，即使有變化，我們損失也不大。長空旋大喜，再次來到東原城。

長空旋把東方闊海交代的事情一說，天雷立即答應。長空旋想：一旦天雷與東海交易成功，那他就是叛國罪，戰時再沒有比這件罪名更大了，各國皆嚴禁這類事情發生，一旦發現則處以極刑，以後如以這件事情相要脅，天雷只怕會爲東海效力，平添一員勇將，但對天雷的爲人，可就大打折扣。

天雷這兩天與雅藍、雅雪姐妹越加親近，也不忌諱長空旋，使長空旋心中越加對天雷可能爲東海效力信心十足，一個人既然能夠叛國，又好色，雖然有才華，但也好控制，他竟然當雅藍、雅雪的面開起天雷的玩笑，姐妹倆臉色羞紅，背地裏又是喜歡，又是著惱。

第三天，在朝陽城外，天雷和東海聯盟的第一次交易悄悄展開，一萬擔糧食也裝了近百輛大車，長空旋進入右後營中挑選出一千匹戰馬，把裝運糧食的車輛交給天雷，回轉東雲城，同時約好下筆交易的時間。

天雷接到百輛大車糧食後，緊急運往東原城，轉交文嘉，文嘉並不停留，派人一路押運，運往沿途的駐紮營地，分發各處，爲百姓食用。

文嘉和天雷這次組織大轉移，糧食首先是個問題，在失去大量國土後，每年的糧食產量很少，百姓自己也吃不飽，何況這次轉移人口這麼多，文嘉部存糧畢竟不夠百姓吃，三千里路，百姓要走百八十天，沒有糧食保證，如何能夠安全到達，所以天雷提出了賣戰馬的主意，反正東方闊海需要戰馬，而這些戰馬又是前些日子他們繳獲的，再還給他們換取糧食也不失個好辦法。

東海六公子積極備戰，也如天雷一般，在東雲城外六十里安下大營，構築戰壕防線，雙方距離二十來里路，到達約定的日期，東方秀通知天雷開戰，天雷同意，從第二天起，東方秀及各位兄弟率領軍隊到陣前約戰，但天雷只守不出，一連六日，把東方秀、漁于淳望等人氣得暴跳如雷。

東方闊海知道後，派人通知東方秀穩住，以防給天雷有可趁之機，眾人心中大悟，小心行事，在第六日晚間，楠天、布萊率領二千藍衣眾摸進東方秀大營，一陣斬殺後快速撤離，順遠處的戰壕回轉營內，損失不大。

以後幾日，天雷應然只堅守不出，白天不管東方秀如何罵戰，只當沒聽見，士兵在三道壕溝內弓上弦堅守，只是一旦到了晚間，五小兄弟輪流帶領一個中隊出去，摸暗哨，殺軍兵，折騰一夜後回營休息，東方秀氣得一點辦法也沒有，白天天雷不出，晚間歇息時又不知道天雷派出多少軍兵，深恐怕中了埋伏，以後只好白天叫罵，晚上讓各世家好手出營監視天雷大營的動靜。

在一個月時間內，天雷與長空旋進行了十次交易，換回十萬擔糧食，一萬藍衣眾跟隨兀沙爾和凱文前往平原城，三萬藍衣眾堅守大營，一點事情也沒有，一萬人保護戰馬，進行交易，事情很快進入一個段落，天雷回到東原城，與文嘉商議後續階段事宜，命令恆原城內列科、翔城內的嘉萊、嘉興兄弟向東原城靠近，準備撤離。

東原郡內，絕大多數的百姓已經撤離，極少數不願意走的天雷和文嘉也沒有辦法，聽之任之。一個多月時間過去，天雷看事情安排得差不多了，囑咐文嘉將軍緊緊依靠藍衣眾斷後，大軍首先撤退，做好步步為營的準備，以防不測，千叮嚀萬囑咐，自己僅僅帶領五百人起程首先趕赴平原城，主持大局。文嘉將軍攜手相送，讓天雷放心，二人才灑淚而別。

兀沙爾與凱文趕到藍鳥軍團大營，眾將領拜見了主帥，把指揮權轉交給兀沙爾，威爾、尼可、格魯及衣特、格爾詢問天雷的近況，眾人都十分擔憂，同時對平原城的事情怎樣處理還沒有最後決定，以衣特、尼可等人的主意是接管平原城，如果禹爾吉部反抗，就地消滅，保證天雷後撤安全，但以凱文為首的一些人認為最好能夠和平解決，儘量避免自相殘殺，兀沙爾沒有做出最後決定，只是說先等待消息，看比雲方面有什麼行動再說，眾人不敢違抗命令，只好安心休息，養精蓄銳。

為了配合東部戰區的戰略轉移，嶺西郡幾乎出動了所有的兵力。首先，在西南郡方面，藍翎兵團沿聖寧河兩岸攻擊前進，前鋒各一個騎兵軍團，後續一個步兵軍團，聖寧河北岸，由維戈親自率領，藍鳥第七騎兵軍團為前鋒，藍鳥第八軍團為後部跟進，在河南，溫嘉親自帶領藍鳥第六騎兵軍團為前鋒，第十步兵軍團跟進，兩路大軍順河而下，橫掃聖寧河兩岸，南彝軍隊措手不及，紛紛退守城內，幾乎不出，維戈也不攻城，只在周圍地區反覆清剿，切斷南彝國內與平原城方向敵人的補給線，威脅敵人後軍，一時間聲威大震，南彝軍隊惶恐不安。

南彝主帥彝雲松接到消息，急忙向國內彙報，同時派出十萬人馬進行清剿，雙方你來我往，互有勝負，促使南彝軍隊無心攻擊平原城一線，爲兀沙爾減少壓力。

同時，彝雲松也接到百花公主的信，告訴他與東海聯盟取得了聯繫，雙方建立了更加牢固的關係，更提及不要強攻南方兵團禹爾吉部，以防他垂死掙扎，反咬一口，可暫緩進攻，觀看形勢變化，彝雲松深表認同，命令部隊緊守防線，雙方對峙。

在嶺西郡北，青年兵團的兵團長越劍自從接到軍師通知後，三萬水軍沿河排開，天天進行登陸演習，聲勢浩大，越劍帶領所有的高級將領到清河城、赤河城等地進行巡查，大戰形勢大有一觸即發的可能，河北映月三十萬大軍緊急待命，嚴陣以待。

文謹老將軍接到雅星派去的使者，明白事情真相，感佩文嘉將軍的同時也積極主動地進行增援，他在南邊打開一條通道，配合嶺西軍隊，在北方聖靜河邊一帶加急防範，作出積極的姿態，同時與京城聯繫，大有聯合的勢頭。

聖日京城東、南、西部的動作，河北西星帕爾沙特早就得到了消息，當時只是認爲文嘉部敗退，百姓逃離，一個月後，綜合各個方面的消息，才感到事情不是那麼回事，大有可能是聖日組織起一次大規模的戰略轉移，如果東方兵團、南方兵團和京城西部的中央兵團會合，加上京城的力量，嶺西郡雪無痕的加強，形勢將大有轉變，他心頭大驚。

不知道聖日出了個什麼樣的人物，作出如此宏偉的計畫，如果讓聖日完成這個目標，那麼，中原爭霸將不知如何發展，他緊急約請映月主帥騰格爾、北海主帥北海明、北蠻主蠻龍相會，等到眾人在河平城相聚後，帕爾沙特把自己知道的情報一說，眾人無不心驚。當然各國有自己的情報網，只是沒有帕爾沙特想的那麼遠，得知事情可能出現這種不利的情況後，一起決定提前渡河，完成對聖日京城不落城的包圍。

經過反覆的研究，最後，四國聯軍作出這樣的戰略計畫：北蠻擊潰河南的大軍後，用二十萬人從東麵包圍不落城，其餘二十萬人向東攻擊，與東海聯盟形成夾擊的勢態，截斷東方兵團文嘉退路；映月軍隊擊潰當面的敵人後，用十萬人配合西星十萬人從西面包圍京城，其餘二十萬人加上北海十萬人、西星二十萬人共計五十萬向西攻擊文謹部；北海過河後用十萬人配合西星十萬人封鎖京城北門；帕爾沙特親自率領四十萬人馬封鎖京城南門，同時向南攻佔平原城，截斷文嘉部退路。整個行動五日後展開。

平原城內，比雲這幾日憂心如焚，無論怎樣也不能說服禹爾吉將軍，同時，他還派出軍隊到城外扣押士兵，無法完成護送任務，比雲曾經三次登門拜訪，但禹爾吉將軍不為所動，最後，比雲把事情的經報告給兀沙爾，在目前形勢下，兀沙爾被迫決定出兵，就連凱文也沒有什麼話好說。

第八章　暗流激蕩

聖拉瑪通曆二千三百九十二年二月二十八日，兀沙爾率領嶺西第一兵團的二十七萬人馬出兵平原城，大軍首先在格爾第二軍團的引導下，迅速包圍平原城，隨後而來的第四軍團跟進，六百輛弩車部署在四門，只許百姓出城，不許進入，凡帶武器者全部繳械，第一軍團十七萬官兵在平原城北門外一字排開，一千輛弩車指向北方，兩萬中弩手四處巡邏，形勢驟然緊張。

禹爾吉將軍被圍在城內，一時間心頭火起，帶領兩千人從南門向外行，他想嶺西郡的軍隊沒有人敢動他，不想士兵剛出城門，就被格爾部發現，一個中弩隊一陣齊射，一千餘人立即倒在城門前，他本人幸虧稍後些，在親衛保護下返回城內，一時間呆住。

格爾這幾日心中焦急，天雷情況不明，禹爾吉冥頑不化，自己找死，以他對天雷的感情，早就攻進城內了。格爾孤兒出身，後進藍鳥谷，從小練武刻苦，大些時進入藍羽擁兵團，後多次受到天雷教誨，雖沒有進入帝國軍事學院學習，但自己卻在京城外西院別莊訓練處受到訓練，後跟隨天雷進入嶺西君，血戰路定城，再戰郡北。

以區區低微的身分被天雷任命為第二軍團的督衛，統領一個軍團，被天雷第一個裝備弩車，僅中弩就給了二萬，是僅次於第一軍團的精銳主力部隊，倚為天雷的臂膀，曾被天雷親點跟隨藍衣眾進入帝京城，迎接凱旋遺骨，深受重用，如今，天雷情況不明，禹爾吉百般刁難自己找死，格爾看見他耀武揚威地想出城，不知道為天雷增添多少麻煩呢，一聽士兵報告有人要出城，當即命令全部斬殺，同時命令以後凡十人以上出城者，一旦發現攜帶武器，不必報告，立即斬絕。

禹爾吉將軍被困守城內，暴跳如雷，士兵全無鬥志，他破口大罵，把文嘉、雪無痕罵了個遍，無人敢支聲，他又想起比雲，忙命令親衛士兵包圍比雲府，捉拿比雲，同時，集合隊伍，準備與藍鳥軍團交戰。

親衛接到捉拿比雲的消息，趕緊報告給近衛統領大人，這位統領大人不是別人，正是嶺西郡青年兵團長官越劍的父親越和。

越和自從南彝出兵攻打聖日平原以來，原城已經成為敵人的佔領區，他只好組織家族子弟兵跟隨禹爾吉作戰，抗擊外敵，由於他是南方人，又是南越劍館的宗主，家族子弟各個武藝超群，深受重用，留在禹爾吉身邊擔任近衛統領，帶領家族子弟保護禹爾吉將軍的安全，同時也十分掛念自己的兒子越劍。

越劍七年前跟隨天雷進入帝國軍事學院學習，後參加三國排名比賽，威名遠播，成爲聖日年輕一代十大高手之一，越和老爺子明白是受天雷指點才有所成就，後來，越劍跟隨天雷增援凌原城，會戰路定城，從此留在天雷身邊，南征北戰，屢立戰功，被天雷任命爲軍團長，如今也是兵團長了，率領帝國青年兵團二十萬人，協助天雷，威震中原，給老爺子增添了不知道多少的榮耀，每當人們提起越劍，越和在得意的同時，總是第一個提及天雷，感謝天雷的恩情，時刻想著報答。

前些日子，比雲找過越和，把天雷和文嘉的想法、作爲一說，他深表贊同，作爲聖日的一代宗師，越和不比尋常人，懂得兵法戰略，對天雷宏大的構想所陶醉，同時爲文嘉將軍寬廣的胸懷所折服，聽完比雲的說法後，表示盡全力支持比雲，做好禹爾吉將軍的工作，他也確實在禹爾吉的面前提及這件事，倒是禹爾吉滿懷不悅，他老臉無光，這幾日閉門不出，如今聽說天雷的大軍包圍了平原城，禹爾吉將軍鋌而走險，要抓比雲，同時要與藍鳥軍團交戰，心中大驚，急忙來到屋內，見過禹爾吉。

「將軍，萬萬不能抓比雲，同時不可與嶺西雪將軍交戰啊。」

「爲什麼不能，他們竟敢對我下手，同時包圍平原城，沒有把我放在眼裏。」禹爾吉將軍暴怒。

「將軍，雪無痕將軍和文嘉將軍只是想借道平原城，不想將軍百般刁難，阻攔大軍和百姓撤退，才出此下策，望將軍三思啊。」

「越和，我知道你兒子在雪無痕處，你就爲他們說話，沒有想到就連你也瞧不起我，難道我就怕了你們不成！」

「將軍，我越和一點也沒有瞧不起你的意思，只是爲聖日民族大義著想，想將軍爲倫格帝君的女婿，當爲聖日家族著想，沒想到將軍竟然如此，實在令越和失望。」

「你說什麼？難道我禹爾吉就不是爲聖日大義著想，文嘉這個老賊和雪無痕小子聯合，喪失國土，丟棄城池就是爲大義著想，越和，我告訴你，有我禹爾吉在，我就不會讓他們好過。」

「將軍，你不能這樣啊。」

「來人，把這個老賊給我拿下。」

親衛一下子進來有二十餘人，手按腰間寶劍，冷眼地望著他，站在原地動也沒動。

禹爾吉將軍暴怒如瘋，破口大罵道：「全是無恥小人，你們都反了。」同時，抽出腰間寶劍，向越和斬去。

越和一閃，左肩被劃了個血口，嘴裏不停地叫著：「將軍住手！」

禹爾吉將軍如瘋狂了一般，手中劍不停地斬落，越和連忙躲閃，旁邊親衛都是南越劍館的子弟，見宗主受傷，禹爾吉如瘋了一般，頓時大怒，一湧而上，手中之劍並舉，幾下就把禹爾吉斬倒在地。

越和見禹爾吉倒下，忙喊住手，近前扶起禹爾吉，一看已經死去多時了，越和長歎一聲道：「自做孽不可活，還要牽連無數無辜百姓，罷，罷，就請比雲過來，商議下一步事情再說。」

有弟子跑出去找來比雲，比雲一看禹爾吉已死，在安慰越和的同時，通知兀沙爾和凱文進城。

兀沙爾接到消息，急忙率領第二軍團進城，來到禹爾吉府內一看，禹爾吉已死多時，凱文忙令人裝棺入斂，同時命令平原城守軍投降。

在格爾第二軍團的壓力下，繳械十分順利，兀沙爾安排各處防守，清查城內軍械庫存，準備防守等事宜，同時解除對平原城的包圍，比雲趕緊命令黑爪到南方兵團各處通知消息，以防南部戰線有變。

南方各城內，紛紛接到禹爾吉將軍被殺的消息，有人大罵越和不是東西，同時採取觀望等待的態度，誰都知道，嶺西雪無痕將軍的藍鳥軍團二十餘萬人馬已經包圍了平原城，南部爲南彝軍隊，東部文嘉將軍部正在後撤，西就是嶺西郡了，想起事也得看看自己夠不夠分量，有無這個實力，同時，他們只知道嶺西郡雪將軍派來的主帥叫什麼兀沙爾，好像是映月降將，雖有凱文爲副，但凱文久不出山，認識的人不多，再加上各個軍團的軍團長個個年輕，少有人認識，所以都不敢表態，一時間出現各自為政，觀望態度，好在南彝也沒有大舉進攻，相安無事。

但兀沙爾和凱文得不到各城主的回答，心中焦急萬分，一時無法。

在兀沙爾進入平原城的同時，河北映月四十萬大軍，西星八十萬大軍，北海二十萬大軍，北蠻四十萬大軍同時行動起來，各部大小船隻沿河一字排開，士兵準備就緒，單等一聲令下渡河。

河北四國聯軍全線佔領河北地區，經過半年休整，各部都積極地投入到渡河作戰的準備工作中，映月騰格爾知道國內自從失去雪月洲以後，不會給他什麼人員上的補充，所以全力以赴地收集、製造船隻設備，力爭減少傷亡。

在騰格爾的心中一直有一個想法，如果渡河成功後，西星帕爾沙特必然會攻擊嶺西郡，如果映月、西星拿下嶺西郡，那麼就打通了南部通往映月的通道，雪月洲自然就會回歸映月，而北蠻人的想法就單純得多，眼望著聖日京城就在眼前，無數的金錢、珠寶和美女就要歸自己所有，以後北蠻民族再也不需要到極北地區去受凍受餓，只要佔據中原部分地區，生活會永遠美好長久。

而帕爾沙特王子殿下躊躇滿志，號令中原指日可待，東海聯盟和南彝好對付，只要映月、北蠻、北海聽從自己的指揮，用不了多長時間就能夠擊退兩國，回頭再收拾他們，只是嶺西郡雪無痕始終是他心頭上的一塊病，時時折磨著他，雪無痕的才學、膽量、豪氣一點也不比他差，只是生不逢時，被虹傲壓制，不得施展才華，羽翼未豐滿，還不難對付。

三月二日清晨，帕爾沙特一聲令下，西星八十萬人及映月、北海、北蠻共計一百八十萬聯軍，展開了歷史上最大一次渡河作戰。

聖日帝國聖靜河以南現有駐軍八十萬人馬，軍隊統帥大將軍虹傲殿下這幾日姍姍來遲。虹傲殿下一直駐紮在京城裏，只是這幾天，多次有人報告河北聯軍行動異常，大有趁冬季提前渡河的勢頭，提的人多了，難免就煩了，又一想，也很長時間沒有到河南大營去看看，所以來到河南巡視。

這兩天，虹傲顯然也感到情況不妙，氣氛異常緊張，河北真有趁冬季渡河的架勢，他也不敢怠慢，事關生死，不打起精神也不行，連忙吩咐各個軍團緊急戒備，嚴防敵人渡河，又難得地聽從大家的話，把儲備的箭羽等都分發下去，加強防衛。

自從凱旋將軍戰死後，北府軍四散，文謹將軍不聽調遣，京城內就人心惶惶，許多人逃出京城，自找出路，各大世家各想心事，態度冷淡，虹傲感到從沒有的一種失落感，自家人知道自己的事，河北四國聯軍早晚要過河，東、南兩個方向也頂不住多少時間，虹傲感到自己風流得意的日子不多了，憑自己手中的這點人馬可以說是混日子，他不願意把權利讓給別人，就是死也要牢牢地抓住。

禹爾吉將軍也很少與他聯繫，他這時也瞧不起禹爾吉了，被南彝人打得節節敗退，平時的大話說了不知道多少，到用時一點用處也沒有，唯一有點用處的是嶺西郡的雪無痕，但是，虹傲一點也不喜歡他，甚至有一些嫉妒，憑什麼所有的人都說雪無痕如何如何，不就是打了一場郡北勝利戰嗎，難道聖日這麼多的名將還不如一個小子，笑話，我就是不用他，誰能怎麼樣？

前些日子，虹傲聽說東方兵團有撤退的跡象，如今他也不敢深管文嘉將軍的事情，生怕出現文謹般的情況，畢竟文嘉手中有幾十萬大軍，就是不聽從號令，虹傲也不敢怎樣，還不如不聞不問，在名義上保持領導地位。

清晨，虹傲還沒有起床，就被驚叫、喊殺聲驚醒，知道出事情了，連忙跑出去詢問，值班軍官正要稟報，迎頭撞上虹傲，嘴裏結結巴巴地說：

「大……大將軍不好了，河北敵人正在渡河。」

虹傲頭腦一暈，晃了兩晃，穩穩腳步站定，急急地問：「如今形勢怎麼樣？」

「各個軍團正在作戰，目前形勢還好！」

虹傲一聽，精神一振，急忙穿上衣服盔甲，來到外邊，就見外面士兵忙亂，多數往前運送箭支物資，還有的正在整隊，較遠處河邊喊殺聲轟響，早已經聽不清楚在說些什麼。

虹傲走上一座高臺，這是他平時點將之用，如今在上面觀看河上的戰況正好用，就見在最東面，北蠻人強橫的身體發揮了難以想像的作用，他們成排端著簡陋的盾牌涉水渡河，後面源源不斷的人在跟隨，極少數人趁船渡河，還有人不願意跳下河去，涉水向前，弓箭打在盾牌上，落在河裏，少數人被箭羽射中，把箭桿折斷，繼續向前，前鋒已經渡過河，登上河岸邊，正與守在那裏的帝國士兵廝殺，不久就亂成一團。

緊靠著北蠻人的是北海的軍隊，他們乘坐船隻，划動著不斷向前，在東側北蠻人的照映下，減少了許多壓力，在他們的船頭及兩側，豎立起高大的盾牌，抵擋著亂飛箭羽，雖然有些人也落在河裏，但也沒多大事情，涉水渡河，眼看著就要上岸。

而在虹傲眼前的中間處人最多，大小船隻上千艘，在水手號子聲中緩緩前進，船頭也有高大盾牌，士兵揮舞著手中的刀撥打箭羽，落河的人也不少，但並不能減緩船隻的速度，不久就會衝擊岸邊。

在整個大河的最西邊，是映月人，他們乘坐的船隻也不少，船前釘著木板，後面有士兵舉著盾牌，周圍士兵用木板製成簡陋的盾牌，防守如鐵桶一般，很少有人傷亡，船速雖稍慢些，但仍然在向岸邊靠近。

虹傲滿頭是汗，嘴裏大聲喊著：「放箭，快放箭啊。」

河岸邊防守軍隊這時各種設備準備就緒，投石車發出轟響，巨大的石塊如雨點般向河中投去，激起巨大的水花波浪，船隻被大石擊中，轟然折斷，被擊中的士兵血花飛濺，船上士兵紛紛落水，而在水中士兵有的被擊中沉入河中，有的被波及順水浪而去，有的拼命向前，想盡一切辦法迅速靠岸，這時，岸邊又傳來口令聲，火箭如飛，箭雨拉著火苗形成流星形，向船隻上落，浸泡著食物油的箭釘在船上、盾牌上、士兵的身上燃燒起來，把整個大河染得一片火紅，血水、火光把聖靜河染成紅色，屍體漂浮，順流而下，一片淒慘景象。

戰事最緊張、最危險的地段，是在東側的北蠻人渡河點，北蠻人生長在北部極地，惡劣的地理環境造就了北蠻人強橫體質。人口一百五十萬人左右，平均壽命較短，從十五、六歲的成年人，到四、五十歲步入老年的男人，全部以打獵為生，天生的戰士，全族三分之一為作戰人員，近五十萬人。

聖拉瑪大平原的冬天比較溫暖，溫度偏低，雖然是冬天，但聖靜河的寒冷對於他們北蠻人來說根本不算什麼，就好似北極地的春天一樣，只是稍微有點寒意而已，加上冬天的聖靜河水比較少，水位低，只到他們的胸部，涉水作戰又方便，又快捷，何必使用船隻，只有族裏的指揮人員為了開闊視野，綜觀全局，才站在船上指揮戰鬥。

北蠻人是個落後的民族，自己不會製造武器裝備，在平常是用極地的野獸皮與中原人交換一些簡單的工具、武器。數量很少，聖日帝國知道北蠻民族的實力，嚴格控制對北蠻武器販賣，法律的森嚴舉世無雙，各國深有同感，一起對北蠻進行控制，如今，北蠻人雖然進軍中原，物質、裝備獲得極大的改善，但是普遍比較起來還是簡陋的，他們最喜歡戰斧、狼牙棒等重武器，殺傷力強，使用簡單，而身上的盔甲，只有少數族內的軍官才有，士兵自己用獸皮製作護甲，捆綁在身上，作爲作戰時的防護。

這次渡河進軍中原腹地，攻擊聖日帝國的京城不落城，北蠻人十分重視，在北蠻主蠻龍的調度下，出動四十萬大軍，由蠻彪、蠻豹爲左右二路統帥，主持前線戰局，蠻龍在後督戰，左右各二十萬人在蠻彪、蠻豹的統領下，強渡聖靜河。聖日帝國把剛上岸的敵人壓制在距離河岸只有百米的地段，雙方主力部隊發起了一次又一次的衝擊，舉著沉重戰斧的北蠻戰士每一斧下去，至少有兩名聖日士兵被斬斷，聖日士兵就會有更多的人用手中的長槍扎中他們的要害，而使用狼牙棒的北蠻士兵，把防守士兵的盾牌掃落出去很遠，落下時也砸傷多人，但聖日士兵用鮮血和生命鑄起生死的防線，後面弓箭手把箭射進北蠻士兵的胸膛，雙方殺得混天黑地，血染紅河水順流而下。

西星帝國主帥帕爾沙特殿下的攻擊也一點不遜色，他們以軍團爲單位，成建制發起衝擊，船隻著火，他們就下河涉水，被砸斷的船隻沉入河底，士兵們互相攙扶，照應著向前衝擊，隊形一點不亂，高大的盾牌組成防護戰陣，抵擋著箭雨，被亂石砸倒士兵的缺口，很快就會被後面的人堵上，只比北蠻人稍微晚一點上岸，聖日軍團發起了一次又一次的反突擊，用重步兵撕開敵人的陣型，雙方展開了血的搏殺，生死的較量。

西星帝國各路武林高手、軍中主將星海、星天、星碧等衝鋒在最前面，用自己的勇氣、力量鼓舞著士兵的士氣，斬殺著一個又一個敵人，鮮血染紅戰袍，而周圍親兵護衛著主將，人人眼裏只有一個意識：殺！

在北蠻與西星兩部中間的映月、北海士兵登陸就比較弱，衝擊力不是很強，但時間長了畢竟也會與敵人接觸，血戰搏殺是免不了的，映月士兵人人手中都有盾牌，在軍團長的主持下，用戰陣小心前進，在河岸邊穩步防守，小心推進，不求有功，但求無過，保存著僅有的實力，而北海士兵抱著與映月人一樣的想法，只在河岸的不遠處嚴密防守，牽制敵人，攻擊不足，防守有餘，保持不敗的局面。

兩天一夜的血戰，北方聯軍僅僅向前推進了一里，北蠻、西星用傷亡十五六萬人的代價取得了河岸橋頭堡壘，映月、北海傷亡六七萬人，從第三天開始，北方聯軍減緩了攻勢，鞏固陣地，士兵在河南地區建立起防守的壕溝，用盾牌組成防護牆，日夜不停地監視敵人，虹傲發起了數次反衝擊均被擊退，雙方開始休整，而西星帕爾沙特見敵人反擊逐漸減弱，大喜，開始在沿河兩岸搭建浮橋，只一天一夜時間，六座浮橋搭建在聖靜河上，西星、映月騎兵開始渡河，戰馬在士兵的牽扯下，緩緩而過，越聚越多。

在北方聯軍開始渡河的同時，遠在聖日帝國西方嶺西郡內的雅星軍師就得到了消息，他心中焦急萬分，指望虹傲擊退敵人的進攻顯然是不可能，一旦帕爾沙特渡河成功，必然會圍困京城，但京城城高牆厚，守衛一段時間不是問題，帕爾沙特也不會傻到立即強攻，如果他得知雪無痕出兵平原城，一方面必然會南進作戰，而另一方面就會趁嶺西空虛的機會向西攻擊，文謹只能抵抗一時，但絕對不會永遠抵住映月、西星的聯合進攻。

映月騰格爾等待這個機會已經很久了，爲了減少國內的壓力，挽救銀月洲被佔領的命運，一定會盡全力進攻嶺西，而如今，嶺西郡內，除了秦泰的凌原兵團二十萬人，就只有越劍的青年兵團，但越劍的青年兵團正在作出攻擊河北堰門關的姿態，還要防守郡北六百多里的防線，監視映月二十萬降兵，自己本身就困難，指望不上，再有的兵力就是從河南而來的北府近十萬軍隊，剛剛整編完畢，新型機弩等武器裝備還不熟練，作戰實力不敢保證，如果一旦嶺西危險，真可能就成爲聖日民族的末日了。

經過一天的思考及與凱武、亞文等人協商，雅星認爲有必要加強嶺西郡的防守力量，有必要對天雷的平原城方向進行加強，保證這次戰略轉移的成功，他採取斷然措施，傳令遠在銀月洲的雷格藍羽右翼騎兵兵團和藍鳥第三軍團緊急回防，增援嶺西郡，馳援平原城的天雷部，把防守銀月洲的重擔扔給了驚雲兵團。

兩天後，遠在銀月洲的驚雲接到了雅星的飛鴿傳書，打開一看，心頭大驚，趕緊命人請來雷格與商秀，把事情一說，雷格額頭上的青筋立即就冒起，他沉著臉對驚雲說道：

「驚雲大哥，嶺西郡的情況十分嚴重，雅星大哥只有在萬不得已的情況下，才能傳達了這樣的命令，銀月洲初立，困難重重，擔子重，只靠你一個人會很難，但是，在這樣的情況下也只好如此，希望你保重，我立即就要起身！」

驚雲凝望著雷格，語氣顯得略微有些輕鬆地說：

「雷格兄弟，你放心回去吧，相信大哥一定會守住銀月洲，這是我們剛剛建立的領地，是用兄弟們的血換來的，我不會輕易放棄，就是用大哥的生命來保護也在所不惜，何況，你們走後，我手中仍然有二十五萬大軍，加上幾十萬民團，相信不會有閃失，你們放心回去吧，你也保重！」

驚雲回轉身來，看著商秀說：「商秀兄弟，幾年來我們結下了深厚的友誼，不用哥哥多說，你也定會明白我的心意，以後，我們就是最好的兄弟，你們保重啊！」

「驚雲大哥，多謝你這幾年對商秀的照顧，我會記住大哥的恩情，以大哥爲榜樣，好好做，大哥你保重啊！」

驚雲點頭後，又問雷格：「雷格兄弟，你打算何時起程？」

「驚雲大哥，我立刻就出發，大哥保重。」

商秀遲疑了一下，但還是開口說道：「少主，我想與你一起走！」商秀一直叫天雷、維戈、雷格為少主。

「你要與我一起走，那第三軍團怎麼辦？」

「從銀月洲到嶺西，都是自己的地方，相信不會出什麼事情，把軍團交給參謀長就可以，讓他們在後面，我和少主先走，我心裏著急，惦記著天雷少主，怕他有事情。」

雷格一聽他惦記著天雷，心一軟：「好吧，你回去安排一下，立即動身。」

「是！驚雲大哥保重，兄弟去了。」

「去吧，兄弟保重！」

驚雲看著雷格說：「一路小心，代我問天雷好，問大家好，雷格兄弟，你保重！」

雷格緊了緊驚雲的手，說：「驚雲大哥保重！再見！」

他伸手緊緊握住雷格的手，眼有些濕潤。

「再見！」

雷格轉身出去，命令藍羽準備，兩個時辰後出發，趕回嶺西郡。

烏拔、姆里等人一聽嶺西郡有難，聖子情況不明，目前非常危險，立即準備。大草原士兵對天雷的安危比自己的生命還重要，個個心中焦急，用一個時辰準備完畢，這時，啇秀過來，告訴雷格事情已經安排妥當，最遲午後第三軍團就會出發，雷格一聽放心，傳令藍羽動身。

經過銀月洲一戰，草原騎兵兵團藍羽部損失近七萬人，只剩餘十三萬多些，藍羽衛一萬五千人，整個大軍不足十五萬騎兵日夜兼程，緊急趕回嶺西郡，近八百公里路，第五天到達嶺西關，有人接待，略做休息，趕赴望南城，第十天，大軍到達望南城外，雷格命令安營紮寨，自己帶著啇秀及四個軍團長進城。

軍事雅星在望南城前接到雷格，心中一塊石頭落地，見面少不了一番客氣，進城後，雅星詳細介紹了當前的形勢，天雷在平原城方面遇到的困難，眾人都十分擔心。

天雷從東原城出發，五天後行走近半路程，心裏惦記著平原城的事情，這時候，奧卡過來告訴天雷，河北聯軍果然已經開始渡河，目前情況不妙，另外，平原城方向南方兵團長禹爾吉將軍被越和部下所殺，情況暫時穩定，但各個軍團、城主都沒有表態，想必是不相信兀沙爾。

天雷這才想起兀沙爾畢竟是映月降將，目前兩國交戰，把這麼大的事情讓他來做，顯然是不合適，如讓兀沙爾領兵作戰，是一點問題也沒有，但是要想讓他收復南方兵團，顯然是選錯了人選，天雷後悔的同時，命令文嘉將軍趕緊撤退，同時，加快了趕往平原城的腳步。

東原城內，文嘉將軍在天雷走後的第三天，傳令嘉萊、嘉興部十五萬人首先撤退，隨後，列科將軍的八萬人馬跟隨在後，最後，他命令遠在六十里外的藍衣眾撤退，整個過程沒有一點拖泥帶水，堅決果斷。

第九章　豪情沖霄

藍衣眾在楠天主持下堅守大營，與東海六公子作戰，歷時一月，按照天雷的吩咐，一次也沒有正面作戰，只在晚間出擊，攪亂敵人的視線，斬殺哨兵暗探，只第一次夜襲稍微規模大些，以後就是以一個中隊三百多人為單位出擊，攪得東海六公子一點辦法也沒有，只一個勁大罵天雷。

楠天接到文嘉將軍撤退命令，晚上悄悄撤走，凌晨回到東原城，在城門口處懸掛出一幅標語：「天雷敗東海六公子於此！」語氣含糊不清，也是天雷的命令，隨後，跟隨文嘉將軍撤退。

東海六公子之首東方秀清晨起來，感到第一晚睡了個好覺，遠處敵人一點動靜也沒有，心中奇怪，派人打探，不久得知敵人撤退，一時呆住。

東海聯盟六公子與天雷約戰，已經歷時一月，仗從沒有像天雷這般打法，白天不出，晚上騷擾，小規模戰鬥不斷，但也只發生在斥候等少數士兵身上，各種埋伏皆用不上，把東海六公子氣得忍無可忍，但仍然被長空旋給攔住。

長空旋攔住他們有兩個理由，一是如今天雷正在與東雲城進行戰馬交易，也許天雷仍然沒有把主要精力放在交戰上，贏之不武，輸了丟不起六大世家的臉，而另一個原因，就是天雷一定另有所圖，目前，雙方主力都需要一段時間休整，但沒有藉口不行，所以天雷在拖，但在拖的同時，也在比拼韌勁、耐力，尋找戰機，時刻盯著六人的破綻，一旦發現，必然會給予致命一擊，如果輕易出擊，天雷一定有最好的辦法在等待著他們，只是他們目前還沒有想到而已。

東方秀、漁于淳望可領教過天雷的手段，聽長空旋這麼一說，深有同感，同時，天雷也確實在與東雲城作交易，長空旋隔一段時間就出去，回來時把交換戰馬的事情說得一清二楚，近十次下來，也有萬匹戰馬，東方秀等人都想著這些騎兵，這也是壯大東海聯盟騎兵軍團的大事情，也是目前最大的事情，東方闊海能捨得用糧食交換，也確實下了很大的決心。

東海聯盟國富民豐，糧食儲備足，早就做好中原爭霸的準備，六大世家從十幾年前就開始準備，有目的的囤積糧食，就是在大旱災的三年內，也沒有因爲旱災而缺少糧食，近年來，東海聯盟佔據中原東部大片國土，糧食產量大，不缺少，但讓東方闊海一下子拿出十萬擔，也是心疼，東方秀自然瞭解父親大人脾氣，所以忍了又忍，生怕壞了天雷與東方闊海交易的好事。

三天前，長空旋告訴東方秀雙方交易完成了，換回了戰馬一萬匹，都是好馬，東方秀、漁于淳望等人高興，這回可以全心全意與天雷一戰了，休息了二天，不想今天一早起來，天雷的大營已經沒有人了。

當下，東方秀親自出馬，到天雷的大營查看，來到營內，一個士兵都沒有，許多破舊不堪的帳篷在寒風中發出沙沙的聲音，空曠的營內乾淨整潔，看出走得從容不迫，微微晃動的門簾彷彿在嘲笑著東方秀一般，他氣得滿面通紅，令人回東雲城報迅，同時吩咐眾兄弟起程，向東原城進發，天雷說過，只要到達東原城下，他就算輸了，東海六公子就贏了天雷。

東原城沉浸在死一般的沉靜中，高大的城牆上一個人影都沒有，城門大開。在城門的上方，懸掛著一條橫幅，東海六公子一齊抬頭觀看，上書「天雷敗東海六公子於此！」眾人苦笑不已。

深冬的風夾雜著刺骨的陰冷讓人難受，刺得人臉如針扎一般疼痛，但東海六公子確是疼痛在心上，臉上的寒冷一點也沒有感覺出來，他們楞楞地站在城門前，凝視著那條橫幅，在冬日的微風中上下起伏不定，如天雷的影子在晃動。

東方秀和長空旋他們不明白天雷爲什麼還沒有作戰就撤走，更加不明白文嘉爲什麼要放棄東原城，而這麼大的動作，早就應該有所計畫的，天雷只是計畫的一部分，東海聯盟一點消息也沒有得到，說明事情辦理得非常隱蔽而高明，天雷服從命令撤退，情由可原，但他應然遵守約定，自稱敗於東海六公子，並懸掛橫幅於城門前，以示尊重對手，昭告天下，心胸之坦蕩，氣度之不凡，勝敗得失之心蕩然無存，實在是令他們佩服。

東方秀命令士兵佔領東原城，等待東方闊海的消息。

在東方秀等六公子進入東原城的同時，天雷帶人也接近了平原城，得知帕爾沙特提前渡河的消息後，加快了行軍的速度，只用了兩天多時間就把剩餘的少半路程走完，平原城遙遙在望，遠遠望去，城南城北人頭湧動，忙而不亂，他十分滿意。

兀沙爾在平原城自然也接到黑爪的通知，河北帕爾沙特已經渡河，兀沙爾知道目前平原城一帶情況危險，趕緊命令平原城一帶的所有降兵及閒置部隊在城北築起三道戰壕，以備不久後用。

平原城北的第一道戰壕在城外十里處，有三道二米寬一米深的壕溝組成，藍鳥第一軍團駐紮在該處，東西一字排開，作出戒備姿態。

第二道戰壕在城北五里處，也是三道壕溝組成，爲第一道戰壕的二線，時刻準備投入使用，第四軍團衣特部暫時駐守在這裏。

第三道戰壕在北門前，目前士兵們正在挖掘，快要完成。天雷從遠處望見城門前施工的人都是士兵，兀沙爾及凱文、威爾、衣特、格爾等人正在等候著他，雙方見面，自然少不了一番客氣，士兵們興奮地小聲說著話，在天雷經過的時候大聲問好：「雪將軍好！」

「雪將軍好」這幾個字就像長上了翅膀一般，迅速在平原城地區傳開，幾乎所有的士兵、百姓都知道嶺西郡的雪無痕將軍來到了平原城，主持大局，各城的將軍、城主心中暗喜，許許多多的中、高級軍官念著這幾個字流下淚水。

天雷進入平原城，來到禹爾吉將軍的府內，如今這座府院成爲平原城一線的指揮中心，兀沙爾、凱文等人駐守在這裏，天雷在大廳裏接見了眾人。

「雪將軍好！自從七年前一別，越和還是第一次見到將軍，越和有禮了。」

越和跪倒施禮，感謝天雷對越劍的恩情。

「越和前輩這是折煞晚輩了，快快請起，請坐！」天雷扶住越和，他那能讓越和爲他行此大禮。

「那越和就謝謝將軍了！」

「南前輩理當如此，且不說晚輩與越劍兄的感情，單就前輩此次相助無痕的大恩，無痕就感激不盡！」

「慚愧，慚愧啊！越和沒有把事情辦好，至令禹爾吉將軍身死，罪之深重，實在無顏見將軍！」

天雷知道越和對禹爾吉將軍之死還耿耿於懷，這也難怪他，作為聖日的一代宗師，不論是在什麼情況下斬殺自己的主帥，其聲望、地位、榮譽那都是一落千丈，那有把自己主帥斬殺的親衛統領，這還不令人恥笑嗎？

天雷當即開導說道：「越和前輩功在聖日民族大義，挽救平原城、東原郡數百萬之民眾，數十萬將士，豈是區區一個人的生死所能左右？無論是什麼人，凡有礙於聖日民族大義者，他的下場就是遺臭萬年，豈能與前輩的功勳相比！」

越和聞聽天雷此言，神情激動，雙眼神光大盛，他激動地說：「老朽不敢當將軍如此讚譽，但得眾人能夠理解老朽良苦用心足矣，越和明白了！」

「前輩修為精深，慧性遠勝於晚輩，無痕不再多說，謝謝前輩！」

他微笑著向天雷點頭，沒有再說話，他的心結已經解開了，天雷有一句話說得對，民族大義勝於一切，豈是一個人的生死所能夠左右，如果他阻礙了聖日民族大義，他就該死，自己就是把生命、榮譽全部獻出又算得了什麼，如今自己只是作為一個執行人而已。

「比雲，你這次做得不錯，無痕謝謝了！」

「將軍客氣，比雲應該的！」他喜滋滋地說。

「南方各城的情況怎麼樣？」

「黑爪前些日子已經做了大量工作，目前各部將領、城主都在觀望，如今禹爾吉身死，南方兵團群龍無首，無人主持大局，將軍你來得正好，比雲願先走一步，為將軍打前陣。」

「好吧，事情緊急，明天我就南行，比雲你準備一下。」

「是！」

天雷轉頭對兀沙爾說：「老大哥準備得怎麼樣？」

「目前三道防線基本完工，相信可以阻止帕爾沙特騎兵軍團的進攻，但由於戰線過長，恐力量不夠使用。」

「可以讓平原城與文嘉部隊撤下來的人充實防線，相信能夠對付，老大哥你就放手施為吧，不要有任何顧及，剩餘的事情我來做！」

「好吧！」

天雷對凱文等人說道：「目前形勢十分不利，帕爾沙特很快就會包圍京城，然後南下，你們要全力協助老大哥做好防禦準備，不得有誤！」

「明白，將軍！」

河北四國聯軍經過五天苦戰，向河南地區推進有三公里，在河上築起六座浮橋，映月、西星在南岸得到一天喘息時間，大量騎兵源源不斷地渡過聖靜河，踏上南岸。

帕爾沙特王子殿下站在河南岸的高處，眼望著一個接一個踏上南岸的騎兵，心情越加愉快，出兵中原五年以來，三十歲的帕爾沙特戰無不勝，佔領聖靜河北地區，贏得一片讚譽之聲，把自己的兩個哥哥比了下去，父親星主多次讚揚自己，稱讚他為西星百年來最有天份的一個人才，文武大臣大有把他看成未來君主的架勢，百姓們都說他真是一顆最明亮的星。

帕爾沙特的雄心壯志豈是一個區區西星太子殿下能滿足，當前，帕爾沙特號令河北四國，進軍聖日京城不落城，他有信心將成為千百年來第一個攻陷這座永不落城市，成為歷史上的第一人，同時，他更有獨霸中原，囊括四海的大志向，要統一大陸，做整個大陸的霸主。

寒風吹拂著帕爾沙特的長髮，微微地飄浮，清晨的陽光照射在他渾身充滿剛毅、果敢的年輕臉上，越發顯得俊秀、挺拔，他那碩長的身軀如一塊磐石，安然不動搖，他如一棵傲立的松柏，翠綠欲濃，他的臉如精雕細刻般美麗，他的身體裏滿含著鋼鐵般的意志與力量。

帕爾沙特向東方望去，北蠻人在河南東側紮下大營，亂糟糟，士兵懶懶地橫躺在營地內的地上，簡陋的木欄圍成脆弱防護牆，三三兩兩的士兵在河邊洗臉，映照在河水中一個個如厲鬼，他嘴角露出一絲嘲諷笑意，心道：這如笨熊豬腦組成的身軀豈能主宰整個大陸，是我帕爾沙特對手？

帕爾沙特收回目光，眼角掠過北海人的營地，雖不是很大，但卻井然有序，士兵筆直地站崗放哨，雙眼緊緊地盯著遠方，神情裏略微有些緊張，他讚許地笑了笑，北海明確實是一位好統帥，但北海國微勢弱，北海明能夠做到如此地步也確實難爲了他，北海國要永遠跟隨西星的腳步走，不敢稍微停留。

眼前和兩側搭建的六座浮橋上，士兵正在快速地渡河，一匹匹戰馬在勇士的牽引下不情願地踏上搖搖欲墜的浮橋，但眾人沒有一絲慌亂，鎮定自若，渡河的騎兵已經達到八萬餘人，帕爾沙特對自己的士兵十分滿意，他愛護他們，瞭解他們，就像瞭解自己的手指般，靈活自由，自己可以把五指分開成手掌，也可以隨時把它握成拳，狠狠地打擊著每一個敵人。

看著映月騰格爾的大營，帕爾沙特心中有一陣陣疼痛，他想起了明月公主。騰格爾無疑也是一位高明的好統帥，作戰勇猛，有滔略，爲人正直，愛兵如子，但在帕爾沙特的心中，卻怎麼也比不上明月公主，只要看到明月公主，帕爾沙特就感到每一個映月人都是那麼的可親可愛，但缺少明月公主的映月軍隊，在帕爾沙特的眼中，無疑是毫無生氣，怎麼看都不順眼，明月，明月，妳到底在那裏？

自從明月公主失蹤後，帕爾沙特派出了許多的死衛密探，在聖日平原、映月、西星甚至於北海土地上尋找，但杳無音信，帕爾沙特心中焦急，死士出動了一批又一批，在嶺西郡內的各個城市、鄉村裏尋找，對雪無痕進行暗殺、監視、跟蹤，但一切無果，雪無痕仍然是完整的雪無痕，明月仍然是無影無蹤的明月公主。

想起明月公主，帕爾沙特就不禁地想到雪無痕，他的嘴角有一絲顫動，眼不由自主地向南望去，在京城不落城南方不遠處，有一座城市叫平原城，帕爾沙特已經得到確切的消息，雪無痕就在那裏，並且正在組織人員撤退，雪無痕要把一片散沙的聖日僅存的力量凝聚在一起，做最後的掙扎，他有膽有識的心胸氣魄讓帕爾沙特心生嫉妒，同時在內心深處又有一絲興奮，每當想起雪無痕，帕爾沙特就感到熱血沸騰，衝動不已。

「傳令騎兵加速渡河，日落前一定要全部渡完！」

「是，殿下！」

帕爾沙特傳令後，看了一眼遠處虹傲的大營，轉身向大帳篷內走去。

在帕爾沙特部緊急渡河的同時，嶺西郡望南城外，軍師雅星正緊緊抓住雷格的手，在做最後的告別，自從雷格藍羽部回到望南城後，雅星僅僅讓他們休息一天，立即就讓雷格起程，趕赴平原城。

雅星把當前的形勢詳細地向雷格作介紹後，對平原城的重要地位及危險程度再三地向雷格交代，臨別的時候，他仍然不放心，雅星抓住雷格的手說道：

「雷格兄弟，無痕身在平原城非常危險，東有東海聯盟幾十萬大軍西進，南有南彝大軍幾十萬向北，北部河北四國聯軍立即就會撲上來，無痕三面受敵，形勢十分嚴峻，你可要加速前進，小心行事，同時監視秀陽城方向的敵人，不讓無痕有絲豪的閃失啊！」

「雅星大哥，我記住了，你放心，就是要了雷格的命，也不允許任何人傷害到天雷大哥一絲一毫，我走了，再見！」

「保重！」

雷格轉身上馬，大聲傳令：「出發！目標平原城！」

「是！」應聲轟響，戰馬整齊有序地向東方奔馳而去。

雅星眼看著遠去的藍羽，懸掛的心才有一絲安慰。

嶺西郡的黑爪、藍爪無疑是這段時間內最忙、也是最累的人，他們東至東原城，南至聖寧河兩岸，北部達聖靜河南岸，把一個個情報消息用最快的速度傳遞到嶺西郡軍師雅星的手中，然後再轉給在平原城內的天雷，南北跨越一千三百公里，東西一千五百公里，勞累的程度可想而知，但他們多是出身藍鳥谷的人，雖然勞累過度，但內心是快樂的，他們指引著雷格藍羽部，用最快、最捷徑的道路趕往平原城。

藍羽不敢稍微停留，快馬加鞭，日夜兼程。

東雲城內，東方闊海接到東方秀傳回的消息，當時臉色鐵青，他緊急傳令在東雲城內外的人馬起程，趕往東原城。

東方闊海不是沒有度量的人，但是東原城文嘉部就在自己的眼皮底下把上百萬軍民轉移而去，自己還傻呼呼地送給人家十萬擔糧食，真是讓世人恥笑，雖然文嘉將軍把東原城、建城、恆原城、翔城等地拱手相讓，但他們東海聯盟這一次也是丟了大臉了，所以，眾人誰也沒有多言語，立即向東原城進發。

來到東原城城門前，巨大的橫幅映入眼簾，東方闊海及長空飛躍、漁于飛雲等人皆是默默不語。天雷默然退走，但行事情光明磊落，敬告天下自己戰敗於東海六公子之手，實在讓他們無話可說，但在他們內心深處明白，東原城這一切手段無不是與天雷有關，自從天雷來到東部戰區後，東海聯盟就處處受制約，沒有一件事情順心，讓他們嘗到了從沒有嘗過的滋味，如今文嘉將軍安全撤走，又不明什麼原因。

但不管是什麼原因，東海聯盟獲得幾座城市卻是不爭的事實，東方闊海在有所失的同時又有所得，稍感安慰，傳令東海六公子迅速向前追趕，探聽消息，看看文嘉與列科、天雷到底在玩什麼花樣。

東海聯盟現有騎兵兩萬餘人，東方秀、長空旋、司空禮、漁于淳望、夏寧謀、海島宇六人立即帶人上馬出發，向西急追，他們六人是顏面盡失，心中窩火透頂，百花公主臨別時的笑聲如言在耳，渾身不自在，他們把對天雷的怨恨發洩在馬上，追擊速度之快，就連他們自己也感到意外。

怨歸怨，但東海六公子對天雷卻沒有恨，內心裏更多的是對天雷佩服，天雷畢竟只是一名大隊長，一切要服從大局，他能把自己的得失放在大局之上，聽從文嘉將軍的調度，並完美無缺地完成任務，拋棄自己的榮譽、名利於不顧，實在是個擔當大任的人，僅僅這一點就讓他們欽佩不已，他們也知道這次天雷保全了他們的顏面，並沒有與他們認真交戰，要想贏得天雷，還得另找機會。

東方秀等人追趕兩天一夜，遠遠地看見文嘉將軍後撤的大軍，人數約四萬餘人，如鋼鐵般雄壯的騎兵坐在馬上，行走在大隊伍的最後面，漁于淳望等人見了呆了一呆，這些騎兵身穿黑色盔甲，外罩藍色斗蓬，精神抖擻，在東海六公子的眼中，他們每一個人都不在彪騎營人馬之下，他們心中疑惑，文嘉將軍到底接收了多少彪騎營的人。

東方秀抬手止住戰馬，不敢再向前追趕，且不說彪騎營作戰的能力，就是四萬人對二萬人馬他們就不敢過去，眾人勒住戰馬用目光遠遠地相送，顯然彪騎營的人也發現了他們，回頭觀望，但並沒有停下腳步。

楠天看了眼身旁端坐在馬上的文嘉將軍，笑著說道：「將軍，東海六公子前來相送，不知道是否需要過去打聲招呼？」

文嘉將軍這段時間與楠天等人相處融洽，也實在是喜歡上了幾個小夥子，幾個人也沒有拘束感，倒很隨便。文嘉將軍沉思了一會兒，笑著對楠天說道：「好吧，你過去打聲招呼，告訴他們文嘉謝謝了，並以京城以東六百公里相送！」

楠天打了聲哈哈，撥馬向來路行去，不多時來到東方秀等人面前，他笑著說道：「楠天見過東方公子、長空公子、漁于公子、司空公子、夏寧公子和海島公子！」

「楠天兄弟多禮了，不知道天雷兄可在？」東方秀問。

「呵呵，少主如今不在此處，大概已經到了平原城，多謝東方公子關心啊！」

「客氣，楠天兄，東方秀冒昧地問一句，文嘉將軍這是……」

「呵呵，文嘉將軍也問候東方盟主好，並讓楠天代為轉告，以京城以東六百公里相送，多謝六位公子相送了！」

「文嘉將軍太客氣了！也請楠天兄代為問候文嘉將軍好，如文嘉將軍有意與京城會合，東海聯盟願意再送將軍一程！」

「謝謝東方公子，楠天告辭了！」

「不送！」

楠天撥馬向西，飛馳而去，東方秀等人眼見楠天戰馬帶起一趟塵煙，一陣兒沉思。

「立即轉告父親，文嘉放棄東部戰區，有意與京城會合，要父親加快行動腳步，以防事情有變。」

「是！」

東方秀吩咐完後，轉身問長空旋道：「長空兄弟，你看這件事情如何？」

「文嘉將軍志願放棄京城以東地區，一定是京城方向有了變化，不得不回援，而聖日不落城有變化，一定是河北聯軍渡河了，文嘉這老狐狸一定是怕受到東海聯盟與京城方向的兩面夾擊，不得不退走！」

「一定是這樣！」漁于淳望肯定地說道。

「只不過，文嘉這老狐狸退走得也太漂亮了點，但也讓我們拾得了便宜。」長空旋興奮地說。

「好吧，既然文嘉將軍願意把京城以東相送，我們也不要相逼過甚，跟上去就是！」東方秀最後命令。

「是，大哥！」

「走吧，跟上！」東方秀放馬前進。

「大哥，文嘉那裏有這麼多騎兵，你可知道？」海島宇望著遠方強大的騎兵隊伍，眼裏又是羡慕，又是嫉妒。

「這些騎兵不可能是文嘉的，也許是從京城方面支援而來的也說不定。」司空禮回答了海島宇的問話。

長空旋在旁沉思了一會兒說：「大哥，前些天有消息說，嶺西郡的雪無痕來到了東部戰區，也許文嘉這次行動與雪無痕有很大關係。」

東方秀想了想道：「我也聽說了這件事，只是沒有最後確定，如果是雪無痕來了，事情就明朗了，這些騎兵是嶺西郡的藍衣眾！」

眾兄弟聽後吃了一驚，愣愣地看著東方秀，東方秀苦笑了一下，長空旋出了口長氣說：「看文嘉退走得從容不迫，一定是得到雪無痕的加強無疑，這些騎兵是藍衣眾不會錯了，看他們一身黑甲，外罩藍袍，只有嶺西郡的藍衣眾是這樣的裝束。」

「不錯，是藍衣眾！」夏寧謀開口道。

漁于淳望接過話：「聽說藍衣眾出身聖雪山藍鳥谷，個個皆有一身不俗的武藝，槍馬純熟，是一支鋼鐵般的勁旅，對，就是他們。」

「這個雪無痕是什麼人，他能夠領導藍衣眾？」夏寧宇問長空旋。

「聽聞雪無痕出身聖雪山聖僧老神仙門下，被倫格大帝封爲大陸最年輕的聖騎士，藍鳥谷在聖雪山腳下，你說他們有什麼關係！」

「一個門派的人！」

「不錯！維戈、雷格是藍鳥谷中的佼佼者，維戈幾年前與帕爾沙特比武不分勝負，可見藍衣眾武藝如何。」

東方秀臉色凝重地說：「面對藍衣眾大家要小心些，說句洩氣的話，我們這兩萬騎兵恐怕不夠藍衣眾一陣衝殺。」

眾人點頭，不覺放慢腳步。

天雷出平原城，向朔陽城前線收復南方軍團各部，隨身只有原南方兵團的親衛統領老宗師越和及門中子弟，平原城比雲及手下相關人員，一行千餘人南下，兩天後到達朔陽城。

南越劍館座落於聖日大平原南部百餘年，根深蒂固，子弟遍及南方各地，軍中更是不少，越和作為南越劍館的宗師，無論是威望還是地位都是崇高的，他本人與南方兵團各部將領也是十分熟悉，並且多少能說上話，天雷帶越和前往也是有此考慮，而越和自然同意。

當然，比雲也做了許多的工作，平原城的黑爪可不是吃閒飯的，比雲手下對南方兵團的將領進行策反已經有段時間了，特別是對原帝國軍事學院出身的中、下級軍官，更是做了大量工作，下了番很大功夫，天雷出身聖日帝國軍事學院，在近衛青年軍團中有著無以倫比的威望，當此帝國危難之際，這些人當然願意跟隨自己的學長並肩作戰，況且，如今禹爾吉將軍身死，京城已指望不上，也只有雪無痕一人能當此重任，所以比雲的黑爪一出面，他們就同意歸順，只是天雷沒有露面，事情沒有明朗化。

朔陽城守將托尼人忠厚穩重，是南方兵團的一員名將，也是禹爾吉將軍的副手，人五十多歲，頗有才幹，他雖忠於禹爾吉家族，但對禹爾吉的才學、為人卻是不感苟同，南方兵團大戰至今，節節敗退，失地千里，托尼將軍心中憂憤，但也沒有辦法，眼看著聖瑪民族就要被六國所滅，衷心地企盼著聖日能出現一位名將，挽救大廈將傾，救民於水火。

前些日子，托尼聽說禹爾吉將軍身死，心中更加惶恐，禹爾吉將軍夫人雅美娜二公主不時地向托尼哭訴，要求托尼將軍率兵到平原城去，為禹爾吉報仇，托尼將軍左右為難，當前，朔陽城為聖日南方戰線的最前線，一旦朔陽城有失，他就成為千古的罪人了，這兩天他不斷地派人到平原城一帶打探消息，聽說嶺西第一兵團主帥雪無痕來了，他心中才稍微放心，也想到雪無痕一定會到朔陽城來，正在等候。

托尼將軍早就聞聽這個嶺西第一兵團的主帥雪無痕，但人沒有見過，聽說雪無痕年輕有為，才華出眾，在帝國年輕中下級軍官中有著無比的威望，讓人景仰，同時，雪無痕二次擊潰映月入侵，出兵雪月洲，為帝國人民大長志氣，是聖日帝國呼聲最高的一位將軍，也是最年輕的聖騎士，如果真由雪無痕來掌管南方兵團，未嘗不是三十餘萬將士的福氣。

托尼將軍在朔陽城內左右搖擺的時候，天雷率領眾人已來到朔陽城外，比雲在城門前大聲說道：「嶺西第一兵團長官雪無痕將軍大人到了，快去稟告托尼副將軍。」

守城士兵一聽說雪無痕將軍大人到了，個個精神大振，爭相向下看，有人飛快地來到托尼府，見到托尼激動地說：

「副將軍大人，雪無痕將軍大人到了，如今正在北門外！」

托尼將軍穩穩心神，大聲吩咐：「列隊出城，迎接雪將軍！」

他大步向外走去，手下人這時候也多聽說此事，都激動地向北門趕，眾人來到北門前，托尼吩咐開城門，他當先跨出城門，向前觀看。

第十章　黯然憔悴

天雷一身便裝，白衣藍邊，扶手站在城門前，豔陽照在他微微含笑的臉上，流露出燦爛的光彩，一股祥和、安定的氣氛在他的周圍流轉，他氣質高雅，但在這柔和高雅中卻有著軍人的威勢，既不威嚴，也不柔弱，讓人親近。

在天雷的身後，雅藍、雅雪姐妹並肩而立，在雪藍的手上，搭著天雷的斗篷，左邊站著比雲，右邊站著越和。

托尼將軍凝視著天雷，遲遲沒有說話，天雷微笑望著他，兩人一時間內靜靜地對視。

一刻鐘後，托尼將軍翻身跪倒：「南方兵團副將托尼，拜見嶺西第一兵團長官雪無痕將軍，將軍大人安好！」

天雷快步上前，雙手扶起托尼道：「副將軍請起，南線有賴於副將軍坐陣，百姓之福，托尼將軍辛苦了！」

「謝將軍誇獎，托尼只是盡一名軍人的職責而已。」

「哈哈，好一個盡一名軍人的職則而已！聖日有副將軍這樣的軍人，何愁外敵不滅，中原不能恢復平靜！」

「雪將軍抬愛托尼了！」

這時候，比雲上前見禮，托尼自然知道比雲是個什麼樣的人物，朔陽城一帶如今黑爪活動頻繁，許多中下級軍官都暗中投靠嶺西雪無痕，有多少人仍然聽從托尼的調遣，就連托尼自己也不敢確定，而所有這些都是這個比雲在背後搗鬼，恐怕禹爾吉將軍的死也和他脫不了關係，但托尼也知道，如今自己也實在是惹不起比雲，兩個人一陣客氣後，越和上前見禮，托尼將軍狠狠地瞪了越和一眼，沒有說話，越和也不在意。

眾人見過後，托尼將軍向天雷伸手道：「雪將軍請！」

天雷點頭，當先舉步，眾人在後跟隨進城。

城北距離副將軍托尼府地不遠，但這時候，整個街道都被前來的軍官、士兵、百姓所站滿，大家議論著，臉上掛滿笑意，不時地有人喊到「雪將軍」、「雪無痕學長」的呼聲，天雷放慢腳步，沿途和大家打著招呼，與相識和不相識的人握手，其實他對帝國軍事學院的同學也沒有什麼大印象，這時候也只好裝認識、熟悉，客氣地打著招呼，說久別的話，收買人心。

好不容易來到托尼府，托尼安排天雷稍微休息，天雷等人洗刷已畢，重新來到大廳落座，這時候，大廳內已經站滿了南方兵團的高級將領，等待著天雷決定南方兵團的命運。

「雪將軍好！」

「大家好，都請坐吧，誰也不用客氣，請！」天雷首先落座，大家等待他坐下後，才一一坐下。

托尼將軍上前為天雷一一引見，眾人重新見禮後，天雷首先拉開了此行的話題。

「無痕久居嶺西，與南方兵團的各位這才算認識，但相逢不分早晚，大家都是為帝國效力，前些時日，無痕到東原城走一趟，與文嘉將軍見面，談及當前帝國的形勢，憂心忡忡，目前，東海聯盟新增加軍力，大軍所轄六十餘萬人，而河北四國聯軍一百三十餘萬人已經渡過聖靜河，正在向京城挺進，大軍很快就會包圍不落城了。」

天雷看了一眼正在聆聽的眾人，接著說道：「東方兵團有被敵人從東、北兩面夾擊的勢態，文嘉將軍考慮到有被敵人殲滅的可能，毅然決定保存實力，放棄東部戰區，向西與無痕嶺西第一兵團會合，這才有平原城風波。」

「目前，平原城有從東趕過來的東海聯盟軍團，北有從京城方向南下的敵人，南有南彝軍隊的攻擊，三面受敵，兩百餘萬敵人，形勢十分嚴重，如不撤退，就要有被殲滅的危險，所以無痕斗膽，奉勸各位放棄平原城與朔陽城一線，何去何從，望各位三思！」

眾人一臉的凝重之色，朔陽城當然也接到了河北敵人渡河的消息，加上文嘉部從東部戰區後撤，京城、平原城、朔陽城一帶狹小區域已經被三面而來的敵人包圍在中間，被殲滅只是時間問題。

托尼將軍遲疑了一下說道：「雪將軍，京城虹傲殿下手中有八十萬軍隊，即使不能擊潰敵人，也不會在短時間內被敵人攻陷京城吧？」

天雷點頭說道：「不錯，虹傲殿下手中有八十萬軍隊，帕爾沙特一時半會兒還攻陷不了京城，但也阻止不了敵人圍困不落城的局面，如果四國聯軍對京城只是圍而不打，向東由北蠻人分兵夾擊東方兵團文嘉將軍部，向南由西星出兵殲擊南方兵團，攻佔平原城，那麼，京城就不攻自破，淪陷只是早晚的事情，如東、南兩個兵團被殲滅，則聖日還有什麼力量抵抗外敵呢？剩下的只有被奴役的命運吧！」

他看眾人都不作聲，接著說道：「聖瑪民族已經到了危亡的生死關頭，如果被敵人各個擊破，那麼，就永無翻身的力量了，目前，東方兵團、南方兵團、中央兵團和嶺西第一兵團會合，兵力也達百萬之眾，仍然可以與六國一戰，否則，就再也沒有任何希望了。」

眾人面面相覷，全部面帶死灰色，在聖瑪民族危亡的生死關頭，民族大義勝於一切，沒有人敢願冒大不韙成為千古罪人，這時候，大家心中已經明白，禹爾吉將軍的死就是因為他想阻止這種民族大義，要作一塊絆腳石，當然要把他搬開，如今無論是什麼人，眼前都要面臨著生死的抉擇。

「無痕無能，自無法扭轉當前這種不利的局面，但有幸東方兵團文嘉將軍、列科將軍，中央兵團文謹將軍深明大義，挺身而出，文嘉將軍拋棄自己的名譽、地位、權利於不顧，從民族存亡的大義出發，毅然放棄東部戰區，與中央兵團、嶺西第一兵團會合，共抗外地，而禹爾吉將軍想阻攔這種民族大義的彙集，當然要被歷史的長河所拋棄，越和老宗主只是盡了一名聖瑪民族勇者當盡的本份而已。」

越和聽見天雷提及禹爾吉將軍的事情，當下翻身跪倒在地，他老淚縱橫地說道：

「各位將軍大人，越和對不起禹爾吉將軍大人，對不起各位大人，越和罪當萬死，但越和做下這件事情，問心無愧，請各位大人處罰越和吧！」

眾人愣愣地看著越和，不敢言語，過一會兒，托尼將軍才上前扶起越和說道：

「老宗主何罪之有，在聖瑪民族生死危亡的關頭，老宗主從民族大義立場出發，不顧個人榮辱，慚愧的是我們才是啊！」

「越和謝謝各位大人了！」

托尼將軍站在天雷的面前，雙眼緊緊地盯著他，語氣緩緩地說道：

「雪將軍，托尼慚愧，讓將軍千里而來朔陽城，挽救老朽這無用之人，托尼死不足惜，但三十餘萬將士、上百萬民眾生存的大事豈可以托尼一死能當之，將軍大恩，托尼無以為報，願拜在將軍麾下，為聖瑪民族存亡流盡最後一滴血。」他雙膝跪倒在地，淚水長流不止。

眾將見托尼歸降，紛紛跪倒在地，大聲說道：「願拜在將軍麾下，為聖瑪民族存亡而流盡最後一滴血。」

天雷長身而起，眼裏閃動著淚花，扶起托尼，嘴裏哽噎地說：「無痕謝謝各位了，謝謝！」

眾人重新入座，托尼將軍放下心事，語氣明顯開朗了許多，他大聲問道：「雪將軍，朔陽城目前應該怎麼做，請將軍吩咐？」

「朔陽城防線暫時不動，我給你們十五天時間，記住是十五天，在這段時間內，你們要完成兩件大事情，第一，就是戰至最後一兵一卒也不許退後一步，一定要守住防線，第二，動員老百姓迅速向西撤離，要在十五天內完成，然後緩步向平原城方向靠近，與藍鳥軍團會合，退入嶺西郡休整。」

「請將軍放心，托尼就是死也不會讓南彝人前進一步，掩護百姓安全撤離，完成向平原城集結。」

天雷點頭說道：「情況還沒有像你們所想像的那般嚴重，目前，我已經命令藍翎維戈部三十萬人馬沿聖寧河兩岸攻擊前進，切斷南彝後部，掩護朔陽城和平原城方向撤離，彝雲松即使想有什麼動作，但也不會太大，你們放心就是，當前最主要的任務，是掩護百姓迅速撤離，危險的是從北部而來的帕爾沙特部。」

托尼將軍問道：「聖靜河防線真如將軍想的那樣脆弱嗎？」

天雷苦笑說道：「根據我得到的消息，河北聯軍已經渡過聖靜河，如今已經在南岸站穩腳跟，並搭建了六座浮橋，現正從橋上渡過騎兵軍團，用不了多少時間，他們就會到達平原城了。」

眾人倒吸了口冷氣，有人小心地問：「他們什麼時間能到達平原城？」

「最遲十五天時間，帕爾沙特就會完成對不落城的包圍，然後南下攻取平原城。」

「平原城會被帕爾沙特攻取嗎？」

天雷傲然一笑：「藍鳥軍團二十七萬精銳部隊已經到達平原城，雷格藍羽十五萬騎兵正在往平原城的路上，再加上各位及東方兵團文嘉將軍部，帕爾沙特想要平原城，我們豈能如他所願，要放棄平原城也要交給南彝，讓他們在京城地區狗咬狗，我們坐觀看好戲。」

眾人大喜，放開心懷，第二天，天雷拜見了禹爾吉的夫人雅美娜公主，轉回平原城主持大局，把朔陽城的一切仍然交給托尼將軍，越和帶領家族子弟協助。

聖靜河晚上的月光特別的明亮，淒冷的月光照映在河南十五里外的聖日兵團大營，士兵熟睡的酣聲使這個淒涼的晚上更加顯得不寧靜。

聖日帝國二王子殿下、南王、大將軍虹傲身披斗篷呆呆地坐在大帳篷中，一直無眠，從聖靜河戰役打響以來，三天時間內，河南兵團損失近四十萬人，傷亡慘重，目前僅僅剩餘的四十萬軍隊如何能夠抵擋住以帕爾沙特爲首的四國聯軍攻擊，再往南走三百公里即爲聖日的京城不落城了。

聖日帝國日落西山，爲期不遠，追溯過去，虹傲才有一絲悔意，不應該這般自負，把凱旋兄弟推入深淵，讓豪溫家族徹底寒心，舉族遠走嶺西郡，不應該不支持中央兵團的文謹部，使聖日主力盡失，更不應該把雪無痕拒於千里之外，許許多多的往事湧上心頭，但如今已經沒有後悔的權利了，聖日軍節節敗退，印證著虹傲一個又一個罪孽，把聖日家族千年的基業一點點毀掉，成爲千古罪人。

淚水無聲地在虹傲的眼角滑落，在他的心中，權力、地位勝於一切，如今他什麼都抓在了手中，但回頭一看，才發現一切只是一場空，這一切的一切，只是一場春夢，夢過了無痕，自己只剩下一身罪孽。

虹傲呆了有一會兒，才發現如今的大帳篷內來了許多人，他們看著流淚的虹傲，也是無聲地哭泣，虹傲知道在這些人中，只有森德才算得上是自己的心腹，至於海天、雲武等人只是在悲傷自己的命運而已，他穩定了一下心神，用少有的商量語氣說：

「各位將軍，如今有什麼想法，不妨說說？」

眾人一陣沉默，還是森得首先打破沉靜，他平靜地說：「殿下，如今河北聯軍騎兵大舉渡河，一兩天之內就會增加三十餘萬，加上千輛戰車，我們在平原上連一點勝算都沒有，不如我們……」

「不如什麼，你照說就是！」

「不如我們立即退軍，固守京城，然後，命令東方兵團、南方兵團和中央兵團進京勤王，也許還可以扭轉戰局。」

虹傲精神一振，聽得有理，於是又說道：「你接著說！」

「如果我們不立即撤退，一旦敵人發起攻擊，那麼，只怕我們最後連固守京城的力量也沒有了，那時候只怕……」

虹傲點頭，接過話道：「森得說得有理，以我們現在的實力，也實在不是河北聯軍的對手，如固守京城，以不落城的堅固、千年不墜落的聲威仍有希望，各位，你們看如何？」

海天看了一眼雲武，兩個人一直走得比較近，原近衛青年軍團的不少軍官都歸在兩人旗下，有一定實力，不然虹傲也不會重用他們，在如今的情況下，海天也不再顧及虹傲了，他直說道：

「殿下，聽說東方兵團正在向平原城方向撤退，又有消息說，南方兵團的禹爾吉兵團長已經身死，嶺西第一兵團主帥雪無痕將軍正在平原城主持大局，不知可對！」

虹傲遲疑了一下，最後還是肯定地作了回答：「不錯，東方兵團文嘉將軍為了保存實力，以免被敵人各個擊破，與嶺西第一兵團雪無痕將軍一起向平原城集結，會合南方兵團準備北援京城。」

他稍微撒了點謊，以穩定軍心，對東西南北的消息，虹傲還是知道的，他雖然無什麼大才，但聖日倫格大帝手中的監察部隊還是掌握在手中，消息靈通，對文嘉、雪無痕部向平原城集結他比較瞭解，只當是拱衛京城，也沒過問，兩個人如今已經不聽從自己的調度，如強求他們，恐怕事得其反，如順其自然，也許會在名義上聽從自己的指揮，同時更希望他們有勤王之心。

眾人聽說雪無痕、文嘉將軍正在平原城地帶集結，均大喜過望，二人都是目前聖日帝國軍隊的主力，如真能像虹傲說得那樣，事情還不至於壞到極點，但同時也想到，二人為什麼在平原城集結而不是在京城呢。

但不管怎麼說，海天與雲武對這個消息還是相當滿意，海天立即高興地說：「殿下，不如我們連夜撤軍，如天亮後河北聯軍一旦發現，以騎兵纏繞，也許我們就不能脫身了。」

「對，殿下！」

眾人隨聲附和，都勸虹傲立即撤軍，虹傲這時候也恨不得立即離開，一聽眾人請求，正合心意，立即傳令道：「通知各部悄悄撤退，帳篷等就不要動了，立即走人！」約四十萬人悄悄撤退，把一座大營留給了帕爾沙特，一夜之間急行軍六十里。

天亮後，帕爾沙特集結步騎兵兩部，結合北蠻、北海、映月部，分三個方向對虹傲大營實施包圍，三十萬騎兵和戰車首先發起衝擊，衝進大營內，但營內已經沒有什麼人，只有少數的傷兵留守，略作抵抗，很快就被消滅，帕爾沙特來到大營內，一時間苦笑不已，吩咐以騎兵爲先導，步兵隨後跟進，立即向聖日京城不落城進發。

河北聯軍騎兵以西星帕爾沙特部爲主力，約十五萬人，映月爲次，約十萬人馬，北海騎兵約有五萬人，北蠻騎兵最少，只有一萬人左右，但他們卻不是以戰馬爲坐騎，而是產自北極地的雪狼，速度快，作戰兇狠，號稱北蠻狼騎兵，其戰鬥力卻是大陸最強大的，就連帕爾沙特也不敢有一絲一毫的小視。

帕爾沙特心中焦急，對聖日京城不落城其實他還沒有放在眼裏，讓他心中深感到不安的是不落城南的平原城，以目前他得到的消息，嶺西郡雪無痕已經到達平原城，相信南方兵團在禹爾吉身死的情況下，很快就會落入雪無痕手中，加上從東而來的東方兵團文嘉部，平原城方向軍隊的集結將達到八十萬，一旦讓雪無痕完成戰略目標，實力坐大，羽翼豐滿，當有與自己一展長短的實力，這才是他最擔心的事情。

雪無痕的才華，帕爾沙特一直深有感觸，當初三大帝國軍事學院比武排名，讓帕爾沙特盡失顏面，以西星的高手實力當不會輸得那麼慘，但事後帕爾沙特與眾人分析原因，深感雪無痕運用策略的可怕，其後，雪無痕一戰路定城，二戰郡北，奠定嶺西郡如今的局面，如果一旦讓他盡接東、南兩個兵團的實力，那麼中原爭霸將增添無數的變化，帕爾沙特絕對不希望看到這種事情的發生。

但帕爾沙特想快也快不起來，他深知北蠻人的思想意識，以聖日京城不落城為最終目標，佔領中原北部地方，休養生息，安享太平，無意爭霸中原大陸。北蠻人少，舉國僅僅百餘萬人，爭霸大陸實無意義，也無這個實力，所以北蠻主蠻龍早在出發前已經作出暗示，映月經過嶺西郡雪無痕三次打擊，實力大挫，信心不足，騰格爾元帥以自己的力量為依託，時刻想要攻擊嶺西郡，打通雪月洲的道路，收復失地，暫無爭霸中原的夢想，北海勢弱，就是聽自己的話也沒有多大用處，所以帕爾沙特想要儘早佔領整個平原城，仍然還得靠他自己的力量。

但以帕爾沙特自己手中現有的力量，如今卻略微有些不足，八十萬人馬經過聖靜河一戰，傷亡近二十萬人，所餘六十萬人卻不能全部投入攻擊平原城，聖日的京城不落城就在眼前，勝利果實唾手可得，況且各國虎視眈眈，一旦不落城落入外人手中，西星國內是無論如何也不能原諒自己，就是他自己也不能原諒自己，這是名垂青史的事情，帕爾沙特豈能拱手相讓，但如果以一半的力量攻擊平原城，則實力又略顯不足，現在，帕爾沙特倒是希望東海聯盟與南彝兩國加快攻擊的速度，形成對平原城雪無痕東、南、北三線的夾擊，那樣雪無痕就是有通天的本事也只有認命，敗局已定。

帕爾沙特不斷地催促部隊加快行軍的速度，以爭取時間，現在，時間對於帕爾沙特及雪無痕來說都是至關重要，誰贏得了時間，誰就將贏得最後的勝利，但儘管帕爾沙特不斷地催促，大軍行動卻不似單騎速行，要保持隊形以防不測，還要照顧後勤補給，沒有補給士兵怎麼作戰，同時最重要的休息，人可以坐在馬上休息，但戰馬卻不行，總得讓馬匹休息，保持戰鬥力，所以在日落前，他們也沒有追趕上虹傲的隊伍。

其實，虹傲後撤的部隊距離帕爾沙特部已經不遠，由於虹傲提前半夜撤軍，帕爾沙特攻擊大營又浪費了許多時間，沒有追趕上虹傲也是正常的事情，但帕爾沙特卻怨聲不斷，把本部的騎兵將領罵了個狗血噴頭。

以帕爾沙特的意思是，騎兵略微休息後立即起程追擊，但大軍副帥星智說什麼也不同意，嚴格要求令騎兵部隊休息一夜後再追擊前進，理由是騎兵已經勞累了一天了，況且黑夜追擊容易中埋伏，對騎兵作戰十分不利，帕爾沙特也知道自己無理，再加上副帥是自己的叔叔，說話合情合理，所以只好下令休息，但他內心裏的焦急似火燒一般。

虹傲知道帕爾沙特紮營後長出了口氣，以目前部隊的戰鬥意志，與騎兵作戰十分不利，失敗是可想而知的事情。他趕緊命令士兵紮營休息，說實話，紮營也沒有什麼帳篷了，整個隊伍只好在小村內安歇半夜再起程，晚間，海天、雲武主動擔任巡邏，看見士兵們的疲勞、惶恐的情形，心中淒涼，對虹傲又怨恨，又失望。

東方的天空中略微有些紅暈，驕陽欲出，騎兵踏著晨曦的腳步，快速向前挺進，至中午時分，虹傲遠逃的隊伍已經遙遙在望，帕爾沙特命令士兵暫作休息，準備發起衝擊。

虹傲已經得知敵人將至的消息，再逃已經無意義，在空曠的荒野裏，步兵是無論如何也跑不過騎兵，大軍在各軍團長官的督促下迅速整頓，列開陣形，在槍兵、弓箭兵、重裝步兵的保護下，緩緩後撤。

四十萬大軍後撤，陣型如滾動的大石，撵過一切東西，速度雖然慢些，但安全係數大大增加，前方百餘里京城遙遙在望，這時候，無論是士兵還是軍官都充滿了生存的希望，儘管這種願望渺茫，但至少是有希望，士兵們的士氣被鼓舞起來，他們勇氣倍增，疲勢與恐懼漸漸消失，後撤的步伐逐漸堅定，殺氣大盛。

當帕爾沙特再次集結起隊伍準備發起攻擊的時候，向遠處滾滾而去的敵人陣型一望，就是一愣，前後僅僅只有一個時辰時間，整個聖日軍隊士兵士氣大變，凜然的殺氣不可小視，彌漫在空中，士兵堅定的步伐、決死的神情凜然不懼，每一個人的眼裏充滿著殺氣。

帕爾沙特輕輕地歎了口氣，他知道置之死地而後生的敵人是多麼的可怕，他輕搖了下頭，還是下達了攻擊的命令，如果讓這四十萬人進入京城不落城，那麼，不落城又不知道什麼時候才能攻下了，如果不能就地擊潰，將後患無窮。

「傳令各部，發起攻擊！」

強大的騎兵分左、中、右三路圍上，在東側爲北蠻與北海騎兵六萬人馬，在中路西星五萬人的照應下發起攻擊，中路帕爾沙特親自督戰。十萬騎兵如洪水猛獸般急衝而上，右翼爲映月部十萬人馬，騎兵手中高舉著雪亮的馬刀迅速向滾動的大陣靠上去，強大無比的衝擊力氣勢如虹，聲威震天。

雙方距離有一百五十米遠時，虹傲命令部隊準備，長槍兵舉起手中的長槍，後幾排弓箭手開始放箭，箭下如雨，遮天蔽日，騎兵冒死突進，許多人倒在馬下，被後面的騎兵馬踏如泥，但衝擊起來的騎兵是最可怕，百十米的距離轉眼就至，人和戰馬撞在長槍上，鮮血狂噴而出，槍兵被騎兵巨大的衝擊力擊倒在地，但後面的士兵迅速補上，雙方在京城以北的曠野裏展開了步騎較量。

海天、雲武、森德等年輕的將領這時已經衝到了隊伍的最前面，在生死大戰的關鍵時刻，他們都已經把生死置之度外，在他們的率領下，士兵們在死亡的威脅下爆發出驚人的潛力，誓死不退。

海天手中的大刀如飛，近前的敵人連人帶馬被斬倒在地，親衛死死地跟隨他的左右，斬殺想靠近他們的任何敵人，雲武大槍如閃電，吞吐間，敵人的生命消失在槍前，森德手中快劍如死神的手，攝取著一個又一個敵人的靈魂，殺得昏天黑地，日月無輝，空氣中瀰漫著血腥氣。

帕爾沙特立馬在不遠處的高崗上，眼望著坡下血紅的戰場，冷傲的心第一次為之顫動，如照這樣下去，聖日四十萬軍隊固然會被殲滅，但自己手中的騎兵力量將受極大的損失，元氣大傷，他沒有想到看似柔弱的敵人會爆發出驚天地泣鬼神的戰鬥力，比強大的騎兵毫不遜色。

但無論如何，騎兵的戰鬥力仍然比步兵強大，經過反覆衝擊，聖日兵團的大陣出現了裂痕，騎兵用生命一點一滴地擴大著這幾處缺口，很快就成為聖日兵團的致命處，經過星天部的加強，一處缺口被斬斷，騎兵迅速包圍斬殺。

天漸漸地黑了下來，在聖日軍團中，將官們用「黑夜就是步兵的天下」的話，再一次提高了士兵們勇氣，在灰黑的夜幕下，他們用更加兇狠的攻擊回擊著敵人，他們的思想已經麻木，機械地與敵人戰鬥，一個人死了，幾個人就會衝上去，把敵人斬倒在地，然後再尋找新的敵人。

帕爾沙特很艱難地抬眼望了下星空，不情願地傳令收兵，黑夜是最好的殺人場，高明的殺手更懂得怎樣殺擊敵人，保護自己，黑夜中，騎兵對步兵不會有什麼優勢，沒有步兵配合支援的騎兵，在黑夜不適合在星光下作戰，況且士兵們已經勞累了一天了，敵人在黑夜中已經潰退，實在無必要在黑夜中用強大的騎兵追擊敵人，儘管帕爾沙特需要時間，但他更加珍惜士兵的生命。

二十公里的路上屍橫遍野，血水染紅泥土，濃重的血腥氣讓人難受，四國聯軍士兵倒在簡陋的帳篷裏，回想著白天的戰鬥，心驚膽顫，這時候才有一絲懼意。

第十一章　長河落日

白日裏一戰，他們不敢有一絲停留，一口氣趕出一百餘里，在第二天天亮時分，來到了不落城的北門外，虹傲這時候才長出了口氣，回頭一看，只見許多人止住腳步，他淒然地望著海天等人冷酷的臉，張了張嘴，沒有發出聲音。

森德看虹傲尷尬的表情，只好提馬來到海天等人的面前，儘管他們相處的不是很好，但畢竟還是有些交情，海天、雲武等人仍然尊重他爲老大哥，多少要給些面子，海天看森德過來，說道：

「森德大哥，我們就不進城了。」

「海天、雲武，你們這是……」

「森德大哥，你也知道雪無痕將軍就在平原城，我們去找無痕兄弟去！」

「海天，雲武，京城如今正是用人之時，你們作爲軍人，怎麼能就這樣離開？」

海天打了聲哈哈，帶著淒慘、自嘲的語氣說：「什麼用人之際，聖日廣大，沃野千里，何用什麼人才，有虹傲殿下在，不會用得著什麼人才了，森德大哥你保重，我們找雪將軍去了。」

「海天、雲武！」

雲武看了森德一眼，語氣誠懇地說：「森德大哥，以如今京城的實力不足以擊退敵人，如無雪將軍與文嘉將軍，無疑是找死，我和海天大哥到平原城看看，儘快敦促雪將軍和文嘉將軍北上，以衛京城。」

森德遲疑了一下，回頭看了眼虹傲，虹傲點了點頭，森德這才說道：「好吧，兩位兄弟，你們保重，代我問候雪將軍和文嘉將軍好！」

「我們會的，森德大哥！」

二人撥馬而去，身後緊緊跟隨著幾百人，他們幾乎沒有留戀一眼眼前的京城，快速向南而去，彷彿京城是一個墳場，只有南方才是他們的生存之地。

森德癡癡地看著海天雲武等人，他們都是帝國軍事學院的同學，原近衛青年軍團的人，如今每一個人都是軍官，而如今，他們對京城卻沒有一點留戀的意思，森德知道他們永遠也不會回來了，今後，藍色的天空任他們翱翔，在雪無痕這個英明的統帥下，他們將像長上翅膀，如魚得水般發揮自己的才智。

帕爾沙特經過昨天的血戰，深刻反省自己，狗急跳牆，人急了更加可怕，況且聖日虹傲軍團被擊潰，死傷慘重，自己也付出慘重代價，逃走敵人約近十萬，也在意料之中，西星騎兵軍團死傷五萬餘人，步兵仍然在後面，如今有必要對騎兵進行休整，恢復戰鬥力，再前進已經無任何意義，當前，距離京城不落城百餘里，騎兵半日即可到達，單等步兵上來，完成對不落城的包圍，然後攻擊平原城。

「傳令各部原地休息，命令步兵加快行動！」

星智元帥聽見帕爾沙特傳下如此命令，奇怪地問：「殿下，你不是急著趕往平原城嗎，怎麼又在此休息？」

帕爾沙特長歎一聲：「聖日久居住中原，千年的基業根深蒂固，儘管我們節節勝利，但仍然不可小視，昨日一戰，以虹傲小兒的頭腦尚且能做到如此地步，如果我們急進，一點好處都沒有，反不如等待步兵到達後再合圍不落城，也許我們還能減少些壓力。」

「那平原城方向如何？」

「著急也沒有用，圍困京城靠騎兵是不行的，在什麼地方等待都是一樣，倒不如在此休整，至於平原城方向，只好看天命如何了！」

星智點頭讚歎道：「殿下高見，我立即命令星慧加快速度，爭取時間。」

「好吧！」

儘管帕爾沙特心中焦急，但打仗不是用嘴說說就成了，要依靠強大的軍隊，而步兵是軍隊的基礎，步兵行動慢，人靠兩條腿走路，四國聯軍的步兵可不似聖日虹傲殿下那般逃命，沒日沒夜的趕路，他們從容不迫，整齊有力地向既定的目標挺進。

帕爾沙特在京城北面百里處整整休息四天，步兵軍團的身影才慢慢地展現在眼前，出發已經七天了，四百餘里對於步兵來說也是十分快速的，他長出了口氣，焦急不安的心才放下一點，星慧元帥率領各將領來到眼前，帕爾沙特只簡單地說了一句：

「好好休息一日，明早出發。」

聖拉瑪大陸通曆二千三百九十二年四月十六日，北方四國聯軍出現在聖日帝國京城不落城的北面，一百三十萬人馬從東、北、西三面整整忙了一天，才完成了對不落城的合圍，西星帕爾沙特王子殿下親自統帥四十萬大軍從西門外繞過，對不落城南門實施封鎖，至晚間，四國合圍已畢，至此，聖日帝國京城不落城陷入北蠻、北海、西星、映月四國大軍的重圍中。

北蠻軍隊由蠻彪、蠻豹率領，從東門周邊包圍不落城東部，大軍共計二十九萬人，近十個軍團。

北蠻人軍團的建制與大陸各國不同，每一個軍團三萬人，由一名軍團長統領節制，三個萬人隊長各率領一萬人，這時，北蠻士兵眼望著不落城這個最終目標，兩眼放光，不落城的美麗、高大、雄偉和富裕，令他們不惜流血犧牲，死傷近三十萬優秀族人才走到這一步，他們不願意再向前走了，只要攻下不落城，他們就會擁有數不盡的榮譽、地位、金錢和美女。

緊靠著北蠻人的是北海國的軍隊，他們與十萬西星人一起，從北門外包圍不落城。北海人世世代代也沒有獲得像今天這樣的榮譽，他們犧牲了二十萬人的代價來到不落城下，十四萬士兵熱淚盈眶，熱血沸騰，眼前這座城市就是強大的聖日帝國的京城，在過去的千年歲月裏，北海人連想都不敢想有一天能來到不落城下，更不敢想像用自己的軍隊去征服這座永不落的城市，他們將擁有永垂青史的榮耀，萬人景仰的榮譽、地位，數不盡的財富，溫柔體貼的女人，他們的心要被巨大的榮耀所溶化。

映月軍人的眼裏閃動著淚花，在過去的一年時間裏，他們忍受著巨大的恥辱，在雪月洲喪失的痛苦中，他們就好似失去母親的孤兒，心頭時時在痛，他們不怕死，自從踏上中原的那一刻起，他們就把生死置之度外，只想著用一個又一個勝利爲自己和家人爭取榮譽、地位和財富，他們把榮譽放在生命中的第一位，但當他們知道雪月洲爲嶺西郡的雪無痕佔領的時候，他們的榮譽蒙受了恥辱，被人踐踏，他們背負著恥辱而戰，時刻想著爲自己的祖國而雪恥，如今，他們將用無與倫比的勝利來證明他們是最好的軍人，攻下這座永不落的城市，洗刷聖日人帶給他們的恥辱，他們緊緊地盯著不落城巨大的城門，眼裏閃動著寒光。

帕爾沙特和手下所有的士兵、軍官一樣，被眼前巨大的勝利所鼓舞、陶醉，這座永不落的城市就在眼前，不久將要掌握在自己的手中，而數不盡的榮譽是他們用熱血換來的，是他們用堅毅的軍人本色所贏得的，沒有人會否認這一點，他們有驕傲的資格，有享受榮辱的資格，每一個士兵都覺得自己將是最偉大的戰士。

儘管帕爾沙特和所有的人一樣歡欣鼓舞，但他還沒有被眼前的勝利沖昏頭腦，就在自己的前方，有一個更加強大的敵人等待著自己，一天沒有征服這個對手，他的心就一天不會感到安靜，他深知眼前的勝利只是萬里征程踏出的第一步，他還要繼續地走下去，征服所有的對手，當下，帕爾沙特立即命令中軍官，通知北蠻、映月、北海準備明天起程，按照當初的計畫攻擊平原城和西部的錦陽城。

在北方四國聯軍包圍京城不落城的同時，遠在二百三十里外的平原城內，天雷也在召開緊急會議，商討對策。昨天，他剛剛從朔陽城返回，接到京城被圍的消息，帕爾沙特只用了十四天的時間就渡過聖靜河，擊潰虹傲河南軍團，圍困京師，他相信帕爾沙特很快就會南下、西進，目前形勢十分嚴峻。

東方兵團文嘉部目前距離平原城還有兩百餘公里，軍民至少需要走五、六天時間，才能趕到平原城，一旦北蠻人迅速東進，截斷文嘉的退路，則東方兵團就危險了，儘管目前東海聯盟沒有大舉進攻，但也不敢小視，只好不斷地催促文嘉、列科加快後撤速度。

南方兵團托尼部距離約定的十五天時間還有七天，百姓正向西部撤離，困難可想而知。當初天雷和文嘉將軍選擇戰略大轉移，並沒有把南方兵團禹爾吉部算在內。說句實在話，天雷也沒有想到會達成這麼大的戰略構想，其實這是文嘉將軍促成的，天雷也只是在此基礎上進行得更加完善，並加以實施，但後來南方兵團部有了變化，越和竟然促成南方兵團長禹爾吉將軍身死，在不幸中存萬幸，以至出現這種局面，雖然情況措手不及，但大方向仍然是好的。

天雷在意外中大有所獲，自然會全力以赴，如能完成這次的戰略轉移目標，今後中原爭霸，鹿死誰手仍然說不定，同時也激起他萬丈豪情，一展宏圖大志的願望，長時間以來，他一直不敢有爭霸天下之心，深感自己人輕力弱，加上他自由奔放的性格，不願在亂世中殺伐，使百姓生靈塗炭，所以一直不求再進，但如今情況不同，聖日帝國已經到了生死的危亡關頭，民族大義促使他不得不放下包袱，投身到歷史的滾滾長河中，他看過太多的死亡，太多的痛苦，百姓再也堅持不下去了，即使事情已經至此，那麼就要轟轟烈烈地幹一場，不求青史流名，但求爲天下的安定盡一己之力，救黎民百姓於水火之中。

目前，平原城北部防線已經構築完成，東方兵團的先頭部隊除部分用來鞏固平原城西二百公里外的秀陽城外，大部分留在了平原城一帶，協助兀沙爾鞏固防線，而文嘉與列科將軍部仍然不斷地向平原城湧來，實力漸漸增強，平原城的一個整編軍團也已經重新武裝了起來，加入到防務中去，眼前軍隊實力近四十萬人馬，雖然防線長一些，但隨著東方兵團和南方兵團的靠近，逐漸縮短，暫時可以勉強支持。

現在，天雷心中最盼望的就是雷格藍羽騎兵兵團，當前他手中沒有什麼騎兵部隊，四萬人的藍衣眾留給了文嘉與列科，僅餘的一萬藍衣眾，是他手中僅有的機動部隊，一旦那處防線出現漏洞，只有依靠這一萬藍衣眾立即堵上，但這一萬人是太少了點，如果有雷格的藍羽在，天雷有信心擊潰帕爾沙特的南進兵團。

雷格藍羽從望南城出發，已經有七天了，兩千四百里路程仍然需要時間，雷格雖然心中焦急，但路仍然望不到頭，他心中擔心著天雷，不停地祈求，但願天雷不要出現什麼事情才好。雷格在擔心的同時，只有命令黑爪、藍爪迅速確定藍羽的方位，隨時向天雷報告，以使他掌握進度，以求藍羽能夠立即投入使用。

海天、雲武帶領幾百人向平原城而來，一路上，眾人渾身上下都成爲叫花子軍了，塵灰、血跡沾滿破舊的軍裝，臉上掛滿塵土，幾乎沒有吃上一頓飽飯，好在平原城距離京城較近，三天的時間已經接近平原城的範圍內，藍爪首先發現了這幾百人的隊伍，上前攔住去路，仔細詢問，才得知是河南軍團的人，全部都是雪將軍的同學、原近衛青年團的軍官。士兵非常尊敬眾人，在嶺西郡的軍民中，原近衛青年團人員有很高的地位。不僅因爲他們是雪將軍的同學，而且是因爲他們還參加過路定城會戰，收復嶺西關，個個都是帝國軍隊的軍官，有才學，是大英雄，所以帶領眾人來到第一軍團的駐地，彙報給了威爾、尼可，兩個人一聽是近衛青年團的人，當即出來接見，一看果然是雲武、海天等人。

眾人看見威爾、尼可從大帳篷中出來，天藍色的軍裝繡著藍鳥的圖案，肩章上扛著督統的軍銜，渾身上下透著精明強幹，與眾人一比是天壤之別，全部都落下淚來。

雲武上前緊緊抓住威爾的手，哽噎得說不出話來，尼可拉著眾人來到大帳篷內，命令士兵爲眾人打水、準備衣物、飯菜，一陣忙亂，洗漱後在眾人在大帳中落座，這才談起眾人的來歷。

海天、雲武把聖靜河戰役的前後經過一說，眾人氣憤加傷心、失望，威爾等人聽後感慨萬千，對虹傲等帝國人員深感悲哀，轉移話題，訴說起雪無痕等人的事情，眾人這才稍加好轉，威爾告訴眾人，將軍如今正在平原城內，待大家休息後，到平原城去見雪無痕將軍。

眾人休息一日，在尼可、威爾的帶領下來到平原城見到天雷，天雷看見這許多同學，深感高興，眾人談起聖靜河戰役，把失敗責任都推在虹傲的身上，大罵虹傲不止，天雷攔住眾人，安慰他們好好休息，以後將參加平原城會戰等等，午後，帶領眾人到衣特、格爾的軍團參觀，調整眾人的心情，使大家深深感激。

隨後二日，天雷令人安排眾人到第一、二、四軍團幫忙，等平原城戰役後再另行安排。

與天雷心中同樣焦急萬分的，還有東方兵團的兵團長官文嘉將軍，文嘉率領藍衣眾斷後，緊緊護衛著一個後撤的步兵軍團，這是最後撤離東原城的部隊，再前邊是列科與兩個兒子嘉萊、嘉興的軍團，撤退已經有十五天了，距離平原城仍然有三百里的路程，越是往前走，文嘉將軍的心就是越加跳動得快，感到不安。

距離東衛城已經很近了，文嘉將軍的心中一千遍一萬遍地祈禱著不要出現什麼事情與意外。

東衛城是京城不落城的東門戶，地理位置十分重要，向西為進入不落城的大道，向西南為進入平原城的大路，越過東衛城向西南一路前行，不遠處就是平原城兀沙爾構築防線的接應點，將進入平原城的地界，那就可以放心了，關鍵是東衛城。

文嘉將軍已經接到河北四國包圍京城的消息，很快就會派軍隊搶佔東衛城，截斷自己的退路，如果一旦成功，自己將面臨險境，那時，這些軍民將面臨滅頂之災。

「命令部隊加快腳步！」

站在東衛城的南城門外，文嘉將軍懸掛的心才放下，眼望著滾滾而去的軍民，文嘉將軍不自覺地流下淚水，這是幸福的眼淚，他的心安定了下來，如今東衛城就在自己的身後，就是敵人趕上來，自己把生命獻出也不會有絲毫遺憾，只要軍民安穩，自己已經問心無愧。

其實，文嘉十分幸運，帕爾沙特三天前傳令各部出發，按照在河北的約定進軍，同時向東、南、西攻擊，截斷文嘉的退路，北蠻人要出兵十萬攻取東衛城，但是命令傳到不落城東門外北蠻人的大營時，蠻彪與蠻豹兄弟正在喝酒，中軍官把帕爾沙特要求立即出兵東衛城的事情一說，蠻豹大手一揮道：

「知道了，你回去吧，告訴你們王子，就說我們喝完酒後就會出發。」

中軍官回答：「是，四王爺！」

蠻彪、蠻豹繼續喝酒，一邊喝一邊談話，蠻豹十分不滿地說：「三哥，西星人幹嘛命令我們，對我們指手畫腳，難道我們要聽他們的嗎？」

「可不是嗎，大哥已經對我們說了，達到京城就是我們最後的目標，只要攻取不落城，以後我們就可以安享天下，我們族人畢竟少，不必搶佔那麼多地方，所以我們也不必聽西星人的話。」

「是，是極！媽的，想命令我們給他們賣命，門都沒有，喝酒！」

兄弟倆幾乎喝了一天的酒，然後大醉，更別提出兵的事，帕爾沙特人雖走在通往平原城的路上，但關心著這件事，派人盯著，見兄弟二人仍然沒有出兵，派人催了又催。

第二天，中軍官拿蠻龍在河北時的承諾相要脅，兄弟二人怕大哥顏面有失，這才由蠻豹率領兩千騎兵、兩個步兵軍團去搶佔東衛城，但行動速度仍然很慢，文嘉將軍這才僥倖通過東衛城，但蠻豹的人馬也已經距離東衛城不遠了，他們才走不多遠，北蠻人就佔領了東衛城。

蠻豹人雖然長相粗豪，但此人性格卻是十分精細，當他看到許多百姓踴躍向西南逃的時候，就知道有部隊過去了，派人一打聽，瞭解到東方兵團的大隊人馬剛剛過去，他臉上掛不住，當即命令狼騎兵追趕，以便在聯軍中有話可說。

狼騎兵是北蠻人的主力部隊，只是人數少，他們是從族人中挑選出來的精幹人員，武藝可以說都不錯，最大的特點是個個力大無窮，使用的武器都是重斧，說他們是重騎兵一點也不過分，而狼騎兵的坐騎雪狼，是天生極地的凶物，兇殘、兇狠，雪狼從小被北蠻人飼養，個頭最大的可以有小馬那麼高大，小一點也比中原的野狼大許多，它速度快，動作靈活，走路無聲無息，真正是戰場上的幽靈殺手。

文嘉將軍率領藍衣眾斷後，雖然放心不少，但不安的感覺始終伴隨著他，從百姓四散的雜亂聲音中，他感到有事情發生了，楠天也有預感，忙撥馬向來路望去，遠遠地就看見一隊騎兵飛快而來，聲音幾無，速度之快生平僅見，他知道是北蠻人的狼騎兵，立即命令所有的人準備。

楠天雖然沒有見過北蠻人的狼騎兵，但沒少聽凱武與北府軍人說過，也是瞭解得比較透徹的人物之一，在他的印象中，北蠻狼騎兵是最強大的騎兵，就是與藍衣眾比，也是有過之而無不及，但楠天並沒有被狼騎兵所嚇倒，藍衣眾的強大他有信心，何況從遠處看，來的人也不多，只有二千人左右，想用這麼一點人撼動藍衣眾無異是妄想。

當下，藍衣眾做好了戒備，楠天命令重劍營三千人馬準備，北蠻狼騎兵迅速靠近，一點也沒有停下來的意思，楠天看出他們想直接發起攻擊，忙命令重劍營出擊，自己首先催馬而上，雙方並沒有說一句話，立即展開了對殺。

狼騎兵也確實是最強大的騎兵，雪狼靈活的身體和北蠻人兇狠的攻擊力，把整個狼騎兵完美地結合起來，他們用高速、兇狠的攻殺摧毀著敵人的鬥志與身軀，動作之流暢、力量之兇猛，給藍衣眾留下深刻印象和教訓。

重斧與重劍撞擊，發出震耳欲聾的聲響，閃電般的躲閃後，招式隨後跟上，交叉斬殺無不帶著血腥，北蠻狼騎兵占速度快、靈活的優勢，但藍衣眾占招式快的上風，雙方力量相差無幾，此外，藍衣眾最大的一項優勢，是比狼騎兵多一半的人馬，所以雙方只一照面對殺，狼騎兵立即退走。

這次藍衣眾與北蠻狼騎兵在東衛城外的較量，藍衣眾死一百零四人，傷七百餘人，北蠻狼騎兵死二百餘人，傷幾百人，兩敗俱傷，但交戰的規模不大，時間短，速度快，是嶺西郡人第一次與北蠻人作戰，印象及教訓都是非常深刻。

看到藍衣眾與北蠻狼騎兵交戰的情況，文嘉將軍也嚇了一跳，雖時間短暫，但那驚心動魄的攻殺場面實在是令人心驚膽顫，他忙命令眾人救死扶傷後，立即向平原城方向撤退。

帕爾沙特出不落城南門大營，向平原城進發，所部十萬騎兵、二十萬步兵向前推進，前鋒騎兵兩個軍團星光、星火都是星輝主力兵團的精銳部隊，也是他的直屬部隊，幾年來，星輝兵團跟隨帕爾沙特南征北戰，攻無不克，攻擊力是全大陸當前最大的兵團，成績之豐令人側目，光彩燦爛。

星海、星碧、星天、星射等年輕的將領如今多在星輝兵團，他們從三國軍事學院比武大會後名揚大陸，在西星國內更是最耀眼的明星，但他們卻沒有沾沾自喜，時刻把雪無痕、維戈當做最強大的對手，無時無刻不在想著戰勝他們，以雪前恥，雖然他們在西星軍隊中是炙手可熱的人物，但他們把忠心都奉獻給了帕爾沙特王子，用無限的忠誠效忠殿下，用一個又一個軍功為主子增添光彩，他們要跟隨王子的腳步征服整個大陸。

星海、星碧為前鋒騎兵軍團的軍團長，他們知道雪無痕就在平原城，況且手中沒有騎兵部隊，攻擊不足，所以儘管他們沒有小視雪無痕的意思，但也對勝利充滿信心，帕爾沙特再三囑咐他們要小心行事，但在不知不覺中，騎兵仍然脫離了步兵大隊，這也是正常的事情，前鋒、前鋒，自然就快些，何況是騎兵前鋒，星海、星碧只用了兩天的時間，就趕到了距離平原城三十里外，安營休息，準備明天發起攻擊。

平原城內的天雷自然隨時能夠掌握京城不落城周圍的動靜，對帕爾沙特的一舉一動時刻有幾十雙眼睛在盯著看，藍爪隨時把最新的消息送到他和兀沙爾的手中，天雷看星海、星碧的騎兵單獨上來，忙命令藍鳥第一軍團戒備，同時調第二、四軍團前移，隨時支援。

平原城內外，眾人都很忙，各個軍團的參謀進進出出，把任何消息、兵力都標識在最顯著的位置，隨時為長官提供參考，而文職人員更是忙得焦頭爛額，協助百姓撤離，距離南方兵團撤退的時間還有三天，天雷叫過比雲，秘密要求他潛往南彝大營，約會彝雲松和百花公主，為放棄朔陽城及平原城等做準備。

比雲經過化裝，小心潛往朔陽城外的南彝大營。南彝的大營千姿百態，各式各樣的旗幟在飛揚，不同的軍裝上可以看出他們屬於不同的部落，七十二洞的南彝聯軍把南彝大營妝點得絢爛多彩，在中原是難得一見的奇景。

來到南彝軍隊的大營不遠處，比雲就被人圍住，精通聖瑪語言的士兵喝問著比雲是什麼人，比雲謙卑地說：「我是南方兵團的人，有事情求見百花公主，望能代爲通報。」

「公主是隨便什麼人都能見著的嗎？」

「軍爺請息怒，請代爲通稟，就說天雷派人與公主有要事相商，公主一定會見小人的。」

軍兵看比雲不像是什麼有好武藝的人，況且他說得言語懇切，說不定真有什麼重要事情，猶豫了一下，最後決定帶比雲回去，向公主稟告，說不定還能立上一功也說不定。

比雲跟隨南彝士兵來到大營內，士兵命令他在外等候，他自己向守衛的女兵低聲稟報，女兵抬眼看了下不遠處的比雲一眼，點了點頭，向內走去，不久，女兵出來，讓比雲進去。

彝凝香正在大帳篷內休息，這幾日整天沒事情做，心情煩悶，好不難受，前段時間，她到東海聯盟走了一趟，商討兩國對聖日京城以南地區攻擊的事情及聯合對抗北方聯軍的事，不想正巧東海六公子與天雷作戰，她聽得有趣，就留了下來，時常來往於六公子的大營與東雲城之間，見天雷花樣百出，搞得東海六公子手足無措，進退兩難，對天雷十分在意。

況且，在東雲城內，天雷縱論天下大事，對南彝及東海聯盟的評述也算獨到，她私心裏感到新奇，等到天雷撤走，彝凝香看見東海六公子的表情一陣大笑，轉回軍隊，便有人報告說天雷派人前來拜訪她，彝凝香心中奇怪，心道這個天雷計謀詭異，不好對付，只不知道他又要對自己耍什麼花招，倒想看看，當即命令來人進見。

百花公主的大帳篷內充滿了幽香，各種各樣不同色彩的羽毛妝點著帳內，繡著百鳥的錦繡圖地毯讓人一看就知道價值連城，百繡錦墩座，百花公主坐在正中，兩旁各有一名侍女站立左右，三人正靜靜地看著他。

「比雲拜見百花公主，並代少主天雷問候公主好！」

百花公主一聽，知道是天雷的手下，當初在東雲城時，楠天等人就是稱呼他爲少主，如今一聽比雲的稱呼，就知道不會錯了。

「先生請坐！」

一名侍女搬過一隻錦墩，放在比雲身旁。

「謝公主！」

「比雲先生是從那兒來，有什麼事情嗎？」

比雲看了一眼兩旁的侍女，百花公主笑著說道：「比雲先生請放心，她們都是凝香的心腹，不會有事情。」

「那小人就直言了。」比雲頓了一頓，接著說：「小人從平原城來，天雷少主有事情要與公主商量，讓比雲代爲傳達。」

「先生請說！」百花公主甜甜一笑，如百花齊放，動人心弦，比雲心道厲害。

「天雷少主從東原城來到平原城，得知公主就在朔陽城外，深感高興，一方面讓比雲問候公主，另一方面是想把朔陽城、平原城交付給公主。」

百花公主眉頭輕輕地皺了一下，然後她平靜地說：「比雲先生說笑了，凝香對天雷的問候深表謝意，但對先生所說把朔陽城、平原城相送卻不敢接受。」

彝凝香知道天雷詭計多端，東海六公子多次吃他大虧，但是一點辦法也沒有，雖然他把東原城讓給東方闊海，但也騙取了十萬擔糧食，並令東海聯盟不敢出兵追趕文嘉，使東方兵團安全撤離東部戰區，如今他叫人來見自己，妄稱把朔陽城、平原城相讓，天下那有那麼便宜的事，且不說他有沒有這個能力，就是想要，也要看看他怎麼個送法，有什麼條件、詭計，反正她不急，有的是時間，天雷既然讓人來說這件事情，看他怎麼令自己心動。

第十二章　天道酬勤

比雲那知道百花公主心中想什麼，當初天雷讓他來找百花公主而不是找彝雲松，他心中就直納悶，如今看百花公主對朔陽城、平原城相送都不為所動，才知道事情沒那麼簡單。

他心頭千轉萬轉，但表面上並不表露出來，比雲笑了一笑：「公主真是女中豪傑，對朔陽城與平原城都不為所動，真是令人敬佩，只可惜平原城與朔陽城盡落河北聯軍之手後，南彝想北下京城恐怕是很困難了。」

「先生說平原城、朔陽城盡落河北聯軍之手，是什麼意思？」

「公主，如今北方四國聯軍圍困京城不落城，帕爾沙特率領三十萬軍隊南進，其目的就是要搶佔平原城，阻斷南彝大軍北進京城的目的，然後，與四國聯軍共同分享京城，而南彝與東海聯盟只有乾看的份。」

彝凝香眉頭一皺說道：「聖日京城不落城如今被圍困在北方四國聯軍之中，這事我清楚，但帕爾沙特率軍南進平原城，不是有南方兵團在平原城一帶嗎？聽說雪無痕將軍也在平原城，怎可讓帕爾沙特攻佔平原城？」

「公主有所不知，雪無痕將軍的確是在平原城一帶，但如今平原城，東有東海聯盟大軍西下，南有南彝軍隊進攻，北面四國聯軍正在帕爾沙特的率領下南進，平原城彈丸之地豈可守之！」

「難道雪無痕要放棄平原城？」

「正是！」

彝凝香點了點頭，如果雪無痕及南方兵團放棄平原城，那麼把朔陽城、平原城讓給南彝的話是有幾分可信，但也不是白得的。她當下說道：

「雪無痕及南方兵團放棄平原城，爲什麼要交給我們呢，雪無痕將軍可是有什麼條件嗎？」

「公主，如果北方四國聯軍向南佔領平原城，東攻取東衛城，西取錦陽城，那麼，中原大部將盡落北方四國之手，實力必然大增，然後，他們或西進攻取嶺西郡，打通與映月會合的道路，或向中原南部進軍，首先擊潰東海聯盟和南彝，但不論他們怎樣做，都對嶺西郡及南彝沒有一點的好處，只要一處被他們擊潰，那麼，其餘之人必將不保，更何況，東海聯盟、南彝、嶺西郡無論那一路都不是他們的對手，如不緊密結合，將必有被各個擊破的可能，所以，雪無痕將軍寧願把平原城交給南彝，也不願把平原城交給四國聯軍，以防其壯大。」

「雪將軍真不愧是當世的豪傑，凝香佩服，但不知把平原城交給我們，雪將軍有什麼條件，事情與天雷有什麼關係？」

「嘿嘿，雪將軍說了，沒有什麼條件，只要南彝大軍善待百姓足矣，同時，天雷少主如今與嶺西郡是一家。」

比雲心中疑惑，不知道當初天雷爲什麼非要他以天雷的名義拜見百花公主，如今想來，也許是在百花公主眼裏，天雷和雪無痕是兩個人，他心中暗笑，但也不會明說。

「天雷爲什麼說與嶺西郡是一家人呢，他不是文嘉將軍的部下嗎？」

「公主有所不知，如今東方兵團文嘉部與嶺西雪無痕將軍嶺西第一兵團集結在平原城，天雷當然就與嶺西郡雪無痕將軍是一家人了！」

彝凝香點頭說道：「說得也是，天雷大哥以後一定能飛黃騰達，成爲一代名將，既然天雷大哥看得起凝香，讓凝香幫忙，那麼我們就見見叔叔吧，這事情要由叔叔作主才是！」

「謝謝公主！」

其實，彝凝香心中對比雲所說的話有幾分相信，他說得也都是實情，南彝再怎麼樣也強大不過北方四國聯軍，就算加上東海聯盟也勉強與其抗衡，而聖日軍隊如今是最弱的一方，雪無痕當然也不希望與南彝和東海聯盟交戰，使北方聯軍坐大，如果雪無痕與東海聯盟、南彝秘密聯合，達成一定的協定，暫時可以免去南方的後顧之憂，一心對付北方四國，而對於南彝、東海聯盟都是好事情，如果真如雪無痕所說的那樣，把平原城一帶讓給南彝，則南彝與東海聯盟可以從京城南部靠近京城不落城，時刻威脅北方四國聯軍，使其把京城的利益分於兩國一部分，最重要的是，從此可以在中原形成南、北、西三方勢力三足鼎立的局面，這對南彝的利益來說是最重要的。

彝凝香領著比雲來到彝雲松的大帳篷內，彝雲松看見百花公主領著比雲進來，知道有事情，讓左右閒雜人等退下，比雲見禮後，幾個人落座，彝凝香把比雲說的事情向他彙報。

彝雲松沉思了一會兒說道：「比雲先生，禹爾吉將軍和雪無痕將軍願意把平原城交給我們，彝雲松十分感謝，但是，如今平原城集結了東方兵團、南方兵團和部分嶺西第一軍團，實力大增，彝雲松不敢草率行事，希望比雲先生能夠理解。」

禹爾吉將軍的死對外還在保密之中，只有南方兵團的將領和藍鳥軍團的人知道，外人知道的很少，彝雲松到目前爲止還不敢確定，深怕中了聖日的圈套。

「王爺的話也有道理，比雲這次來就是商談這件事情，王爺想怎麼辦，儘管吩咐！」

「如果禹爾吉將軍真想把朔陽城、平原城一帶交給我們，那就要拿出誠意來，先把朔陽城一線交給彝雲松，然後我們再逐步加深，你看如何？」

比雲聽後，稍微想了想：「既然王爺如此說，那麼三天後，請王爺派人接收朔陽城，只是，雪無痕將軍希望王爺能夠下令不許軍隊私殺百姓，否則，雪將軍必有一報。」

「好，我們就這麼說定了，但是，彝雲松也希望雪無痕將軍能下令把西南郡方向的軍隊撤出聖寧河兩岸，停止攻擊我軍後部。」

比雲點頭：「好吧，我代將軍答應了，請王爺三日後接收朔陽城，然後向前進兵，準備接收平原城，但王爺要保證不對我軍進行攻擊，等待我們轉交的通知。」

「就這樣！」

彝凝香看事情談得差不多了，就笑著對比雲說道：「天雷大哥從東海來到平原城，凝香非常佩服，同時也想再一次見到他，希望這次平原城交接的時候，凝香能夠見到天雷大哥，凝香私心中更希望見到雪無痕將軍，不知比雲先生能夠安排否？」

比雲沉吟了一下說：「公主，這件事情比雲不敢答應，但比雲會盡力與天雷和雪無痕將軍說明此事，希望他們能夠與公主一會。」

「那就謝謝比雲先生了。」

比雲在彝雲松處休息一日，二人把朔陽城交接事情的細節進一步確定後，第二天回轉朔陽城，見到托尼將軍，把事情的經過與托尼一說，托尼暗暗心驚，知道雪無痕事事都安排得清清楚楚，一環扣一環，點滴不漏，一切都在掌握中，也沒有說二話，下令各部準備午後撤退，然後把朔陽交給南彝。

大軍早就做好了準備，接到命令後稍加整理，在午後開始陸續向平原城轉進，各城駐守軍團依此撤離，三十萬人馬開始了向北進發。

平原城內，天雷接到比雲傳回的消息，看事情都按照計畫有步驟的進行，對比雲、托尼二人稍微放心，同時，天雷也接到文嘉部的消息，知道北蠻人已經佔領了東衛城，文嘉部正向平原城方向轉進，沒有受到影響，對於藍衣眾與北蠻狼騎兵一戰十分關注。

既然文嘉部已經安全撤離東衛城一帶，大軍距離平原城已經不遠了，二三日即可到達，估計也不會出現什麼意外情況，當前最緊迫的就是擊退北部帕爾沙特的進攻，使東、南兩個方向的人馬能夠安全集結在平原城一帶，然後向西轉進。

事情雖忙、雖多，但忙而不亂，從容不迫，這就是天雷辦事的作風，同時，他也要求手下人培養這樣的作風，穩重、沉著、冷靜，不為外事所困擾，不以困難而後退，如鋼似鐵，堅忍不拔，克服一切困難，而嶺西郡所有的年輕將領，正是在這樣的作風中成長，逐漸成熟。

目前，天雷掌握的情況就是這樣，藍羽雷格部已經到達秀陽城附近，最遲三天後就能趕到，東、西、南三面人馬在近三天內將完成集結，使這次三千里大轉移出現有利的轉機，向勝利的方向靠近，而關鍵的關鍵，就看這三天之內了，北部帕爾沙特部估計馬上就會發起攻擊。

正如天雷所想的一樣，在南方兵團托尼部撤離朔陽城的同時，星海、星碧二騎兵軍團已經完成了攻擊前的準備，經過一日的休息，士兵恢復了體力，戰馬調整到最佳狀態，兩人按照商量的計畫，同時從二個方向對平原城北十里的藍鳥第一軍團發起了攻擊。

星海在左，星碧在右，各五萬騎兵在號角聲中發起了衝擊。

前鋒各一個萬人隊負責填平第一軍團挖掘的戰壕，士兵各帶兩隻麻袋，裝滿泥土，鋪平道路，後續各四萬騎兵負責攻擊斬殺，萬人隊成一字縱隊，分左右兩個弧線形向戰壕衝來。

藍鳥第一軍團距離第一道戰壕僅僅三百米遠，剛好爲弩機的殺傷範圍，一千輛弩車也分成兩部，左右各五百輛，一字排開，後面爲各兩萬中弩手，在弩車的後部，重步兵和槍兵也分成兩部，兵力平均分配，各支持一個五百弩車隊，穩固防守，決不出擊，這是兀沙爾早就做好的作戰方案。

西星騎兵萬人隊接近戰壕三百米內，弩車開始了攻擊，巨大的弩箭帶著厲哨聲離弦而出，從披著戰甲的戰馬身體穿過，一次齊射，近千匹戰馬倒在陣前，隨後，騎兵漸近，進入中弩的一百五十米射程內，兩萬張中弩發出振響聲，把戰馬、士兵射倒在地，騎兵拚死把麻袋送入壕溝內，幸福地閉上了眼睛，星海、星天在付出一萬餘人的傷亡後，勉強填平幾處壕溝，讓戰馬通過，但藍鳥軍團的弩車迅速撤退至第二道戰壕後，在重步兵和槍兵及中弩手的掩護下，完成後撤，穩住防線。

在整個的後撤過程中，星海、星天的騎兵少量地通過了戰壕，被槍兵和重步兵所殺，在中弩手的掩護下，緩緩後撤，傷亡不大，而起關鍵作用的，就是擺在前方的三道二米寬壕溝組成的戰壕，它使騎兵減緩了速度，甚至不能逾越，造成騎兵不能有效的前進與機動，爲弩車及中弩手有效殺傷敵人提供了保障，整個設計之巧妙、殺傷力之大，可以看出兀沙爾用兵的實力，他充分發揮了弩車和中弩手的作用，爲步兵射殺騎兵提出了作戰的經典之作。

整個作戰僅僅進行了一個上午，使星海、星碧被迫停止攻擊，望著戰死在陣前的兩萬餘士兵，兩個人第一次感到不知如何作戰，在以往的騎兵攻擊中，弓箭的殺傷只有七八十米的距離，且殺傷力對於騎兵來說不會如此的巨大，以騎兵的衝擊速度、衝擊力在傷亡兩萬人的代價後，已經衝入步兵陣形中進行了斬殺，但如今付出如此大的代價後仍然不能靠近敵人，而且，狡詐的敵人立即退入後備的戰壕內，同樣的事情是無論如何也不會再發生了，兩個人欲哭無淚，望著前方不遠處敵人的陣地，不敢攻擊。

兀沙爾、凱文站在帥旗下，看著在威爾、尼可、格魯率領下運轉自如的第一軍團，感到滿意。兀沙爾領軍四十餘年，對軍隊的素質一戰便知，且本身要求也高，第一軍團是天雷的主力軍團，裝備精良，弩機武器先進，幾年來嚴格訓練，頗有成效，加上前幾個月威爾、尼可的到來，更增加了訓練的難度，這時在兀沙爾的指揮下一戰力挫星海星碧，使其不敢輕舉妄動。

一日後，帕爾沙特率領二十萬大軍來到平原城外，星海星碧把前期作戰情況加以彙報，兩人滿面慚愧，等待處罰，但帕爾沙特只是仔細聆聽，並沒有對他們進行嚴厲處罰，訓斥幾句後，語重心長地對二人說：

「你們二人跟隨我多年，應該知道我對雪無痕的重視，如果雪無痕這麼好對付，也不必我日夜兼程趕來，這一次的教訓，只當是你們學習的機會，以後要小心，再小心。」

「是，殿下！」

「平原城為南方戰役的關鍵所在，為了接應文嘉和托尼部，雪無痕不惜調動嶺西郡最精銳的第一、二、四軍團前來，其重要性可想而知，目前，他手中沒有騎兵軍團，這是我們的優勢，但就步兵來說，我們並不佔有任何優勢，昨天的交戰也未嘗不是好事，明天我們要傾盡全力一戰，否則就沒有時間了，這是我們最後的機會，一旦東方兵團和南方兵團會合在平原城，以我們當前手中的兵力想擊潰雪無痕是不可能的。」

「是，殿下，我們一定會拼死一戰，擊潰雪無痕！」

「命令各部抓緊休息，明早攻擊！」

「是！」

在帕爾沙特準備攻取平原城的同時，映月軍主帥騰格爾元帥在星慧元帥的配合下，率領三十萬映月軍、十萬北海軍、十萬西星軍向西部的錦陽城進發，五十萬大軍分爲前後兩部，前鋒十萬映月鐵騎，幾乎在星海、星碧發起攻擊的同時，展開了對錦陽城的進攻。

錦陽城的戰略位置十分重要，它西連酈陽城、近原城、凌原城，是京城通往嶺西關的必經之地，南北連接秀陽城、河陽城，攻取南面的秀陽城，向西可直接攻擊原陽城、固原城、望南城，同時截斷雪無痕戰略轉移的退路。

目前，錦陽城裏駐紮著文謹將軍的中央兵團，七萬餘中央騎兵，二十餘萬步兵，裝備和軍隊的素質不是很差，中央兵團雖然鏖戰河北多年，有很大損失，但它畢竟是聖日帝國首屈一指的軍隊，文謹、法華爾等明將眾多，經過一年的休整，實力可以說很強。

文謹將軍時刻注意著河北聯軍的動靜，他知道一旦河北四國聯軍渡過聖靜河，包圍京城，一定會向西出兵，攻取錦陽城，錦陽城的戰略位置太重要了，所以當騰格爾元帥一出兵，文謹立刻得到消息，積極進行準備。

但文謹將軍也知道，僅憑藉自己手中的力量還不足以對抗河北四國聯軍的進攻，守住錦陽城幾乎不可能，如果不借助嶺西郡的兵力，被殲滅是早晚的事情，所以也沒有打算堅守錦陽城，但目前就放棄錦陽城，勢必會造成南面秀陽城的危險，大有切斷平原城雪無痕撤退的可能，即使最後撤退成功，也必然損失慘重，對大局十分不利，一旦他輕易放棄錦陽城而造成嚴重後果，雪無痕及嶺西眾將必將對自己不滿，以後的日子將更加的難過，所以他只有咬牙苦撐，堅持到雪無痕撤退到秀陽城爲止。

文謹將軍一方面積極備戰，另一方面緊急向嶺西郡的雅星求助，同時派人向平原城通報消息，力爭讓雪無痕加快撤退的速度，爭取時間，而文謹將軍的另一個做法，就是緊急動員百姓撤離，把一切能帶走的東西都帶走，向西面的酈陽城方向轉移，錦陽城一時間成爲西方戰略的重要戰場。

在軍隊的部署上，文謹將軍考慮到錦陽城不是很大，同時也限制騎兵作戰，所以他命令法華爾率領騎兵軍團向南隱蔽行蹤，並把部分戰鬥力較弱的部隊向酈陽城轉移，首先做好後防線，在城內只保留十五萬主力軍隊防守，其部署攻守兼備，同時也有隨時轉移的準備。

騰格爾元帥與文謹將軍是老對手，三年的河北鏖戰，騰格爾元帥始終沒有啃動文謹將軍這塊老骨頭，如今血戰錦陽城在即，他一點也不敢大意，親自率領騎兵為先鋒，星慧元帥為後軍向錦陽城而來。

正如騰格爾元帥所料想的一樣，幾個小城沒有絲毫抵抗，順利佔領，但錦陽城防守準備也已經就緒，防護壕、護城河修整完善，城上的軍兵士氣高昂，在驕陽下，錦陽城一片肅殺，他不敢輕舉妄動，珍惜手中僅有的騎兵部隊，命令全軍包圍錦陽城休息，等待後面的步兵。

夜晚的星空格外的明亮，月亮彷彿比平日更加的圓潤，銀輝灑在平原上，讓人看出很遠，當深夜來臨的時候，從錦陽城南五里外傳來馬蹄的轟鳴聲，法華爾七萬騎兵全軍出動，在騰格爾立足未穩的時候展開了深夜偷襲。

騰格爾元帥小心又小心，珍惜手中的每一個士兵，就是在初到錦陽外，他也沒有絲毫的鬆懈，晚間的時候，他命令一個萬人隊警戒，士兵輪換休息，以防被文謹偷襲。

果然不出所料，剛剛休息的騰格爾立即來到帳外，親兵牽過戰馬，這時，法華爾的騎兵已經與騰格爾的萬人隊戰在一起，雪亮的馬刀在月光西下閃著寒光，帶起一條又一條的血線，在萬人隊付出慘重傷亡代價後，騰格爾的騎兵部隊已經組織完畢，正準備投入，法華爾已經果斷地命令騎兵向西而去。

騰格爾元帥損失七千餘人，帳篷無數，在深冬的月光下，他初到錦陽，地形不熟，不敢追趕，以防中埋伏，只能硬吞下苦果。

第二天午後，星慧元帥步兵軍團趕到，安營休息，準備明天攻城。

帕爾沙特糾集二十萬步兵、八萬騎兵、三百輛戰車展開了對平原城防守軍藍鳥軍團的攻擊。

天雷得知帕爾沙特大軍到達的消息，立即趕往城外大營，召集各部將領開會，同時命令第二、四軍團前移，與第一軍團會合，把南方兵團、東方兵團的餘部放在二線支援，並向奧卡詢問東、西、南三個方向各部到達的位置。

奧卡說道：「藍羽雷格部目前已經越過秀陽城，向平原城進發，明天中午左右將達到平原城一帶，稍微休息就可投入戰鬥；東方兵團文嘉、列科距離還有一日路程，前部嘉萊、嘉興已經接近，估計明日上午即可趕到平原城，而南方兵團至少還需要兩日時間，只要再堅持兩天時間，平原城的形勢將從根本上得到轉變。」

天雷聽後點頭吩咐：「傳令各部小心戒備，明天是最關鍵的一天，帕爾沙特經過一天的休息，一定會發起攻擊的！」

兀沙爾和凱文、威爾、尼可、衣特、格爾等點頭答應，天雷又對各部重新進行調配，仍然以第一軍團為中部，格爾的第二軍團位於右翼，同時接應東方兵團，衣特的第四軍團為左翼，接應藍羽騎兵軍團，同時派人引導藍羽，一旦明日發生戰鬥，藍羽要從左翼直接發起攻擊，等等，各部回去準備。

灰濛濛的天剛有一絲的亮光，潛伏的藍爪就回來報告帕爾沙特的大營有動靜，天雷和各部將領早就做好了準備，一點也沒有感到意外，緊急命令士兵吃飯後，開始做戰前的最後準備。

帕爾沙特以步兵軍團為先導，兩翼配合星海、星碧騎兵軍團攻擊，一個重步兵軍團為前部掩護，後兩萬士兵扛著麻袋做填充壕溝，為騎兵和戰車鋪平道路。迎風飄揚的戰旗呼啦啦地響，高大重步兵舉著闊大的盾牌，邁著沉重的步伐，組成一道鐵牆一般衝過壕溝，立即組織防禦陣型就地掩護，兩萬步兵把麻袋填充在戰壕溝裏，立即返回。

第一軍團距離戰壕防禦溝有三百米遠，這是弩機的最大射程，即使是重步兵衝過戰壕，天雷也沒有命令重步兵實施反衝擊，弩機發出吱吱的弦聲，弩箭離弦撕裂長空的聲音，讓所有的士兵心中打顫，即使是重步兵舉著厚實盾牌、穿著三層戰甲也被弩箭所穿透，一千六百輛弩機的威力仍然是重步兵最可怕的殺手，前排的士兵沒有任何抵抗就倒在了地上，沉重的裝甲發出鏗鏘的響聲震顫心弦，後排的士兵上前一步自動補上，從堅定的步伐中，可以看出西星士兵較高的素質和面對生死的考驗。

趁著弩機填裝的時間，重步兵左右一閃，把中間的道路閃開，西星三百輛戰車如箭一般飛出，四批戰馬拉著披甲戰車，沿著重步兵和填充手鋪平的道理飛馳而來，長槍手高高地舉起二丈六尺的長槍，兩名神射長弓箭手彎弓搭箭，兩眼注視著前方，在戰車的後面，兩個步兵方陣緊緊跟隨，這時候，騎兵從兩側開始衝擊，重步兵等待著戰車過後重新靠近在一起，沿著戰車的前進軌跡迅速推進。

天雷與兀沙爾立在大旗幟之下，在西星重步兵閃開的同時，也命令長槍兵和重步兵左右分開，兩百輛戰車快速迎上，同時，所有的弩機發出了咆哮，對準遠來的西星戰車一陣齊射，戰馬轟然倒下，兩方戰車迅速撞在一起，長弓手的箭毫不吝嗇地向對方射出。

中弩手四萬五千人主要對付的是騎兵，站在前排的人緊緊地盯著迅速而來的騎兵身影，在射程內迅速把弩箭射出，後排的邁步上前，舉弩即射，再退後一步，循環往復，弩箭不絕。

兀沙爾見敵人騎兵雖然損失慘重，但戰馬的衝擊速度仍然非常的迅速而力大，示意重步兵、長槍兵準備，雙方很快就要撞在一起。

天雷心中隱隱作痛，用嶺西最優秀的步兵對付騎兵，他實在是不捨，但如今的局面也沒有辦法，如果雷格的藍羽在，他是無論如何也不會捨得的，他回頭從雅藍的手中接過霸王弓，雅雪立即遞上箭羽，他悶聲不響地左右開弓，把一支支鐵羽射向最快的戰車，在天雷十成功力下，鐵羽撕開戰車，把長弓手死死地釘在地上。

三壺箭羽射完，兩軍已經撞在了一起，雙方的重步兵在對殺，長槍兵把長槍射穿騎兵的士兵，而騎兵雪亮的戰刀在飛舞，雙方的將領在最前面互相對斬，親兵緊緊地跟在他們的身後，混戰一團。

帕爾沙特站在遠處的一輛披甲戰車上，雙手背在身後，雙眼緊緊地盯著整個戰場。他知道嶺西郡藍鳥軍團弓箭的厲害，特別是戰車型的弩車，威脅十分巨大，所以無論是騎兵還是戰車、重步兵，無不以此爲目標，對弩車迅速進行破壞，但對於中弩手，他只有依靠騎兵迅速靠上去消滅了。

一萬藍衣眾從左翼的最外側衝出，把中間的位置讓給衣特的五千中弩手，在西星騎兵快要接近時已經衝了出去，展開騎兵的衝殺，西星依靠著人多勢眾，也不能占到絲毫的便宜，天罡刀的寒光下，人馬倒地無數。

混戰有一個時辰，天雷命令後備二線的南方軍團和東方兵團餘部投入，十餘萬生力軍的加入，使戰局絞在了一起，平原城北染紅在血色中。

帕爾沙特心中焦急，雪無痕依靠著精良的弩箭給予騎兵和步兵的大量殺傷後，不斷地投入後備力量，而他如今手中沒有任何預備隊，雖然騎兵依靠人多稍占上風，但絞殺十分激烈，如果他手中再有兩個軍團，他相信一定可以擊潰雪無痕，但如今卻沒有，眼看著星輝、星光兩支自己最精銳的部隊在拼殺，一點勁也使不上。

天已經漸漸近午，在平原城的西方天空中，突然揚起陣陣的塵灰，隱隱約約的馬蹋聲彷彿像一支鐵錘，一下一下敲打在他的心上，不久，斥候飛快而來，人還沒有下馬就急急地喊道：「殿下，西方出現大量的騎兵，隱隱的可以看出是藍羽的旗幟。」

「有多少人？」帕爾沙特急問。

「殿下，最少也在十萬人以上！」

帕爾沙特倒吸了口冷氣，知道雪無痕的主力騎兵軍團就要到了，大草原的漢子射騎精良，以如今這個局面是必敗無疑，他毫不遲疑地傳令道：「命令吹撤退號角，重步兵、騎兵墊後，餘部迅速後撤，快！」

悠揚的號角聲回蕩在戰場上，壓過所有的廝殺聲，西星軍團突然間迅速後撤，重步兵和騎兵拼死斷後，不讓藍鳥軍前進一步，速度之快，動作之簡潔令人側目，所有能動的戰車迅速佈成防守陣形，把步兵圈在核心，快速向北而去。

兀沙爾剛要傳令追擊，天雷擺了擺手，他聽著西方傳來陣陣轟鳴的馬蹄聲，彷彿就是他興奮跳動的心鼓，激動之情不言於表，他沒有讓步兵追擊，在如今的情況下實無必要，如果帕爾沙特不立即撤退還有必要圍殺，但如今已經可以了。

藍色的飛羽大旗在空中飄揚，先鋒一萬五千名藍羽衛在雷格、商秀的率領下，展現在地平線上，那黑色的盔甲閃動著刺眼的光芒，讓人賞心悅目，後面草原飛鷹戰旗徐徐向前移動，戰馬和騎士流淌著汗水，滴滴淌在地上，但每一個人的臉上都流露出興奮之色。

第十三章　此消彼長

雷格縱馬來到戰場，眉毛飛揚，稍黑的臉上帶著殺氣，他沒有一絲的停留，旋馬向北追去，天雷銳利的眼光裏看到了雷格微微疲勞的倦色，他高聲喊道：

「雷格，夠了，立即紮營休息，監視北面的動靜。」

「是，大哥！」

聲音宏亮有力，即使在二十幾萬人的歡呼聲中，也沒有掩蓋住雷格鏗鏘有力的話語，彷彿就在每一個人的耳邊在說話，士兵們用最燦爛的微笑和歡呼迎接著藍羽的到來，把剛才的血腥大戰忘得一乾二淨。

藍羽衛停住了腳步，雷格和商秀快速來到天雷的面前，翻身下馬，二人一齊跪倒在天雷的面前，眼淚都流了下來，一年沒有見到天雷，二人又是思念，又是懸心，如今看到天雷安然無恙，懸掛的心才放下。

「雷格拜見大哥！」

「商秀拜見少主！」

天雷上前一步，雙手扶住二人的肩頭，眼裏也閃動著淚花，嘴裏卻說道：「起來吧，累了吧！」

「不累，大哥，你可好？」

「好，好，我沒事！」

二人起身，天雷向他們介紹兀沙爾和凱文，兀沙爾兩人認識，但凱文卻是第一次見到，就是在京城學習時也沒有見過凱文，當下二人為兀沙爾、凱文見禮，一陣客氣。

整整一個下午都在打掃戰場，把受傷的人先運往秀陽城方向，拆卸損壞的弩車，掩埋死者屍體等等，而藍羽的任務就是休息、監視帕爾沙特的動靜。平原城一戰，天雷藍鳥軍團傷亡近十萬人，東方兵團、南方兵團餘部損失將近五萬，用十五萬人的代價擊潰了帕爾沙特的南進，穩定了平原城支點的局勢，在藍羽強大的騎兵支援下，天雷可以從容退軍，再沒有絲毫後顧之憂。

而帕爾沙特南進兵團也損失近半，特別是騎兵、重步兵損失慘重，戰車更是沒有幾個完整的，帕爾沙特沒有停留，淒然退回京城。

午後，文嘉將軍東方兵團在平原城與天雷會合，二日後，南方兵團靠近平原城，天雷、文嘉、列科、凱文、托尼等人在平原城略微休息，大軍起身向秀陽城進發，然後向原陽城、固原城方向轉進。

南彝主帥彝雲松派小股部隊接收朔陽城一線，打消了心中的疑慮，全線向平原城挺進。

百花公主彝凝香看天雷遵守約定，在感佩的同時，心中也是疑惑重重，天雷從北部到東部，再到南部，輾轉數千里，每到一處都有大事情發生，且都是由他出面，把事情做得點滴不漏，即使各路主帥再對他信任，他畢竟也僅是個大隊長，與所辦事情身分極其不相配，這裏面一定有什麼蹊蹺。

彝凝香主動向彝雲松提出爲前軍，率部進入平原城，同時再次會會天雷，約見雪無痕，彝雲松考慮到天雷把朔陽城一線交給了彝凝香，斷不會對她有什麼不利之舉，同時進軍平原城也是件大事，有她在前主持大局也好一些，當即同意。

彝凝香率領三萬人爲先鋒向平原城前進，部隊尾隨南方兵團之後，有比雲、越和在後照料，協調各項事情。九日後到達平原城，彝凝香命令休息，約見比雲，要求再見天雷，拜見雪無痕。

第二天，比雲通知百花公主接收平原城，天雷在西門外會見她，百花公主穿城而過，一路來到平原城西門外。

初春的三月裏滿是春天的氣息，空氣中雖仍然帶著血腥味，但已經比較淡了，大戰後的平原城外滿目淒涼，百姓連一個人影也不見，只有四萬餘鐵甲騎兵整齊地肅立微微的微風裏，暖暖的陽光照在身上，讓人有一股舒服的感覺，對於大戰後的他們，無疑是一種最好的享受。

天雷站在藍色的藍鳥旗幟下，他背負著雙手，楞楞地盯著遠方的平原城，微風撩起他的長髮，飄浮在空中，豔陽裏，白色的便裝顯得格外的明亮、耀眼，瀟灑的身姿讓遠遠而來的百花公主陶醉，迷茫地盯著他。

天雷的身後站了文嘉、列科、托尼、楠天、雅藍、雅雪等人，每一個人都沒有說話。大戰至今，聖日帝國失地千里，丟城無數，千千萬萬的百姓在外敵的鐵蹄下呻吟，如今京城被圍，他們眼睜睜地把一座又一座城市讓給了敵人，心裏都在滴血，但爲了聚積最後的力量，他們每一個人都盡了自己最大的努力，然而心中的痛卻是無法形容的。

「凝香拜見天雷大哥！」

百花公主帶人在百米外止住腳步，自己上前爲天雷施禮。

天雷從沉痛中醒了過來，聽見百花公主的叫聲忙還了一禮：「公主客氣，天雷有禮了。」

雅雪輕步上前，把一件藍色的風衣披在天雷的身上，默默地退了下去，她知道天雷這幾天心情不好，大戰後他彷彿變化了許多，成熟了許多，讓她更加的感到心痛。

「自東海一別，凝香時常想念，大哥英姿勃發，凝香感佩不已，天雷大哥果然是位英雄，縱橫千里，如言把平原城交給凝香，謝謝了！」

「公主客氣，今日天雷親自把平原城交給公主，他日天雷必將親自從公主手中取回，望公主原諒我直言。」

百花公主點了點頭：「天雷大哥豪氣雲天，言之在先，凝香好生敬佩，他日如大哥率軍來到城下，凝香定親自把平原城交與大哥，望大哥不忘今日之言，凝香拭目以待。」

「謝謝公主厚意，天雷感激不盡，望公主善待中原百姓，天雷必有以報！」

「凝香記住了。」

「來，來，公主，天雷爲妳引見幾位中原英雄。」

兩人來到眾人面前，天雷指著文嘉將軍，向百花公主道：「公主，這位是東方兵團統帥文嘉將軍！」隨後，他對文嘉說道：「這位是南彝百花公主彝凝香！」

兩人相互見禮，隨後，天雷一一爲百花公主引見眾人，最後，百花公主對天雷說道：「天雷大哥，怎麼不見雪無痕將軍，莫非雪將軍有事先行了嗎？」

天雷微微一笑，眾人莞然，天雷岔開話道：「今日一別，不知道何時與公主再相見，祝願公主青春永駐，美貌常在，他日公主有閒暇時請到嶺西一聚，天雷定萬分歡迎！」

百花公主看天雷岔開話題，也不深問，聽天雷的祝福和邀請，嫣然一笑：「天雷大哥一路好走，如有時間請到平原城看望凝香，凝香定萬分欣喜，祝大哥和各位一路順風！」

「謝公主！」

眾人回身上馬，天雷對百花公主笑道：「公主既然見到了天雷，就如同見到了雪無痕，有時間請到嶺西一聚，再見了！」說罷撥馬向西而去，眾人跟隨在天雷身後，藍衣眾小心保護，一路向秀陽城。

百花公主聞聽天雷之言，呆了一呆，然後雙眼連放異彩，臉上露出百花齊放般的笑容，嘴裏喃喃地道：「見到了天雷就如同見到了雪無痕，雪無痕就是天雷，天雷就是雪無痕，哈哈，東方闊海、東海六公子，哈哈！」

手下眾人見公主呆呆傻笑，無不好奇，但也知道百花公主喜怒無常，自不敢多言，等待了一會兒，百花公主帶著一路的笑聲回轉平原城。

騰格爾元帥在得到步兵星慧的加強後，於第二天對錦陽城進行了猛烈的攻擊，他不惜傷亡，連攻兩日，士兵傷亡慘重，也沒有拿下錦陽城，騎兵也不敢離開錦陽左右，深恐法華爾騎兵部對步兵進行擊殺，同時，騰格爾元帥也接到消息，嶺西郡藍羽十五萬騎兵已經經過秀陽城，正向平原城而去，他感到帕爾沙特一定會功虧一簣，所以心中更加焦慮，一旦雪無痕擊潰帕爾沙特對平原城的進攻，必然會加強對秀陽城的防守，同時從南翼側擊錦陽城，那麼，他就是竹籃打水一場空了。

儘管騰格爾元帥心急如火，但錦陽城內文謹十五萬精兵確實不是好對付，他們在付出重大傷亡後，一次次擊潰聯軍的進攻，令騰格爾不能逾越一步，保證了平原城戰役勝利後各部撤退的時間。

五日後，文謹將軍得到消息，雪無痕在得到藍羽的支援後，擊退帕爾沙特的進攻，部隊正安全向秀陽城撤退，如今已經命令藍羽向錦陽城方向迂迴，同時對文謹將軍給予的援助表示感謝，文謹長出了口氣，準備撤離的事宜。

騰格爾元帥得知帕爾沙特退回京城後，心中十分懊悔，但各部將領都主張退回京師，他也沒有辦法，如今各國聯軍可不是他一個人就說了算的，同時，攻取京城不落城就在眼前，他也不願意錯過這樣的機會。兩天後，騰格爾在付出十萬傷亡的代價後，退回京城不落城方向。以映月為首的北方聯軍對聖日平原西方第一次征伐，以失敗而告終。

固原城在京城不落城以西九百里處，東為原陽城，西為望南城，北為近原城，南方近寧原城。固原城為一較大的城市，人口二十餘萬人，如今為聖日大平原西方的重要城市，它與北方的近原城、西方的望南城及西北的凌原城組成一個四方地帶，為如今從東部戰區及南部戰區撤離軍民的駐紮地，目前這一地區人口猛增加幾百萬。

自從平原城戰役打響以來，受文謹將軍的請求，加上雅星軍師考慮到從東、南部撤退的軍民較多，嶺西郡已經無法承受這麼多人口的壓力，所以把從東、南部撤退下來的軍民安置在此一地區，但為了這一地區的安全，凌原兵團在秦泰的率領下緊急開赴郿陽城，一方面鞏固錦陽城的後方線，支援文謹將軍部，另一方面，為了加強四方地帶的安全，同時，他還把從銀月洲撤回的藍鳥第三軍團、整編後的十萬北府軍派往原陽城，加強力量，保證四方地區的絕對安全。

有凌原兵團和藍鳥第三軍團構築的防線，東、南部撤離的軍民就有了一個安全地區，嶺西郡抽出大量的人員，對這一地區進行了改造，構築房屋及臨時居住所，提供糧食、物質等，同時把部隊作為長久駐紮的軍事物質、器材都運往郿陽城和原陽城，一時間，固原城地區非常的熱鬧。

從秀陽城、原陽城方向不斷湧來的軍民，把固原城擠得滿滿的，嶺西郡派出的民政處大量人手不斷地把軍民疏散至四方中心地區，逐戶安置，解決實際困難，編織民團，組織巡邏隊，普及法制，同時積極開展春播，保證糧食的供給，忙得所有的人疲憊不堪，但內心卻十分高興，西方的逐漸強大和聖瑪民族團結一致、危亡自救，成為當前的主要目標。

有西南郡、嶺西郡和銀月洲作爲後盾，四方地區的困難很快就會得到解決，增加人口主要就是糧食問題，調集糧食可以解決燃眉之急，但並不是解決問題的根本，生產自救才是事情的關鍵，所以軍事雅星把組織春播當成目前的首要大事來抓，每戶安置工作一結束，立即就要把分到的土地播種下去，生產工具和種子到民政處領取，安排得井井有條，絲毫不亂。

天雷率領藍鳥第一、二、四軍團及東方兵團、南方兵團、藍羽騎兵兵團、民眾經過四十餘天的跋涉，途徑秀陽城、原陽城來到了固原城。在到達原陽城的時候，與藍鳥第三軍團及河北北府軍會合，爲了穩固東面防線，保證四方地區的絕對安全，天雷把藍鳥第一、二、四軍團及藍羽騎兵軍團留在了原陽城，任命雷格爲統帥，暫時統領各部，由溫嘉協助，同時解散北府軍整編的軍團，補充到藍鳥第一、二、四軍團中，具體事情由各個軍團的軍團長官負責，加緊訓練，調整各部，積極進行休整。目前，在原陽城一線集結的兵力，爲嶺西郡四個主力步兵軍團，三十二萬人，一個騎兵兵團，十五萬人。

在酈陽城方向，文謹將軍已經從錦陽城撤退，率領五萬餘騎兵及十四萬步兵向酈陽靠近，雙方集結總兵力爲凌原兵團二十萬人，加上文謹部共計三十九萬餘人，由秦泰任統帥，法華爾協助，穩固酈陽城防線，加強戒備，保證後方安全，同時，文謹將軍應天雷、雅星的邀請也向固原城而來。

天雷率領藍衣眾及東方兵團、南方兵團近八十萬人馬來到固原城時，雅星、文謹、凱武等人已經等候在城外，文謹將軍看著五年前在嶺西關相逢的天雷，已經成長為聖日一方赫赫有名的統帥，感慨萬千，文嘉、列科將軍見到文謹、凱武時也是熱淚盈眶，回首幾年來強大的聖日帝國逐漸衰亡，更是悲傷不已，幾人擁抱在一起，哭成一團，雅星、凱雅見到天雷也是流淚不止，回想半年多來發生的大事情，恍如一夢，不堪回首。

眾人親熱一會兒，雅星首先對幾位長輩說道：

「各位伯父、叔叔請到城裏休息吧，回到家裏了，有的是時間，等會我們一起慶祝，暢談美好未來！」

「對，賢侄說得對，讓我們一起慶祝，暢談美好未來！」文嘉聽見雅星的話，感慨萬分，如今聖日是年輕人的聖日了，他們這些年老的統帥也許趕不上時代的步伐了，把民族強盛的重擔交給年輕一代，未嘗不是好事情。

雅星如今的聲名、地位可是顯赫一方，在聖日軍民中，已經不亞於他的祖父文卡爾，在整個聖瑪大陸也是赫赫有名之輩，是僅次於雪無痕的人物，他輔助雪無痕管理嶺西郡，內修政治、法律、民生，仁愛之名廣播，外管軍事、後勤，開拓疆土，收復四方英豪，把整個西方管理得富足安定，是大陸年輕一代的代表人物之一。文謹、文嘉、列科、托尼等老一輩，一點小覷的心情也沒有，尊敬、疼愛有加，凱武、凱文那是更不用說。

天雷眼望著凱雅清瘦的臉，滿心的疼愛、憐惜，他懷抱著她，眼裏充滿著柔情，凱雅一邊流淚，一邊不停地喊著：「大哥，大哥！」

一段時期以來，凱雅陪伴著母親住在望南城，心卻早已飛到天雷的身邊，整天惦記、擔心，自從藍鳥第一軍團開拔到望南城後，她就知道有大事情發生了，值此聖瑪民族生死存亡的時刻，她也沒有辦法，只有在心中祈禱希望天雷無事，懸掛的心始終不能放下，不時地向哥哥打聽平原城方向的情況，見到雷格藍羽起程，她的心情才好一些，天雷得到藍羽的加強，一定會沒事情，今天見到天雷，把無盡思念的話語忘得一乾二淨，說不出話來。

這時候，雪藍過來見天雷：「雪藍見過聖子！」

「雪藍啊，起來吧，你可好？」

「謝謝聖子惦記，雪藍一切安好！」

天雷稍微點頭，這時，雅星正把眾人往城裏讓，天雷只好過去，雅藍、雅雪與凱雅等人相見，天雷對著幾位老將軍說道：「幾位老哥哥，如今到了自己的家裏，快請！」

晚間舉行了盛大的晚宴，為天雷等人接風洗塵，祝賀幾位老將軍的到來，好不熱鬧。

休息了兩天，雅星來到天雷的住處，二人落座，雅雪上茶，雅星喝了兩口，這才對天雷說道：「無痕，如今嶺西實力大增，人口過千萬，但問題也不少，如不及時解決，對今後的形勢十分不利。」

天雷點頭說道：「我知道，眾人剛剛來到固原城，應該讓他們休息一段時間，所以我沒有提出什麼，但你考慮的事情我非常清楚，我們也應該有一個方案。」

「正是，我就是這麼想的，無痕，如今嶺西聚集了幾乎所有聖日的力量，民眾眾多，只吃飯一項就很困難，這可不是長久之計，必須保證糧食的供給。」

「從西南郡和銀月洲先運一些，大概可以支持一段時間吧！」一提到糧食問題，天雷就頭痛，他對這些事情幾乎是外行，解決的辦法只有扔給雅星。

「從各地運來一些糧食，加上如今已經進入春季，相信可以支持一年的時間，但是，一年後我們必須另想辦法。」

「你的意思是：必須提前進軍中原嗎？」

「我想應該如此，嶺西一帶地處丘陵地區，糧食產量低，如不佔領一部分中原地區勢必會影響大局，也非長久之策。」

「好吧，我想想！哦，你讓風揚帶兩三個人給我用！」

「好吧，你要早有計劃，否則將來就麻煩了。」

「我知道了！」

時間不長，風揚帶領三人進來，拜見天雷：「風揚拜見少主！」

「風揚啊，你們起來吧！以後你們幾個就跟隨在我身邊，把參謀工作做好，規矩相信你們也知道，楠天，你安排他們住處，讓風揚住近些。」

「是，少主！」

楠天帶幾個人出去。風揚，二十五歲，藍鳥谷出身，跟隨天雷進入帝國軍事學院學習，參加過幾乎所有的戰役，是天雷手下幾個有才華的參謀官之一，天雷一直捨不得把他放走到軍中，是與亞文比肩的人才。

午後，天雷與文嘉、文謹、列科、托尼、凱文、凱武幾人聚集在天雷府內的客廳閒談，文嘉將軍笑著對天雷說：

「無痕，到嶺西這麼長時間了，老哥哥們也不是外人，以後就是一家人了，我和列科在東原城的時候就已經說過，東方兵團以後就是你的了，這句話如今仍然算數，你不要有什麼顧及，按照自己的想法做就是，東方兵團每一個人都會聽你的。」

「文嘉老將軍說得是，托尼早就想對將軍說了，在朔陽城的時候，托尼及南方兵團就已經歸入將軍的麾下，一切聽雪將軍的安排就是。」天雷接過話：「兩位老哥哥對無痕的恩情，無痕感激不盡，如今嶺西聚集聖日所有的主力軍團，幾位哥哥都是經驗豐富的大將之人，天雷年少，願意跟隨幾位哥哥為聖瑪民族的存亡而奮鬥盡力！」

凱武有些淒然地笑道：「無痕此言差矣，想聖日百萬雄兵在我們幾個老朽之人的手中一敗塗地，失地千里，把中原大好河山盡讓於敵手，而無痕僅憑區區弱旅穩定西南方，攻佔銀月洲，揚我聖日威名，鼓舞人心，我們這些無用之人還有何面目再談統領大軍。」

「叔叔言重了，無痕愧不敢當。」

文謹將軍一直沒有說話，他如今心情相當複雜，剛才聽了幾個人的話，愁腸百轉，想他一位聖日帝國中央兵團的大將軍落到如今的地步，以後還要在雪無痕的手下，實在是不甘心，但又能怎麼樣，如今東方兵團、南方兵團、豪溫家族盡歸雪無痕手中，手下軍隊百餘萬，而他自己僅僅剩餘二十來萬人，還得在嶺西落腳，淒慘如此，而凱武的話，就如同刀割一般割在他的心上，難受異常。

但他也要有一個表態，如今的嶺西可不比從前，有他中央兵團二十萬人不多，沒有他們也不少，有無都可，但一旦他不歸入嶺西，他就得另想辦法，找一處安身之地，總不能既不歸入嶺西郡，又在人家的地盤上吃住吧，而如今，中原也實在沒有他文謹的立足之地。

文謹打了個哈哈，不情願地說道：

「凱武兄弟說得對，我們幾個也不敢再丟臉了，今後的事情就由無痕你說了算，你們年輕人有朝氣，有衝勁，腦子好使，我們幾個在後面出出主意好了，中央兵團的人就交給你了。」

凱武看出文謹不情願的樣子，接過話說道：

「文謹大哥，小弟也不怕你不高興，說句不好聽的話，如今聖日危亡在即，多你二十萬人不多，少你文謹也沒什麼，當然有中央兵團我們會好過些，但你文謹爲聖日付出一生，最後怎麼樣，連安身之處都沒有，虹傲剛愎自用，把聖日搞成如今這種局面，就憑你文謹想扭轉全局，癡人說夢話，就是放你進入京城，虹傲也不會聽你的，只有等死的份，你家族在大陸上能有一個安身立命之處，說實在的是託無痕的福氣。」

文謹滿面通紅，苦笑著說：

「凱武兄弟，我只是心有不甘而已，想我們征戰一生，落得如今這般地步，託無痕兄弟的福氣，還有一個立身處，我只是發發感慨而已，你幹嘛說得這麼直，多少也得給我留點顏面吧。」

凱武撇撇嘴道：「還留什麼顏面，大好的中原都丟盡了，還要什麼顏面，想我豪溫家族爲聖日鞠躬盡粹，竭盡全力，凱旋大哥爲國盡忠我不生氣，但我們在前征戰，後方在對我們做什麼？就連大哥死後還要追屍體，難道還不夠我們寒心嗎？不是我們不盡力，而是我們盡了力後連死都不得安寧，要不是無痕智勇兼備，爲豪溫家族不惜一切，凱旋大哥連屍骨只怕也不知道扔在何處，還要什麼顏面嗎？」

「凱武兄弟說得是，我們是老了，比不上無痕兄弟他們年輕人，我心甘情願的行了吧！咳，想聖日昔日的強大，如今就連民族生死都不敢確定，我們這些老骨頭都在這裏幹些什麼，無痕，你放手做吧，我們聽你的。」

文謹聽了凱武的一番話，十分洩氣，凱武說得對，他文謹什麼都不是，只是聖日一個敗將、老朽而已，雪無痕瞧得起他，尊敬他，所以他還能在這坐著，否則他們家族就連一處落腳的地方也沒有，只能等待死亡。

天雷見文謹說得如此無奈，也只有苦笑著說道：

「無痕年少，不懂的事情正多，聖瑪民族危亡在即，無痕深感肩上擔子的沉重，深怕把民族帶入深淵之中，幾位哥哥這般信任無痕，無痕深感不安，只是我還年輕，多操勞一些而已，幾位哥哥如有什麼好的想法，請隨時指點無痕！」

「無痕你就不用說了，我們知道你行，你就多擔待些吧，聖瑪民族不會滅亡，我們幾個拼著這幾把老骨，也要輔助你擔起強盛聖瑪民族的重任！」凱武嚴肅地說。

眾人看凱武話說得重而有理，知道如雪無痕不下決心，聖瑪民族真的就有危亡的危險，都力勸他擔起重任，最後天雷沒有辦法，只好說道：「好吧，既然幾位老哥哥這般信任無痕，無痕就勉爲其難，今後我們同心協力，爲民族大任而戰。」

既然大的方針已經得到解決，餘下的事情就是天雷的事情了，天雷見眾人議論得差不多了，這才說道：

「東方兵團、南方兵團、中央兵團經過幾年的鏖戰，沒有得到補給，裝備較差，人員素質參差不齊，無痕想有必要進行整編，重新裝備，幾位哥哥看如何？」

第十四章　固原整編

文嘉首先說道：「無痕，你想怎麼辦就怎麼辦，我們看了藍鳥第一軍團的裝備，羨慕得不得了，如果把我們幾十萬人都裝備上如第一軍團一樣，相信我們一定能收復中原。」

眾人紛紛點頭，就連文謹也承認這一點，所以沒有人反對。

「既然幾位老哥哥這麼說了，無痕就安排了，風揚！」

「在，少主！」

「傳令第一軍團補充後立即回到固原城待命，告訴軍師準備一個兵團的裝備，同時從軍訓處抽人準備訓練人員，通知短人族卡萊少族長加快裝備的製造，另外，讓人準備三處兵團規模的營地，不用太齊全，事情由亞文協助軍師完成。」

「是！」

幾天後，藍鳥第一軍團開到固原城，安營後，天雷命令準備演習的事情。威爾、尼可、格魯不知道為什麼剛剛大戰後天雷就要演習，但也只好照做。

兩天後，天雷召集東方兵團、南方兵團所有的大隊長以上人員開會，同時讓不願意留在第一、二、四軍團的海天、雲武等人列席。

在天雷寬大的府內，搭建了一座巨大的講臺，天雷、雅星、文嘉、文謹、列科、托尼坐在上面，下面坐著一千餘人，靜靜地等待著天雷的訓話，他們知道，無論是誰，從今後將重新選擇自己的位置，聽從雪無痕的安排。

天雷看臺下人安靜地等待著，望了眼身邊的眾人，見大家都對他點頭，他這才說話。

「各位都是軍中的將領，年紀都比無痕大，但無痕還是要說一聲：兄弟們，不管你們是從那裏來，如今身在嶺西，今後大家就是一家人了！」

「我知道大家都是優秀的軍人，但是並不因為你們是優秀的軍人，我們就能打勝仗，聖日如今危在旦夕，京城一座孤城在六國兩百餘萬軍隊的包圍之中，我很理解大家沉痛的心情，但是，我們卻要為聖瑪民族的生存而戰鬥，並不是為一座孤城而置民族的滅亡於不顧，暫時的失利並不代表我們永遠失敗，但我們要強大起來，就必須從自我做起，找出自己的缺點與差距，使自己明白為什麼失敗，用什麼去爭取以後的勝利，我們是聖瑪民族最後的力量，我們有勇氣戰勝敵人，使民族生存下去！」

「今天，我將帶領你們認識什麼是新的武器，什麼是力量，我希望每一個人回來後都能夠回答我：『你還能不能帶領隊伍取得勝利，你怎樣去做？』我並沒有對大家失望，不會，學習，不懂，就問，向懂的人學習並不是什麼恥辱，只要大家儘快學會怎樣作戰，怎樣帶好隊伍，你仍然是個人才，恥辱的是你不去學習，不去問，那樣你將被戰爭的車輪撵在下面，等待你的就是死亡！」

「好了，大家跟我走！」

天雷起身，帶領眾人向南城門外藍鳥第一軍團的駐地走去。

嘹亮的歌聲遠遠傳來，「飛翔吧，藍鳥」把每一個人都深深地吸引在軍營的門前，天雷停住腳步，見眾人都側耳聆聽，他也爲歌聲吸引，男兒豪邁的歌聲喚起人們對勝利的渴望，對美好未來的追求，保衛家園成爲每一個男兒的責任，不斷前進是男兒的追求，軍歌激勵得人熱血沸騰，心潮澎湃。

來到大營內，威爾威嚴的口令聲清晰入耳：「立正，敬禮！」

所有的軍官身穿嶄新的軍裝，威武地站在隊伍的前面，藍鳥大旗幟在春風中呼啦啦地飄揚，旗幟下，一隊隊軍人成幾個方陣肅立敬禮，雪亮的長槍、大刀、戰斧在豔陽下閃爍著寒光，令人耀眼。

所有人都向第一軍團的官兵回禮，天雷用激動的聲音說道：「兄弟們好，大家辛苦了！」

「將軍辛苦！」

「禮畢！」

威爾和尼可、格魯跑步來到天雷的面前，威爾用宏亮的聲音說道：「藍鳥第一軍團等待將軍的檢閱，並向所有的兄弟們學習！」

「好！」

天雷大聲喝好，他用激動的聲音說：

「兄弟們，幾個月前我說過，要對你們的訓練做驗收，但是，經過平原城一戰，我深信大家都是合格的戰士，是訓練有素的軍人，我很滿意，同時對大家用熱血贏得的榮譽給予祝賀，在這裏我宣布：爲每一位參加平原城會戰的兄弟記大功一次！」

如雷的掌聲在天雷話落後響起，士兵們激動的表情歷歷在目，感染每一個前來的人，天雷接著說道：「今天，我和大家一起觀看兄弟們的訓練，看看我們藍鳥軍團的實力如何！威爾，傳令開始！」

「是！」三人跑回自己的位置，威爾用更加宏亮的聲音說道：「第一軍團訓練演習開始，各部各就各位，擊鼓鳴號！」

軍隊在鼓聲、號角聲中有秩序地奔向自己的位置，在隊伍的後方不遠處，一千輛弩車整齊地排列著，弩車手來到近前，調整方向，安放弩箭，做好戰鬥準備，稍後方，兩百輛戰車已經準備就緒，驅車手提起手中的皮鞭，長槍手舉起手中的長槍，長弓箭手彎弓搭箭，再遠處，兩萬名中弩手把弩弓舉在胸前，目視前方，五萬名重步兵在五千盾牌手的保護下整裝待發，五萬長槍手在側翼盾牌手的護衛下舉起長槍，個個精神抖擻，一片殺氣。

在長號聲中，戰車轟然啓動，順著弩車的空隙間向前，一千餘輛弩車箭把三百米外的假人、假車轟倒在地，弩箭穿透厚實的盾牌、兩、三層盔甲釘在地上，這時候，戰車已經在前方來回環繞，重步兵在弩手的掩護下，沿著戰車的軌跡發起攻擊，整齊的隊形、高舉的重斧、長刀森嚴，腳步聲震顫人心，在重步兵剛剛起步的時候，長槍兵護衛著弩車緩緩向前攻擊前進。

如雷的掌聲在外響起，文嘉、文謹、托尼等人還是第一次見到藍鳥軍團的實力，被它強大的攻擊力所震懾，藍鳥軍團武器的先進、攻擊距離之遠、攻擊力之強，是他們從沒有見過的，這些高素質的士兵是他們所沒有的，所有跟隨天雷而來的軍官被第一軍團的實力所吸引、敬佩，他們如今才明白天雷爲什麼讓他們來到第一軍團，是要他們成爲這樣的軍隊，帶領這樣的士兵作戰，儘管他們還不懂得如何去做，但天雷說得很明白，不會，學習，不懂，問。

天雷見目的已經達到，便對在場的眾人說：「今天，大家在第一軍團停留一天，從明天起，大家把各自的部隊整修完畢，我要求把騎兵、弓箭兵挑選出來後，再把最精銳的人員挑選出來，餘下的分成五隊，後天在各自的營地待命，所有大隊長以上的軍官不在此列。」

「是！」

「大家各自去吧！」天雷揮手讓眾人離去，他帶著文嘉、文謹、托尼、列科等人向回走去。

「無痕，你要裝備這樣的部隊？」文嘉問。

「是的，以後所有的部隊都按照藍鳥第一軍團的裝備投入，當然這也需要時間，但我們正好利用這段時間進行訓練，他們都是好士兵，經過訓練後都是最優秀的軍隊。」

「太好了，無痕，看來老哥哥我把東方兵團交給你就對了，哈哈！」

文謹在旁說道：「無痕，看了第一軍團的戰鬥力，我十分眼紅，說吧，什麼時候整編中央兵團？」

「中央兵團也要立即開始，與我剛才說的一樣，把騎兵、弓箭兵挑選出來後，精選出一個軍團足夠了，餘下的分成五隊，等待整編，文謹大哥你看如何？」

「好，就這麼辦，你下命令吧。」

「好吧，風揚，這事情你立即去辦理，通知秦泰將軍協助。」

「是！」

眾人回到府內，天雷讓人找來海東宗主和越和宗主，不久，二人來到室內，天雷起身相迎：「麻煩二位前輩了。」

「無痕，你可不要這麼說，應該的，找我們倆人什麼事情，說吧。」越和對天雷客氣地說。

「二位前輩請坐！我想請二位前輩幫忙成立神武營，把各路武林好手都聚集起來，加以訓練，不知道如何？」

「無痕兄弟你吩咐就是，爲聖瑪民族盡心盡力，是我們的榮幸，這件事情我答應了，越和兄弟，你怎麼說？」

「我當然答應了。」

二人哈哈一笑。

天雷見二人答應，又對他們說道：「二位前輩，我會令人幫助兩位前輩，事情只要前輩點頭即可，勞累的事情可不敢麻煩前輩。」

「無痕，這你就不對了，如今嶺西事情正多，那裏都需要人，我們倆還有幾個弟子，你放心，我們會辦好。」

「那我就謝謝二位前輩了，這事情就這麼說定了，以後我還要到神武營中挑人，前輩可不要心痛啊。」

「行，隨時等候你來挑人。」

「神武營隸屬於藍衣眾，編制不限制，多多益善，以後要辛苦二位前輩了。」

幾人又閒談了一會兒，二人告辭，找人組建神武營去了。

天雷受到平原城戰役缺少騎兵的教訓，深感騎兵的重要，他又派人通知騰越向大草原購買十萬匹戰馬備用，同時，在他的內心深處，早就醞釀著成立一支騎士團，如今條件趨於成熟，他下令整編藍衣眾，把騎槍營分出，由布萊、卡斯任副團長，成立藍鳥騎士團，人員從神武營挑選，編制五萬人。

藍衣眾騎槍營如今現有人員兩萬餘人，除原藍鳥谷出身的外，還得到北府軍中的鎮京騎士團的部分人員，天雷在固原城南門外，為新成立的騎士團安排了營地，與神武營相鄰，方便人員的挑選與訓練。

三天後，東方兵團、南方兵團人員挑選完畢，新挑選出各騎兵兩萬餘人，弓箭兵近五萬人，幾乎都是神射手，天雷大喜，把東方兵團、南方兵團的騎兵聚集在一起，人數五萬餘人，交給楠天訓練，等待軍馬補充，把弓箭手交給格魯訓練，補充訓練弩手。

在東方兵團、南方兵團中，天雷又挑選出二十萬精銳人員，合在一起，重新整編四個軍團，編制爲藍鳥第十一、十二、十三、十四軍團，統稱平原兵團，任命托尼將軍爲統帥，嘉萊、嘉興、亞術、托爾爲軍團長，抽調訓練處的人員幫助訓練，裝備等待雅星提供。

其餘四十萬餘人分成五隊，在原地訓練，等待安排，天雷給予他們的名稱是藍鳥軍團預備隊，同時也安排軍事訓練處的人員加強訓練。

事情一步步展開，在固原城一帶，嶺西郡集結了大量的軍隊，幾近百萬，分部訓練，百姓逐漸安定下來，把手工業者分選出來，加入到各自的行業中，軍工等也大有起色，逐漸生產，爲軍隊提供源源不斷的物資，保證軍隊的用度。

一個月後，酈陽城傳來消息，中央兵團整編完畢，騎兵一個軍團，步兵一個軍團，在秦泰的幫助下訓練，天雷任命法華爾爲騎兵軍團長，爲藍鳥第十五騎兵軍團，任命威尼斯爲步兵軍團長，爲藍鳥第十六步兵軍團，裝備由雅星後勤部提供，其餘人員分成五隊，向凌原城而來，等待與東方兵團、南方兵團餘部合併，事情逐步走上了軌道。

天雷叫過楠天、里斯、洛德，一段時間以來，布萊、卡斯接管騎士團的事情，他們三人管理藍衣眾，藍衣眾是個大雜燴，有大草原雪瑪人、雪奴族人、短人族和聖瑪人，儘管他們都盡忠於天雷，但爲了民族的團結，不影響各部，天雷也是盡全力調整他們，保持團結合作，所以事情也不少。

「少主，不知你叫我們有什麼事情？」

「坐吧！」

「謝謝少主！」

「里斯啊，你跟隨在我身邊多長時間了？」

里斯一楞，說道：「少主，里斯出身藍鳥谷，自小在谷中長大，四年前跟隨在少主身邊，侍奉少主。」

天雷點頭歎道：「一晃都四年了，記得那時你只有十八歲，如今已經二十二歲了，咳，時間過得真快，里斯啊，你從小跟隨我，我知道你的一番心意，但是，我也不能讓你久在我的身邊，這樣一來對你沒有好處，我想讓你到原陽城去，接替第三軍團，你可願意？」

「少主，里斯又是高興，又是難過。」

「說！」

「少主，你讓里斯接掌第三軍團，這說明你對里斯是多麼的信任和重視，里斯感激得要死，但是，以後里斯就不能待在少主身邊，聆聽少主教誨，所以里斯又很難過。」

「好，里斯，不枉我看重你一場，你到第三軍團後，要記住兩件事，第一，第三軍團中，有許多谷中出身的人，他們都比你大，經歷厚實，你要尊敬他們，多向他們學習、請教，但並不是聽他們的話，你要有自己的主見，第三軍團是我的主力部隊，你要管理得好，加強訓練，以後我還要多給你一些裝備，達到第二軍團一樣標準，你可記住了。」

「我謹記少主的教誨，把第三軍團管理好，一輩子只聽少主的話。」

「好，你要聽從雷格的話，同時讓商秀回來，我有事情。」

「我知道了！」

「明天早晨起程，我就不送你了。」

「里斯就此拜別少主！」

天雷扶起里斯，也是有些傷感，他揮手說道：「你去吧，準備準備，和大家道別！」

「謝少主！」

「楠天、洛德！」

「在，少主！」二人趕緊起身。

「如今藍衣眾就趁下你們兩個人了，以後我把藍衣眾交給你們，你們要做好，我對你們很放心，記住，藍衣眾只效忠於我們藍鳥谷。」

「我們明白，少主。」

「楠天，以後警衛工作就要靠你了，你多勞累些，另外，風揚他們過來了，你們要多親近，有事情多商量，把事情辦好。」

「是，少主！」

「去吧，你們代我送送里斯。」

「是！」

二人轉身出去，天雷的眼角忍不住流下淚珠，這幾個小兄弟跟隨在他身邊多年，就像小弟弟一樣，天雷又是疼愛，又是嚴厲，如今他們都成爲大人了，有了自己的翅膀，天雷不願意束縛他們，要讓他們翱翔。

兀沙爾推門進來，天雷忙讓他坐。兀沙爾在嶺西的地位非常特殊，因爲他是降將，所以沒有什麼地位，但天雷對他極其尊敬、信任，所以也沒有人看不起他，同時也沒有人管他，這次他跟隨天雷中原之行，立功極偉，幾乎得到所有嶺西人的尊敬。

天雷請兀沙爾坐下後說道：

「老哥哥，這段時間內辛苦你了，兄弟謝謝了！另外，三年前，我在赤河口說過送兄弟們出關，如今三年已到，無痕不想失言，過段時間，我和你一起到赤河城一趟，如有兄弟要出關，我親自相送，如兄弟們願意留下，我萬分歡迎，如老哥哥能組織十萬人參加軍隊，無痕感激不盡，定當以自己的兄弟之情相待，決不失言，你看如何？」

「好，無痕，我信得過你，我們就這麼說定了！等到赤河城後，如誰想出關，我們就親自相送，如願意留下，哥哥我親自組建部隊，跟隨你征戰天下，平定四海。」

「無痕謝謝了。」天雷緊緊抓住他的手。

「無痕，如今固原城部隊眾多，優劣不齊，人心浮動，短時間可以，長久絕非良策，你要另圖他法，早做決斷，以防意外。」

「我知道，等幾日後，我將和預備隊一起開赴郡北，接替青年軍團，一年後，我想逐鹿中原，得到一處休養之地，然後再圖天下。」

「想法是好，但時間緊了點，我怕你準備不夠充分，影響大局。」

天雷苦笑著說：「這也是沒有辦法的事，如今西方人口眾多，多少張嘴要吃飯，我總不能讓大家餓著肚子過日子吧，不如早定中原，再圖後謀。」

「也是，我理解你的難處，只要你下定決心，我一定支持你，我老了，一個人也沒有什麼奢望，就想看見你平定天下，威伏四海，於願足矣。」

「老哥哥，無痕不敢說保證什麼，但無痕可以向天立誓，只要老哥哥還有一個親人，無痕定會讓他與你團聚，如沒有，無痕定爲老哥哥找一後人，繼承家統。」

「謝謝了，無痕，我就不說別的了，你要小心駕馭眾人，牢牢地掌握部隊，絕對不可讓一家壯大，威脅你的地位，影響後世子孫。」

天雷沉思一會兒，抬頭說道：「無痕明白！」

如今中原西方雄兵近兩百萬人，精銳部隊一百萬人，除藍鳥第一至十軍團是天雷嫡系部隊外，藍衣眾、草原騎兵兵團也是最嫡系部隊，青年兵團、驚雲兵團、凌原兵團、短人族戰斧戰隊，也可以說是天雷可掌握的力量，兀沙爾的降兵不算，東方兵團、南方兵團、中央兵團的近百萬人是新到西方的力量，但人員複雜，派系眾多，只要不讓一方坐大，仍然可以控制，這次文謹部就是最好的例子。

而在天雷的勢力中，可以分成幾大派系，第一為藍鳥谷派系，從低級軍官到高級將領，無不以天雷馬首是瞻，他們從小為孤兒，沒有身世背景，彼此之間多親多近，互相團結，與各大世家實力抗衡，是掌握軍隊的中堅，他們沒有人會違背天雷的意志，是絕對可以信賴的力量，他們以溫嘉、裔秀、格爾、衣特、楠天、雅藍、雅雪姐妹等人為代表，掌握第一至四軍團與藍衣眾，如今加上藍鳥騎士團，也是天雷特意培養的私人力量。

第二部勢力為外族，又分成三個派系，其一是大草原雪馬族，以騎兵為主，只聽命於天雷，是聖子的身分讓他們為天雷出力，沒有人可以左右，就是雷格也不行，他們以烏拔、里騰等人為代表。

其二是短人族，是一支看不見的隱蔽力量，他為天雷提供先進的裝備，打造大西方的一切軍隊裝備，極其的重要，但以卡萊為代表的短人族，也不是任何什麼人都可以左右的力量；其三是雪奴族人、映月人，他們沒有什麼力量，但也不是什麼人能夠指揮，可以說是天雷的私有部分，他們的存在就是因爲對天雷的信任。

第三部強大的勢力是西南郡，他們是天雷起家的部隊，與藍鳥谷有著密切的聯繫，同時與天雷關係密切，不算外人，他們獨立城支，掌握在維戈的手中，外人指揮不了，加上雷格指揮草原騎兵，如日中天。

第四部是豪溫家族，他們以雅星爲代表，加上雅靈身分特殊，掌握高層命運，可以影響天雷的決策，雖然豪溫家族手中沒有軍隊，但任何一支部隊都可能會爲雅星出力，只要不危及天雷，雅星的地位沒有人可以撼動，再加上凱文、凱武兄弟及家族子弟，深入各個行業，是無形的強大力量。

第五部勢力是驚雲、越劍、秦泰三部力量，他們各自爲政，但驚雲以嶺西郡爲根基，家族經營上百年，根深蒂固，無法撼動，在嶺西有著深厚的基礎，加上驚雲手握重兵，穩占銀月洲，隱隱成爲一方之主；其次是越劍，他以青年軍團爲基礎，手下原近衛青年團的人都在軍中，影響巨大，與各方有著千絲萬縷的聯繫，加上他出身南越劍館，得到父親的支持，武林高手眾多，實力雄厚；再次是秦泰，他手下多爲各城的城衛軍軍官，聖日帝國節節敗退後，各地投靠秦泰手下的人要比別處多，人脈極廣，關係最複雜，有秦泰支持他們，也不可小視。

再有的勢力就是新來到的文嘉、文謹、托尼和列科，爲了平息幾人心中的不安定因素，天雷讓托尼將軍掌管平原兵團，但手下四個軍團長，只有一人出身南方兵團，而文嘉卻有兩個兒子成爲主力軍團長，列科雖只有一個軍團長的位置，但他又與天雷是師兄弟關係，文謹交出一半軍隊，但天雷也把一個騎兵軍團和一個步兵軍團長的位置給予他的人，所以幾方實力雖大減，但又相互平衡。

天雷心中衡量過後，知道沒有什麼問題，所以又與兀沙爾閒談了一會兒，決定七天後令各部動身。

七月的大平原西方已經進入中夏天，溫暖的陽光照在人身上暖洋洋，天雷走出戶外，沐浴在陽光裏，心情也格外的舒暢。

凱雅、雪藍這段時間幾乎與他寸步不離，珍惜這寶貴的重逢時機，幾個人剛說段話，海天、雲武二人走進庭院，看天雷與凱雅等人站在屋外，忙打招呼：

「無痕！」

「海天大哥，雲武大哥，你們來了。」

「是，這段時間，我們倆知道你事情多，也沒有來打攪你，在第一軍團學習呢。」

「好啊，兩位哥哥多學些，以後幫助無痕的地方正多。」

「我們也是這麼想的，聖日軍隊不比別人少，爲什麼會敗得這麼淒慘，除虹傲無能外，我們自己落後也是最重要的地方。」

「哦，兩位哥哥這麼想無痕就放心了，這樣吧，過幾天，大草原會運來十萬匹戰馬，我想補充一下騎兵軍團，把東方兵團和南方兵團組織起來的騎兵組成第十七騎兵軍團，你們兩人去怎麼樣？」

「謝謝無痕，我們聽你的安排就是。」二人感激、高興的神情不言而喻。

「風揚！」

風揚從屋內走出，連忙答應：「在，少主。」

「一會兒你帶他們到楠天那裏去，把騎兵的事情交給海天和雲武大哥，告訴兄弟們，他們是騎兵第十七軍團，不要墜落了藍鳥騎兵第十七軍團的名聲，好好訓練。」

「明白，少主。」

「無痕，我們就不打攪你了，和風揚一起過去。」

「好吧，兩位哥哥，你們保重。」

「你也保重，無痕，謝謝你！」

「沒什麼，這是因為兩位哥哥有這個能力，以後，你們兩人還要走一個。」

「好吧，我們聽你安排就是。」

看著幾人出去，天雷感到格外的開心，海天、雲武是帝國軍事學院的高才生，跟隨天雷會戰過路定城，平定嶺西郡，不算外人，要不是他們當初不願意留在嶺西，天雷還真捨不得他們，如今幾經風雨飄泊，大家又走到了一起來，他那能不高興。

暖洋洋的陽光讓人陶醉，順利的好事情更讓他們對未來充滿信心，雅星也是如此，儘管他事情最多，但他的高興絕對不亞於天雷分毫，大事忙得差不多了，難得有一點時間，他來看天雷，見妹妹她們都在戶外，享受著美好陽光，心裏更加的快樂。在他的心中，固然對天雷忠誠，但對妹妹的疼愛也不是別人能夠理解的，自從父親死後，他又是大家長，又是父親、兒子、哥哥，那種心情外人難以理解，他把痛苦放在工作中，不讓自己鬆懈下來，怕自己一下子垮下去。

「雅星大哥！」

「哥哥！」

「無痕，雅靈，你們好吧？」

「好，好著呢，哥哥！」

「雅星大哥，辛苦你了，什麼事情都讓你勞累，我實在是幫不上忙。」

「哈哈，無痕，這就對了，你有你的事情，我有我的事情，每個人不能都做一件事情，那樣不就亂套了。」

天雷莞爾一笑：「也是，大哥就會給我開脫，算了，大哥，京城有什麼消息嗎？」

雅星臉色一正，嚴肅地說道：「我知道你早晚會問，但我沒有主動告訴你也是有些道理，前些日子嶺西郡事情正多，就是想管也不可能，京城一月來了三封傳書，全部被我壓下，都是帝君來的。」

「我想也是，這時候也只有帝君會想著我們，我心裏也不好受。」

「我懂得你對不能解京城之圍耿耿於懷，但我並不贊成你的想法，天雷，我們一直以來對這件事回避，不願意談及，但也必須解決，你心裏有疙瘩，不解開早晚是塊心病。」

天雷點了點頭，沒有說話，兩個人向庭院邊上漫步，凱雅等知趣地走開。

「聖日帝國是聖瑪民族的帝國，不是聖日家族的帝國，固然聖日家族對民族有過貢獻，我們支持他們也正是因爲他們有這種貢獻，但是，如今他們並不是在做這種貢獻，而是在破壞這種貢獻，而這種破壞的後果，就是置民族於滅亡，我們所要做的就是挽救這種滅亡，挽救民族危亡並不是挽救聖日家族的滅亡，一個腐敗的家族沒落了，一個新的時代就會升起，一個群體，甚至於一個新的家族就會誕生，因爲他們站在了民族危亡的最前列，他們用鮮血挽救這種滅亡，他們有資格得到他們應該得到的榮譽，而製造這種滅亡的人，就沒有資格再得到這一切。」

天雷迷茫地看著雅星，默默無語。

「無痕，這並不是你一個人的問題，而是幾百萬、上千萬人民生死的大事情，一個民族存亡的大事情，你心裏不好受，同樣，我們大家都一樣，但爲什麼誰也沒有說出來，那是因爲他們看到了這些，懂得這種得失，明白了什麼才是根本，我這麼說，並不是說你不懂得根本，只是你還沒有從帝國與民族中區分開來，腐朽帝國可以滅亡，但民族是不可以滅亡的，這裏的每一個人都是聖瑪民族的人，他們都看著你帶領他們走向最美好的未來，過上最美好的生活，無痕，只有你才能給他們奮鬥的勇氣和力量，你知道嗎，你是多麼的重要！」

第十五章　心靈抉擇

「雅星大哥，無痕真的好感謝你，真的！你是我的良師益友，無痕一生能得到你的幫助是無痕的福分，無痕會用一生來帶領聖瑪民族的人走向強盛。」

「無痕，我也很高興，雅星一生能找到你作爲名主，是雅星的福分，是豪溫家族的福氣，是整個聖瑪民族的福氣，雅星一生會跟隨你平定四海，造福人民！」

「大哥！」

其實，自從虹傲敗回京城，聖日帝國帝君虹日就知道了帝國滅亡在即，整個京城早已經是一片驚恐，百姓再也不對聖日家族抱有希望，大臣們沒有人再信任虹傲，就連森德等將領也對虹傲失去信心，他們這時候才想起虹日是他們的君主，紛紛向虹日表示了友好和支持，希望虹日在危亡的時刻能擔起大任，挽救大家的生命，但爲時已晚了，他們畢竟不甘心於死亡，紛紛自救，百姓自主地組織起來，加入到城防軍，所有的力量都動員起來，把京城防衛得相當森嚴，同時，所有的人都把希望目光轉向了嶺西郡，轉向到了雪無痕的身上，希望他能率領嶺西郡的軍隊擊潰敵人，挽救京城，挽救百姓，挽救帝國。

在帝君虹日的命令下，軍機處已經向嶺西郡發出許多求救信，再也不是命令書，幾乎每天都有，甚至於有盛美公主利用私人感情希望天雷出兵京城的信件，連續已經一個多月時間了，但全部都被雅星扣下，同時讓情報處、參謀處不許私自對天雷傳信或講話，等待平原城戰役後再說，怕影響天雷的決策。

儘管雅星考慮到平原城會戰等多方面原因，但在私心中，也存在著他對虹傲及帝國的憎恨，從內心深處希望帝國滅亡，使天雷擺脫束縛，走上爭霸天下的路，只要天雷沒有一絲一毫牽掛，雅星相信憑藉自己與天雷的才學及嶺西郡的實力，中原早晚將是天雷的，但他首先要說服天雷不要爲聖日所累，把民族大義放在前面，一心一意爲聖瑪民族著想，故才有了這樣的說話。

在天雷的心中，聖日帝國並沒有放在最重要的地位上，他出身聖雪山，從小無父無母，是師父撫養他成人，說他是聖日人有些勉強，對於聖瑪人、雪馬族人、雪奴族人、短人族人，他都是一視同仁，沒有誰親誰近之分，有的只是師父的恩情和聖日帝國軍事學院的兩年培養教育和周圍許許多多他愛護的人，離不開他們，使天雷對聖日有一絲眷戀，他心中牽掛的是盛美公主的情誼，再有的就是師父從小教誨及對百姓深深的責任感。

但對盛美公主的牽掛和整個民族大義來說，只是個人的感情與民族大義的衝撞而已，他也絕對不會因為自己的私情，而置整個中原百姓於不顧，雅星的話，正如一擊雷鳴般敲醒他的夢，使他突然醒悟，從此不再把聖日帝國放在心上。

三天後，天雷召集文嘉、文謹、凱武、凱文、列科開會，列席的僅有雅星一人，風揚作為天雷的近衛參謀官在旁照顧，小小的會議室內氣氛嚴肅，非比尋常。

天雷首先進行了發言。

「幾位老哥哥，嶺西郡如今大事已定，中原戰局也可以說暫告一段落，近期內可以說沒有什麼大的戰事，但是，嶺西郡的潛在危機卻比以前更加的嚴重，困難重重，綜合各個方面有必要進行準備，下面由雅星來具體說明一下。」

天雷看了雅星一眼，點了下頭，雅星接過話說道：

「幾位前輩，嶺西郡如今人口一千五百餘萬人，幾乎是以前的五倍，民生首先就是個大問題，由於三年的大旱，嶺西郡幾乎沒有存糧，購買是不可能，如今只有靠我們自己解決，但要解決糧食問題，首先得有土地種糧食，沒有土地說什麼都是空談，我們目前只能堅持到明年，如果明年不能解決糧食問題，大家就要挨餓。」

「其次，由於中原六國聯軍總數達兩百餘萬人，且都是精銳部隊，如今正包圍京城，而嶺西的軍隊精銳部隊僅僅百餘萬人，還不足以逐鹿中原，所以有必要對軍隊進行充實，但充實軍隊並不是人數的增加，而是要品質上的提高，要從士兵素質、武器裝備上著手；再次，要完成這些，就需要時間，但有時間卻沒有糧食，所以就必須解決這個矛盾，至於民生及軍工等問題我可以解決，當前最大的問題是提高軍隊品質，爭取在短時間內解決問題。」

「我想留給我們的時間不多了，最遲明年開春我們就必須出兵中原，爭取有一塊立足之地，解決糧食問題，我個人想要兩河之間，對於各位有什麼好建議，我們可以討論，至少我們還有時間，至於中原戰怎麼打，這就是我今天召集幾位元老哥哥的目的，其次是要想幾位老哥哥幫我訓練一些部隊，就是中央兵團、東方兵團、南方兵團的餘部預備隊。」

凱武見天雷與雅星說完，接過話說：「無痕和雅星說的都是目前我們最重要的事情，我們幾個老傢伙都明白你們的難處，有什麼要求我們做的你們儘管說，我們不會扯你們的後腿，事情的輕重緩急我們還分得清楚，至於出兵中原的事情，目前我還沒有考慮好，等過段時間再說。」

文嘉說道：「無痕，出兵中原勢在必行，但你要準備好，不要倉促行事，至於怎麼打，我想我們還有時間，我們幾個老傢伙雖然沒有什麼用處，但在這件事情上卻可以給你提供參考意見，等我們合計合計。至於你說的幫助訓練部隊的事情，你儘管開口，我聽你安排就是。」

文謹說道：「無痕，平定中原是大事，這關係到我們的存亡，關係到嶺西千萬百姓，民族存亡，我贊成出兵，但絕對不是倉促出兵，我們要有周全的計畫，絕對不允許出一絲一毫的差錯，否則後果不堪設想，好在你提出的早，大家有時間可以考慮，兩百萬敵人，可真是不少啊。」

「哈哈，無痕既然早就考慮到了這件事，那就是要我們對事情進行考慮，早做安排，否則他說這幹什麼。」凱文笑呵呵地說：「敵人是多些，但他們也有他們的弱點，並非無懈可擊，首先，六國聯軍分爲南北兩部，而各個集團內部並不團結，勾心鬥角，各想心腹事，這就是最大的弱點；其次，聯軍沒有統一的指揮系統，即使是暫時結合，也會各自考慮各自的利益，保存實力，不可能成爲一個整體；再次，我們可以分而化之，製造矛盾，讓他們互相猜疑，不可結盟，爲我們創造機會。」

「好，凱文兄弟說得好！」列科笑著說道：「正如凱文所說，敵人雖多，但他們矛盾重重，不可能團結一心，而我們確實上下合力，凝成一股力量，想怎麼打就怎麼打，這就是我們最大的優點，呵呵，我們幾個老傢伙只要幫助無痕穩定後方，讓他們沒有後顧之憂就行。」

「說得是！」凱武笑道。

文嘉接著說道：「既然無痕說讓我們幫助想想，我們就利用時間想一想，同時幫助他訓練些部隊，這有什麼難的，無痕，你放心就是。」

天雷笑道：「我那敢勞累幾位老哥哥，人員我都安排好了，幾位哥哥只擔個名罷了，幫我約束一下即可，主要是想讓哥哥們幫我想想中原戰略而已。」

「好，無痕，你怎麼安排，說吧！」文謹看大家興致勃勃的樣子，也深受感染。

「我想把幾位哥哥安排在郡北，即堰南城、赤河城、靜河城、清河城和巒北城，每個城十萬人，把青年軍團越劍部代替出來，安排在河陽城一線，使河陽城、酈陽城、原陽城聯成一線，確保四方地區安全，保證秋季糧食的供給，並為出兵中原做準備，這樣一來，在河陽城，我們就有一個兵團，二十萬人，酈陽城一個半兵團，步兵二十五萬、騎兵五萬人，在原陽城方向，藍鳥第二、三、四軍團十五萬人，加上平原兵團二十萬人，把第一軍團撤回路定城休整待命，藍羽騎兵兵團為預備隊，在西南郡方面，如今至少有四十萬軍隊，暫無問題，銀月洲有驚雲兵團在，無什麼事情，大家看如何？」

「好，事情就這麼辦，天雷，你準備什麼時候讓我們動身？」凱武問。

「三天後我們就動身，我也要到郡北一行，如不出意外，兀沙爾將為我組建新月兵團十萬人，我想撥給維戈部，保證南方兵力。」

「好吧，大家聽你安排就是了。」

幾個人又談了一些細節，天雷和雅星告辭出來，讓幾個人再談會兒。

商秀在原陽城接到里斯，聽說天雷讓他回去，連忙與里斯進行了第三軍團的交接事宜，後又向雷格辭行。雷格想，天雷也沒有什麼大事情，於是就讓他再休息了一天，兩個人很長時間沒有好好休息了，雷格趁機整修一日，送商秀起程。

商秀快馬加鞭，一天一夜後來到固原城，稍作休息，來見天雷，聽風揚手下說正在開會，於是在外稍等。凱雅幾人與他認識，都是帝國軍事學院的同學，雖如今身分、地位各不相同，但友誼仍在，談起話來也不拘束，自然親近不少，其實，商秀對凱雅、雅藍、雅雪他們倒沒什麼想法，他只爲天雷辦事，就好似天雷是他的靈魂一般。

天雷從會議廳出來，見商秀已經回來，在等候自己，當即大喜，他十分喜愛商秀與溫嘉，很久沒有見到商秀，自然問這問那，比在平原城初見時問的還多，閒談了一會兒，商秀這才問道：

「少主，你讓我回來，有什麼事情吩咐？」

「其實也不算什麼大事情，你先休息兩天，過段時間跟我去郡北，然後接掌第一軍團，我有事情讓你做，同時，把南方兵團、東方兵團的軍官給我訓練訓練，就在你第一軍團內吧！」

商秀聽天雷讓他接掌藍鳥第一軍團，心下吃驚，第一軍團一直是天雷親自擔任統帥，如今交給自己，可見對他的信任，同時也知道天雷一定有事情。

「是，少主。」

「把第一軍團駐紮在路定城，讓威爾他們管，你跟隨我到郡北，從現在起，你什麼事情都放下，只做一件事情，把堰門關、堰關城的一切調查清楚，做好攻佔計畫，只允許與風揚一個人聯繫，我會讓奧卡協助你。」

商秀吃驚地道：「堰門關？」

天雷微微一笑：「是堰門關，有大仗要打，你做好準備，兵力爲第一軍團和五十萬步兵，十萬騎兵，加上神武營，一定要做好，我不允許有一點的差錯，你可要小心，時間嗎，估計在明年開春吧。」

「少主是讓我去嗎？」

天雷微微點頭，接著說道：「維格、雷格我指望不上，溫嘉在南方駐守南蠻山，離不開，驚雲也離不開銀月洲，只有你目前無事，怎麼樣，你可是死神啊，對自己沒有信心？」

商秀臉少有的一紅：「不是，少主，我沒有想到少主把這麼大的事情交給我，一點思想準備都沒有，不過，既然少主說了，我一定會做好。」

「這就對了，攻佔堰門關也不難，但難的是你至少要堅守兩年，這其中有多少變化還是未知數，你要有心理準備，困難一定不少，但我對你有信心，這就是我讓你去的理由。」

「謝少主信任，啇秀明白，一定會做好的。」

望著他堅定的目光，挺拔的身軀，鋼鐵般的意志，天雷十分滿意，他對啇秀說道：

「攻佔堰門關有著重大的戰略意義，並不是一場單純的戰役，它也許成爲中原戰局矚目的焦點，其殘酷性可想而知，同時，它將是一場長期、艱苦的攻防戰役，堅守住堰門關，將勒斷西星、映月人的咽喉，使其置於生死兩難中。」

「我明白，少主放心，啇秀決不負少主的重託！」

「你到第一軍團去吧，安排一下，後天動身。」

「是！」

兩日後，天雷把藍鳥騎士團、神武營、第十七騎兵軍團留在固原城，隻身僅帶三萬藍衣眾起程，列科、文謹、文嘉、凱武、凱文隨行，向凌原城進發。四十餘萬預備隊與在凌原城等候的中央兵團餘部會合，組成五個十萬人隊，分別奔赴郡北五城訓練，同時接替青年軍團防守任務。

天雷在凌原城稍微休息後，與文嘉、列科、凱文、凱武分別，各奔自己的駐守訓練地，他和文謹一起，向赤河城而去。

赤河城、清河城、靜河城如今新城早已經竣工，十九萬一千映月降兵成為三城的居民，按照天雷的特別命令，郡北把他們當成自己的子民一樣，沒有苛求，這近二十萬士兵多為平民出身，困苦的生活環境使他們從小養成堅忍不拔的意志，雖身在異國他鄉也沒有頹喪，加上郡北軍民的友善，使他們感受到家鄉般的溫暖，他們自己也知道作為入侵者，這是他們最好的結果。

兀沙爾是他們的家長，心靈的支柱，他們依靠他，擁護他，用孩子般的愛護衛著這個老人，他的話就是命令，甚至超過天雷的一切法律、法令，但他們仍然遵守法紀，不敢逾越一步。前些日子，兀沙爾傳回話，重複了天雷三年前的承諾，並訴說天雷遵守諾言，親自到郡北為大家送行，有願意離開的他歡送，願意留下的歡迎，整個郡北三城這幾天沸沸揚揚，議論不休，等待著兀沙爾和天雷的到來。

經過二十餘日的跋涉，天雷和兀沙爾、文謹到達赤河城。時間已經進入八月，夏日的驕陽似火燒，田地裏的莊稼已經過人高了，而沿河地區的暖風、濕潤的空氣，使郡北無疑地成為一個豐收年。

郡北赤河城幾十萬居民和映月降兵出城迎接天雷和兀沙爾等人，盛大的歡迎場面顯示出民眾對天雷的愛戴和擁護，映月降兵分成四個方陣站在一側，服裝雖然不整齊，但透露出的氣質仍然可以看出軍人本色，兀沙爾看著他們，彷彿就是自己的孩子般，眼中頓時充滿了快樂和滿足的神色。

文謹將軍帶領十萬人駐紮在城北訓練場，緊靠著河邊，順河爲一部分水軍駐地，天雷和他一起把事情安排妥當，這才回到赤河城內爲文謹安排住處。天雷把城防等事情交接給文謹，命令青年軍團的人撤往巒北城，兀沙爾回到降兵住處，與大家住在一起，享受這份重逢後的歡樂。

休息有三天，天雷和兀沙爾、文謹等人集合映月的降兵，一如三年前一樣，大家靜靜地站在河邊，聽候著天雷對他們命運的安排。

兀沙爾首先進行了講話，對三年來大家的生活給予問候，對願意回歸的人表示祝賀，對留下的人歡迎，在如雷鳴的掌聲中，他約請天雷進行了講話。

「兄弟們，三年前我在這裏送走了許多人，並同時承諾三年後，如果兄弟們想離開，無痕將親自送大家出關，如今三年之約已至，無痕不敢失言，以免爲天下人恥笑，如那位兄弟想回去，無痕與兀沙爾將軍將親自送行出關，如兄弟願意留下，無痕當天立誓：以後將永爲嶺西郡民眾，地位平等，永不反悔。」

如雷鳴的掌聲響起，所有士兵經過三年的時間，對天雷的承諾有著無比的信任，正是因當初他的承諾，才使這些人過上安定的生活而沒有被奴役，他們信任天雷，就如同信任兀沙爾一樣。

「從今天起，在嶺西郡的土地上，將永遠沒有映月降兵一說，有的都是無痕的好兄弟，好戰友，你們可以在此生根，成家立業，也可以跟隨我征戰天下，用你的忠誠、勇敢贏得榮譽、地位、名利，無論你是什麼人，只要你立有戰功，你就將贏得應有的獎賞，你們將是新月的士兵，嶺西士兵，我雪無痕光榮的戰士。」

「我雪無痕和大家一樣是苦出身，如今連父母親都沒有了，是師父教育我成人，我有今天的地位，是我用自己的能力爭取來的，是無數個兄弟們用無限的忠誠和勇敢贏得的，在我的眼裏，沒有貴賤之分，有的只是忠誠勇敢與否，我在此承諾，無論是那一位兄弟立有戰功，他都將贏得他應得的榮譽與地位！」

「衷心地希望兄弟們留下，跟隨無痕征戰天下，贏得數不盡的榮譽，令人羨慕的地位！無痕謝謝兄弟們！」

嶺西郡北送別，只有極少數人回歸銀月洲，打聽家人的消息，眾人都留了下來。經過兀沙爾的提議，他們這些人都參加了軍隊，成立了新月軍團、銀月軍團，天雷給予他們藍鳥第十八、十九軍團的編制，統稱雙月兵團，由兀沙爾任兵團長，其餘將官從士兵中選拔，絕大多數為兀沙爾以前的親衛人員，同時，天雷又讓他們抽出五千人，成立新月營，歸入藍衣眾，跟隨在天雷的身邊，而這項舉措，更加贏得了雙月士兵的擁護和愛戴，使他們從此可以驕傲起來，徹底驅除心裏的陰影。

十天後，天雷忽然接到雅星的傳信，京城方向六國軍隊有攻擊嶺西的跡象，讓天雷提早返回望南城，主持大局，天雷和兀沙爾商量後，率領十三萬雙月士兵從赤河城出發，轉回路定城。

百花公主彝凝香回到平原城後，不敢再向前推進，派人通知彝雲松進入平原城，同時派出斥候打探京城不落城方面的消息，並聯繫東海聯盟。百花公主沒有到過平原城，事情安排完畢後來到街上，眼見平原城的寬大、富裕，真不是南彝可比，雖然經過大戰後平原城已經破落，但其主要規模仍在，氣勢如前，她心中對中原的熱愛比從前更加強烈，對京城不落城就更加的嚮往了，人生能在如此繁華的城市度過，也不枉白來一次，不覺已經把全城走遍，回到原天雷駐紮的府內。

遊遍全府，百花公主腦海裏浮現出天雷站在院中的情景，陽光明媚，微風輕拂，白衣飄飄，那情景讓她有種說不出的陶醉、羨慕，同時，天雷在城外的英姿更深深地印刻在腦海中，時隱時現，揮之不去，她知道，自己有心事了。

百花公主的使女都是從小進王宮的女孩子，與她一起長大，瞭解公主的脾氣，對她這幾日的奇怪舉動也不敢深問，小心侍奉，在她癡迷不悟的時候也不打攪，一晃時間，彝雲松已經進城。

彝凝香把軍務交給叔叔，她自己主要的事情就是玩，雖說她是軍隊的主將之一，但誰都知道這只是公主一時的興致，她那能把所有的時間都放在軍務上，遊歷中原才是她的本性，玩才是她生活的一大部分，所以也沒有指望她什麼。在彝雲松的心裏，只要她不給自己添亂就是喜事，何況她還真做了幾件大事，也真替侄女高興。

說百花公主玩也不全對，她把興致放在探聽消息上，每天興致勃勃，派出許多人向西打探雪無痕的消息，派人進京城一帶，聯繫東海聯盟，每一個消息都令她興奮不已，高興上半天，這不她剛剛得到東海六公子前來平原城的消息，趕緊通知了叔叔。

東海聯盟佔領東原城後，東方闊海感覺到機會來了，他加快了大軍的行軍速度，向京城不落城方向推進，前鋒東海六公子騎兵跟隨文嘉部，一直來到了東衛城。

東衛城被北蠻人佔領，東海六公子不敢開戰，在原地焦急地等待，十天後，東方闊海的大軍到來，駐紮在城外，與北蠻人碰面，六十餘萬大軍鋪天蓋地，把東衛城的東、南部占得滿滿的，蠻豹也不敢出城開戰，堅守不出，同時派人通知三哥蠻彪。

東方闊海知道這時候不宜與北蠻人開戰，但不開戰就進不了京城不落城，大軍被阻隔於東衛城也不是辦法，所以經過與長空飛躍等人的商議後，決定首先與南彝取得聯繫，然後再進一步想辦法，爭取取得共同進退。

與南彝取得聯繫的重擔就落在了東海六公子的肩上，所有東海聯盟的人都知道南彝公主彝凝香的地位和重要性，所以東海聯盟在內部下了一個非常的命令，東海六公子無論是誰，如果能夠娶得百花公主，將來就接掌東海聯盟主席的位置。這下，東海六公子熱血沸騰，百花公主的美貌有目共睹，何況還有這麼大的一個好處，所以都興致勃勃，一起前往平原城，爭取獲得美人的芳心。

東海六公子都是當世的奇才，人個個長得俊秀，英氣勃勃，東方秀雖然有漁于淳潔這門親事，但爲了大局著想，漁于家族也認了，只要他有能力娶上百花公主也沒意見，長空旋等等是擦拳磨掌，躍躍欲試。

六個人快馬來到平原城，首先求見彝雲松，把東海聯盟的意思表達清楚，彝雲松考慮到北方聯盟勢大，也沒有爲難，當即同意，並約請東方闊海等人前來平原城會面，進一步取得協議。

由於平原城是京城不落城的南門戶，可直接靠近京城，如今爲南彝佔領，形勢比較有利，加上東海聯盟不願意與北蠻人開戰，所以和南彝聯盟，從平原城進軍京城就成爲了首選。

當然，京城不落城畢竟是在北方四國的包圍中，想取得一定的利益或者與北方四國開戰，或者與他們取得一定的協定，這協定就是交易，東海聯盟和南彝都十分清楚這一點，而北方四國聯盟也並不一定願意與南方兩國開戰。

當前最重要的就是兩國取得協議後，再與北方四國聯盟談判。

東海六公子從彝雲松處出來，回到彝雲松給安排的府內休息，重新換過衣裝，一起求見百花公主彝凝香。

百花公主當然知道東海六公子來到了平原城，但她並沒有主動出去相見，這是因爲近一段時期內，她心中大亂，她要好好的調整一下心情，但東海六公子來訪她也不能不見，當初她東海一行，受到東海六公子的照料，得益非淺，如今東海六公子代表東海聯盟來談聯合的大事情，不能因爲自己的心情問題置於國家利益之上，她還是打點起精神，對東海六公子表示友好。

一行六人來到百花公主府內，在客廳相見，百花公主首先笑著對他們說道：「六位哥哥，自從東原城一別，已有二月餘，不知各位一向可好？」

東方秀笑著回答：「多謝公主問候，我們一直很好，自從與公主分別後，大家對公主都很想念，這次大家一起過來，一方面商談結盟進軍事宜，另一方面也是想與公主問好，同時調適一下身體和情緒，進行休整，望公主不要見怪。」

「東方大哥說笑了，各位哥哥這樣看得起我，凝香怎麼會怪罪？各位哥哥快請坐！」

「謝公主！」

眾人落座後，百花公主笑著對長空旋說道：「長空大哥一向可好，凝香對大哥的才學一直敬佩，這次可有什麼好消息？」

「謝謝公主問候，長空旋不敢當公主如此誇獎，這次我們來是共同商議合作的事情，最好能與北方四國聯軍共同分得京城的利益，否則我們豈不是白來不落城一趟。」

百花公主點頭笑道：「大哥說得是！漁于大哥、夏寧大哥，還有司空大哥、海島大哥都是當世的英雄，我們年輕一輩的英傑，這次我們一定要與帕爾沙特王子殿下一爭長短，不要讓他專美於前，一個人蓋過我們的光輝。」

第十六章　平原盟誓

百花公主輕鬆一句話，就把帕爾沙特與東海六公子間的距離拉得很遠，年輕人自有自己的驕傲心，更何況東海六公子人人才華出眾，手下兵多將廣，並不比帕爾沙特實力差，從東海一路殺到京城，一點也不比帕爾沙特遜色，聞聽百花公主的意思，大有他們比不上的成分，那能不激動。

當下長空旋笑著接過話：「公主說得對，東海六公子自認不比帕爾沙特遜色，只是北方四國聯軍比我們先行一步而已，聖日京城不落城我們勢在必得，絕對不能讓他們獨享，難道我們東海聯盟與南彝兩國一百餘萬大軍是擺設嗎？」

「長空大哥說得對，我們兩國聯盟並不比北方四國聯盟遜色，對不落城我們絕對不會放棄不顧，況且，帕爾沙特並非北方聯軍的真正盟主，能否左右四國還值得懷疑。」

「司空賢弟說得對，我們就會會帕爾沙特，憑我們與公主聯合，還能敗給他不成！」東方秀信心十足。

百花公主看挑起東海六公子的鬥志，心中暗暗得意，她笑臉如花，聲如百鳥歌唱般地說道：「漁于大哥武藝高強，海島大哥武功出眾，夏寧大哥也是當代豪傑，加上各位哥哥和凝香，我相信憑我們的實力，絕對不會輸給帕爾沙特。」

漁于淳望、海島宇、夏寧謀臉上放光，得意非凡，受到百花公主的讚美比什麼都強，但三人還是謙遜地說：

「公主太誇獎了，我們盡力就是，有公主坐陣指揮，一定能戰勝帕爾沙特。」

長空旋瀟灑地說道：「北方四國聯軍實力雄厚，我們也不可大意，雖然我們有公主坐陣，但一切仍然要小心，防止他耍什麼手段。」

他氣質灑脫，文弱中透著精明強悍，動作瀟灑自如，十分像天雷的氣質，但缺少那麼一點點大氣，不像天雷在這許多優點中，有包容天地的大氣和忠厚近人的魅力，但在六人中若論個人的氣質，就連東方秀也比不上他。

百花公主聽長空旋之言，想起天雷在東部戰區所耍的種種手段，不自覺地笑了起來，她小有興趣地說道：「不知各位哥哥還記得天雷嗎?可不要忘記了嶺西郡還有一個雪無痕呢！」說完，銀鈴般的笑聲已經響遍室內。

東海六公子尷尬地笑笑，東方秀接過話問道：「聽說公主曾經見過天雷，並親自從他的手中接過平原城，可對?」

東方秀的話，明顯地帶有天雷也不過如此而已，還不是親自把平原城交給南彝，更何況他賣國求榮，把戰馬賣給東海聯盟，失城無數。

百花公主自然聽得出東方秀的意思，但她更知道天雷就是雪無痕，雪無痕就是天雷，就連帕爾沙特都對雪無痕忌諱甚深，何況天雷把東海聯盟要個夠，從容退走嶺西郡，讓帕爾沙特敗走平原城，使中原戰局呈現如今三足鼎立的局面，豈是東方秀所認為的這樣。

但她也沒有明說，就好像天雷告訴她自己就是雪無痕一樣，神秘莫測，保持秘密一般，她看著東海六公子尷尬、個個不斷變換的臉色，更加高興和開心，她銀鈴般的笑聲不斷，嘴裏仍然在逗著東海六公子，從這一刻起，東海六公子在百花公主的眼裏完全被天雷比了下去。

「嶺西郡如今得到東方兵團、南方兵團的加強，實力大增，雪無痕有雅星、維戈、雷格、驚雲等名將輔助，更加上天雷兄的才華，氣焰不可一世，六位哥哥想戰勝雪無痕和天雷大哥，恐怕是很難。」

東方秀臉色一肅說道：「公主說得是，如今中原三足鼎立局面基本形成，雪無痕實力大增，手中雄兵百萬，可以與河北四國聯軍及我們抗衡，天雷兄胸有大志，才華出眾，我們想要戰勝他已非易事，不過，公主可能不知天雷的人品並非白璧無瑕，當初在東部時，他賣給我們一萬匹戰馬，這是當前各國最忌諱的事情，如果我們在這上面做文章，也許天雷會為我們所用。」

百花公主看東海六公子嚴肅的臉上又流露出得意的神色，心中更加開心，就好似她與天雷共同守著一個秘密一般，臉上微笑如故，但語氣略微有些凝重地說：

「天雷大哥做下如此的事情也許會不容於中原，但他是為東部戰區百姓籌集糧食，更有文嘉將軍的命令，也許雪無痕不會把這件事情放在心上，六位哥哥想在這件事情上做文章，恐怕不會取得預想的效果。」

長空旋看百花公主的臉色，感到有一絲的不自然，心中也是疑惑重重，不知那裏出現了問題，總之有一絲不好的感覺，但這事絕對與天雷有關，也許天雷與百花公主有什麼秘密約定，也許在天雷的事情上要慎重考慮，想罷說道：

「天雷這個人詭計多端，神秘莫測，作戰不按章法，實力又特別的強，以後大家要小心提防，不被他有機可趁。」

幾天後，東方闊海和漁于飛雲來到平原城，彝雲松擺全隊迎接於城外，三人見面，特別的親近，施禮後，彝雲松拉著東方闊海的手，並肩向城內走去。

帥府大廳寬敞明亮，被南彝人特別佈置一番，帶有濃重的南國情調，南彝各家土司、洞主相陪，東海六公子、彝凝香跟隨在側。

在大廳裏落座，彝雲松高聲說道：「東方大哥遠道而來，雲松萬分高興，從兩國合作以來，雙方合作愉快，在許多方面卓有成效，這多虧東方盟主與各家家主的全力支持，雲松在這裏謝謝了。」

「雲松兄弟客氣了，兩國相交，貴在精誠團結，南國給予我們的支持也是非同一般，我僅代表東海聯盟對國主雲龍及雲松兄弟表示最衷心的感謝！對各位洞主的幫助表示萬分的謝意！」

彝雲松對東方闊海一笑後，對漁于飛雲說道：「小弟久仰飛雲大哥英名，始終無緣一見，今日得嘗所願，足慰平生，以後，大哥要常來坐坐，小弟是無比歡迎。」

漁于飛雲聽後忙說道：「雲松兄太客氣了，小弟也是久仰雲松兄大名，今日見雲松兄所率大軍攻佔千里，揚國威，立男兒豪情於中原，羨慕得不得了，今日相見，可說是飛雲平生的大喜事。」

百花公主在旁聽得撲哧一笑，連忙說道：「漁于叔叔與叔叔太客氣了，你們這些大男人一點也沒有直率勁，聽得凝香忍不住發笑，東海聯盟與南彝結盟已久，天下共知，如你們這般客氣法，外人還認爲是初次接觸，一點也沒有誠意呢！」

東方闊海、漁于飛雲、彝雲松聽得一楞，然後哈哈大笑，笑罷，東方闊海說道：「凝香侄女說得是，是我們不對了，俗套，俗套，雲松，我就不客氣了。」

彝雲松笑著說道：「東方大哥說得是，凝香，你和賢侄們去玩吧，不要聽我們這些俗人的話，免得不開心。」

百花公主這才笑盈盈起立，對著東海六公子說道：「六位哥哥請吧，我們可不要聽他們說話，怪不自在的，我帶你們出去走走！」

六人和彝凝香笑著走了出去，彝雲松看著百花公主離去的背影，滿臉的慈愛，然後與東方闊海、漁于飛雲商量結盟的細節。

西星帕爾沙特王子殿下敗走平原城，一路上心中淒然，默默無語，眾將都不敢上前，其實帕爾沙特對作戰的失敗並沒有放在心上，與雪無痕在平原城一戰，可以說是兩敗俱傷，誰也沒有占到便宜，如硬要說他失敗有些牽強，但帕爾沙特懊惱的是功虧一簣，沒有一舉摧毀雪無痕集聚的最後力量，使雪無痕壯大。

帕爾沙特衡量得失，感到自己並非如想像中的那麼強大，首先，北方四國就沒有真正地尊他爲北方盟主，最起碼，北蠻人就不聽自己指揮，其次，東海聯盟、南彝結成攻守同盟，如今自己還沒有左右他們的實力，搞不好還要翻臉，再次，京城不落城如今在四國的包圍中，它既是一塊肥肉，同時又是一塊難啃的骨頭，使自己不能放開手腳。目前，東海聯盟和南彝已經從東、南兩個方向向京城圍上來了，雪無痕把平原城讓給南彝，可以說正中他的要害，他既不能與兩國開戰，又不能不讓兩國分得京城的利益，如今各國各懷心事，眼緊盯著京城不落城這塊肥肉，垂涎三尺，不讓誰都不行。

帕爾沙特回到不落城南門已經幾天了，這幾日他沒有怎麼出門，在大營中苦思苦想，尋找一條對西星最有利的辦法，前天聽說騰格爾也是功虧一簣，當然這裏有他搶佔平原城失利的因素在，但畢竟是失敗了，他也不再去想它。

在他進攻平原城的時候，以北蠻人為首的四國聯軍對不落城進行了二次試探性攻擊，不落城寬大的護城河及二十五米高的城牆成為聯軍士兵的惡夢，死傷無數，不敢再進行強攻。

帕爾沙特十分明白不落城的名稱意味著什麼，如果想強佔不落城，聯軍最少要死傷過半，這是他不能接受的，而北蠻、映月也是不可能接受，這就意味著不落城將成為一場曠日持久的攻防戰，圍困不落城是當前唯一的選擇。

但如果東海聯盟和南彝加入到進攻不落城的戰役中來，情況也許就會發生變化，東海聯盟大軍六十餘萬，南彝也有五十萬人，不消耗兩國的力量，對他爭霸天下非常不利，但要兩國加入到進攻不落城中來，帕爾沙特就必須作出犧牲，讓兩國分配到應有的利益。

帕爾沙特左思右想，最後艱難地下了決心，同時心情也逐漸開朗了起來，畢竟當前的形勢對他十分有利，雪無痕力量畢竟還小，就憑他自己的實力是可以戰勝他的，最重要的是處理好當前的事情。

十天後，騰格爾元帥率領軍隊從錦陽城退回，略微休息兩天，帕爾沙特約請四國首腦開會，討論當前的情況，參加會議的有北蠻主蠻龍、映月騰格爾元帥、北海主帥北海明。

「各位，當前不落城已經在我大軍包圍之中，前日強攻失敗後，我相信各位都不願意再次強攻，這就說明在近期內我們是拿不下不落城的，但是，從東、南而來的東海聯盟和南彝已經到了東衛城、平原城一帶，他們必會對不落城有所染指，絕對不會放任我們攻佔不落城，所以大家有必要想一個妥善辦法。」

帕爾沙特把問題扔給了大家，看他們怎麼說。

北海明理解帕爾沙特的意思，開戰，北海明說了不算，不打他也說了不算，那就不如不說，騰格爾如今得依靠西星人的力量，對抗嶺西郡可不是他能行的，所以只有依靠西星，支持帕爾沙特就是他的主要辦法，北蠻主蠻龍可不是這樣，他可不想把不落城讓給任何人，見另外兩人不說話，他只好開口：

「不落城是我們先包圍的，我們可不願把它讓給任何人，如果東海聯盟和南彝人要開戰，我們奉陪就是。」

帕爾沙特理解映月北海人的意思，他微微一笑，對著蠻龍說道：

「蠻主豪氣蓋天，北蠻人強馬壯，當然不懼怕任何人，但是，東海聯盟和南彝百萬大軍在外虎視眈眈，我們如何能一心一意攻取不落城，如果我們大傷後，東海聯盟和南彝趁虛而入，我們又怎麼辦？」

「這個，這個……」

帕爾沙特誠懇地說道：「蠻主，不落城牆高河寬，攻取十分不利，以我們當前的形勢，是必會實力大傷，但如果讓東海聯盟和南彝人加入，必然會減少我們的損失，增加他們的傷亡，減弱他們實力，何樂而不爲呢！況且我們也不是把不落城讓給他們，只是讓出一門，讓他們攻擊，利益那就看進城後各自的手段。」

「這個，王子說得也是，但我們北蠻人是不會讓出東門的。」

「這個當然，蠻主只佔領一處東門，如讓你們讓出也說不過去，只好我們讓了。」

北海明和騰格爾相對苦笑，看來只要犧牲他們了。

帕爾沙特見兩人臉上的表情，心下明白，他微微一笑說道：「兩位將軍放心，帕爾沙特不會讓貴國相讓，西星願意讓出南門地區，你們看如何？」

兩人欠身說道：「謝謝殿下。」

帕爾沙特傲然一笑：「但西星也不願意放棄不落城的利益，所以只好在西、北兩門加強實力，一爭取自己的利益。」

「那是當然，我們願意與殿下共同分享。」

帕爾沙特臉轉嚴肅地說：「但我們也不能白白地把不落城的利益讓給東海聯盟和南彝人，他們必須承諾配合我們出兵西方，攻取嶺西郡，也讓他們會會雪無痕。」

騰格爾元帥大喜：「殿下高明，騰格爾願意傾全力進攻嶺西郡。」

北蠻主蠻龍聽帕爾沙特要出兵向西，立即說道：「帕爾沙特殿下要出兵西方嗎？我們北蠻人可不願意。」

帕爾沙特嚴肅地說：「蠻主，如果我們要永遠地守住中原的利益，就必須徹底地擊潰雪無痕部，不讓聖瑪人有一絲希望，否則後患無窮。」

蠻龍稍微沉思後說道：「王子殿下說得是，但北蠻人不會出更多的兵力，最多兩個軍團。」

帕爾沙特點頭說道：「行，既然蠻主如此說法，剩下的兵力由我們出，另外，我想讓東海聯盟和南彝人各至少出兵二十萬，我們合在一起有百萬軍隊相信也夠了。」

幾個人大喜，騰格爾元帥笑著說道：「這也可以增加東海聯盟、南彝人和雪無痕的矛盾，使他們不能聯合，以後，我們各個擊破，佔領整個中原。」

北海明也笑道：「正是！」

幾人又商量了許多細節及出兵嶺西郡的兵力分配，最後確定出使平原城的人選，仍由帕爾沙特派出星智前往，洽談六國聯盟攻取京城及嶺西郡的事宜。

星智元帥帶領幾名隨從從不落城出發，二日後到達平原城。彝雲松出城迎接，這時候東方闊海和漁于飛雲還沒有離開，但也沒有露面，只有小一輩的東海六公子和百花公主出迎，星智元帥畢竟是西星的皇族、親王，身分地位並不比彝雲松差，南彝各方土司洞主也不會失禮，以落口實。

彝雲松把星智迎接入城，安排休息，午間召開盛宴招待，南國的美食美酒讓人陶醉，眾土司洞主別具一格的風俗習慣，讓星智感到特別的熱情和忍受不了，但他仍然尊重主人，爲了緩減南彝各土司洞主的熱情勁，他只好借東海六公子錯開飲酒。

「久聞東方賢侄英武不凡，才學過人，今日一見，足以說明東方盟主的雄才大略和東海聯盟的強大，其餘各位賢侄個個是英雄人物，可見東海各大世家都是當世最強大的家族。」

東方秀笑道：「星智叔叔誇獎了，小侄久聞帕爾沙特王子殿下才華橫溢，是大陸年輕一代的宗師級人物，早想領教，苦無機會，這次不知殿下怎麼沒有來平原城？」

星智臉上帶笑，心中暗罵，帕爾沙特前次從平原城敗走，東海聯盟豈有不知之理，但東方秀偏偏提及此事，只好回答：「京城一帶事情正多，四國聯軍一些事情都要殿下操勞，暫時無法分身，你們年輕一代風華正茂，相見的機會多得是，相信不久就可見面，哈哈！」

他也是老狐狸，既把帕爾沙特盟主地位隱隱說出，不便輕易前來，又把東方秀誇獎一番，借此讚揚帕爾沙特，言語中多少帶有小視他的意味。

長空旋聽出言外之音，當即笑道：「北方四國暫時聯盟，帕爾沙特殿下操勞過度，聽說北蠻人極其強橫，恐怕不好約束，聽說殿下前次稍在平原城外休整後即回不落城，想必如此吧。」

百花公主銀鈴般的笑聲掩蓋星智的尷尬，她接著笑盈盈說道：「星智叔叔，這次勞你的大駕來到平原城，能否爲我們小一輩先透露點內容嗎？」

「當然可以，公主人如鮮花，美豔絕世，稱百花公主當之無愧！星智這次前來，是奉聯軍的命令，商討共同攻佔不落城的事宜。」

「不敢當叔叔誇獎，既然叔叔如此說，那麼請問，我們東海聯盟和南彝如何才能攻擊不落城？」

「這個，既然公主如此問，星智也就直說了，如今聖日京城在我北方四國聯軍的重圍中，只剩下殘餘勢力在嶺西郡，但攻佔京城不落城迫在眉睫，我們並不想與東海聯盟和南彝開戰，使嶺西雪無痕坐收漁翁之利，但我們如讓出一部分不落城利益，則有一些條件。」

「星智叔叔能否先說說什麼條件嗎？」

星智環眼全場，見都是各家土司洞主，沒有外人，百花公主既然如此詢問，彝雲松也並沒有阻攔，想必也沒有隱瞞的意思，如不說，當引起各土司洞主的不快，反而不美，當下說道：「公主既然如此相問，星智就直說，正巧東海幾位公子也在，當能代爲轉達各位家主。」

他頓了一頓，接著說道：「四國聯軍讓出不落城南門地區，攻佔不落城各憑手段，利益進城後自取，但東海聯盟和南彝需要與我們一起，出兵西方，攻佔嶺西郡，徹底擊潰聖日殘餘勢力，利益平均分配。」

百花公主輕皺下眉頭，接著問道：「攻佔不落城我們明白，但出兵西方，不知道東海聯盟和南彝需要出多少兵力，四國聯軍出多少？」

「這個，既然南北兩大集團共同進攻嶺西郡，兵力當然是平均分配，北方四國聯盟希望雙方各出五十萬人。」

彝雲松在旁聽後笑道：「王爺既然稱南北兩大聯盟，而京城僅給我們南門地區，反而讓我們出一半的兵力進攻嶺西郡，恐怕四國聯盟太瞧得起我們了，不如把不落城的東門也交給我們，如何？」

星智看彝雲松開口，也笑道：「東海聯盟和南彝雄兵百餘萬，出一半兵力也不算多，至於不落城東門地區嗎，恐怕暫時不能交給你們。」

彝雲松接過話：「攻佔嶺西郡，勢必會打通雪月洲，映月大軍可通過嶺西郡長驅直入，不必從堰門關出兵，勢力必將大漲，而東海聯盟和南彝出兵嶺西，一點好處都沒有，傷兵損將，這種爲人作嫁的事情，恐怕彝雲松不敢答應。」

星智尷尬地笑笑，連忙說道：「王爺高見，這事再談，再談。」

彝雲松也知道事情還有餘地，北方四國聯軍當然不會認爲這樣的條件東海聯盟和南彝會答應，討價還價是必然，但大致的方針就是如此，當下他笑著說道：

「說得也是，來來，王爺初到平原城，鞍馬勞累，自當先休息，事情不忙，不忙，來，我敬王爺一杯！」

「謝王爺，各位土司洞主請，大家請！」

酒宴一直到下午才結束，彝雲松安排星智休息，回到後廳，見過東方闊海和漁于飛雲，把經過一說，幾個人又商議一番。

其實，在宴會結束後，東海六公子就把事情源源本本地向東方闊海和漁于飛雲二人作以彙報，兩人心有準備，衡量了許久，彝雲松這時候再說，他們也只是探探他的口吻而已，見彝雲松一點也沒有表示意見的意思，東方闊海直接奔入主題：

「雲松，我們既然合作，當不會客氣，這事你怎麼想？」

彝雲松看東方闊海問到，心裏暗罵老狐狸，但也得說話：「東方大哥說得是，雲松剛才已有表示，出兵嶺西最好不爲，這種吃力不討好的事情最好不做。」

「但如不出兵嶺西郡，北方聯軍當然不會讓我們靠近不落城，如出兵嶺西，讓我們出五十萬又有所不值，同時，考慮到四國聯軍不可能把東門地區交給我們，所以，出兵五十萬決不可能。」

彝雲松點頭說道：「北方聯軍讓出南門地區，讓我們出一點兵也說得過去，但出兵不出力是我的原則，讓他們打去，不如我們各出二十萬人，湊湊熱鬧也好。」

東方闊海和漁于飛雲一聽大喜，東方闊海笑著說道：「雲松所說正和我意，我們就各出二十萬人，但絕對不能交給他們指揮，你看如何？」

「我看可以，但讓誰擔任出兵主帥呢？」

漁于飛雲笑道：「我們老一輩的當然不能出去，不如讓公主和我們的六個孩子們去，一方面領略一下嶺西郡的大好風光，另一方面也增長下見識。」

彝雲松道：「也行，以誰爲主帥呢？」

東方闊海笑道：「反正我們只是出兵不出力，誰當主帥都是一樣，不如這樣吧，就以公主爲主帥，六個男孩子爲副，如何？」

彝雲松點頭笑道：「我並沒有與你們爭奪主帥的意思，只怕凝香心裏不高興，如果讓她為主帥，她當然願意前往，否則，這一路上的麻煩恐怕誰也受不了。」

「女孩子嘛，都爭強好勝，可以理解，有秀兒六人跟隨，想必不會出什麼大事，這事情就這麼決定，雲松你負責商談。」

「好吧，既然兩位哥哥這樣信任雲松，雲松就做一回主，不客氣了。」

從第二天起，彝雲松和星智展開了談判，雙方就各自的立場和利益進行了磋商，幾經周折，最後南北雙方終於達成協議。

協議規定：北方四國聯軍志願放棄京城不落城南門地區，交給南彝與東海聯盟，攻佔不落城但憑各自手段，利益自取，別人不得干預，交接從十五日後開始直到結束。

但是，南彝與東海聯盟進入京城不落城地區後，要立即出兵四十萬人，配合北方四國聯軍六十萬人攻擊西方嶺西郡，南方聯盟由彝凝香任主帥，東海六公子為副，從平原城出發，經秀陽城、原陽城、固原城、望南城進入路定城，直至嶺西關為止。

北方四國聯軍出兵六十萬人，分為兩路，南路即中間的一路為映月三十萬人馬，由騰格爾任主帥，經錦陽城、酈陽城、近原城、凌原城進入路定城，直至嶺西關。

北路，以西星軍隊為主，由二十萬西星軍隊、六萬北蠻軍隊、五萬北海軍隊組成，由星慧任主帥，從錦陽城出發，順聖靜河南岸向西，經河陽城、巒北城到達郡北，與堰門關取得聯繫，再轉向嶺西關為止。

整個計畫從今日起立即生效。

彝雲松和星智代表雙方在協議書上簽字，然後，南彝為雙方的結盟召開了盛大的宴會，並作為歡送星智的送別酒，賓主雙方皆大歡喜。

南彝軍主帥彝雲松送走北方四國聯軍談判代表星智後，不久就送別東方闊海和漁于飛雲，東海六公子仍然留在平原城。百花公主聞聽由她出任西進軍團主帥，得意非常，當今大陸女將只有明月公主和盛美公主可以與她比美，但二人很長時間沒有露面，當前活躍於中原戰場上只有她一人，得意洋洋自然可以理解。

但不久之後，比雲的來訪使百花公主得意的情緒有所下降，比雲奉軍事雅星的命令出使平原城，因為前不久，比雲在平原城的作為使他深受重用，而且在六國聯軍的情況下，嶺西郡獲得內部的消息比較少，只能從聯軍的動態上揣摩，相差很大，消息的重要性使嶺西郡採取一切可行的手段，雅星聽天雷說與百花公主有些交情，況且比雲也曾見過她，這付重擔自然就落在他的身上，而且，如果能使東海聯盟和南彝不與北方聯軍合作自然最好，也是雅星和天雷爭取的目標，所以比雲肩負重任，自然是首先求見百花公主。

在目前這一段時間內，保持獲得京城不落城的利益，又不與北方四國聯軍交戰是東海聯盟和南彝的基本國策，保持中原勢力三足鼎立是最好的選擇，無論是東海聯盟還是南彝，都不具備戰勝北方四國的實力，百花公主自然懂得這些基本政策，所以，與嶺西郡暗通消息，取得一定的攻守同盟，是南彝採取的最好辦法，況且，在六國中，南彝只算是中下實力水準，佔據中原南部廣大地區已經是最好的效果，如情況有變反而不妥。

本著這種原則及彝凝香個人想得到天雷的消息原因，她召見了比雲。

作爲擔任過長時間收集情報工作的比雲特別會講話，百花公主能召見他，主要原因是在天雷身上，雖然他不知道天雷和彝凝香之間有什麼事情，但精明的他自然會抓住百花公主的要害，既然百花公主知道天雷就是雪無痕，問題就好說得多，嶺西郡的利益就代表天雷個人利益，天雷個人就可以代表嶺西郡，如果用聖日或者嶺西軍隊來要脅百花公主，那是不可能的事情，但用天雷個人的交情，事情就不是那麼回事，所以比雲自然把天雷放在第一位。

第十七章　大軍壓境

比雲首先向百花公主問好，然後把天雷告別平原城，回到固原城的事情一一道來，其中當然會有誇獎百花公主的地方，稱她如何如何，嶺西眾將如何欽佩等等，並代天雷個人向她問候，百花公主不管事情的真假，反正很高興，她愛聽。比雲又把當前大陸的形勢及與北方聯盟等種種不利的方面一說，百花公主心花怒放的同時也感到，如讓六國擊潰天雷，對南彝是一點好處也沒有，白白使北方四國坐大，所以談話漸漸就轉入到京城不落城上。

最後，百花公主把東海聯盟和南彝與北方聯盟達成的協定一說，比雲大驚道：

「公主，妳可千萬不要上帕爾沙特的當，如今在南線上，嶺西郡屯兵極重，藍鳥第一至四主力軍團都在，況且，藍羽雷格部二十萬騎兵駐紮在固原城，新組建的平原兵團二十萬精銳部隊也在，帕爾沙特讓你們從南線攻擊嶺西郡，不是讓你們損兵折將嗎？」

百花公主聽比雲如此說也心驚肉跳，在固原城駐守的部隊，幾乎是嶺西郡的所有主力部隊，人馬近五十萬人，只騎兵就二十餘萬人，如果讓她與這樣的部隊作戰，即使勝利了也不會剩餘多少人，所以，她趕緊說道：

「比雲先生，你告訴天雷大哥，我們是要出兵嶺西郡，但絕對是出兵不出力，不會真打，你讓他把部隊放在別的地方吧。」

「這是自然，公主妳放心，既然公主這麼說了，嶺西絕對不會對貴國動兵，以後如果有什麼消息公主能轉告我們，少主自當感激公主。」

百花公主臉色一紅，笑著說道：「感激不敢當，只要天雷大哥不對我們真正動刀槍就好，這次這麼大的熱鬧，我當然要好好看看了。」

「好吧，公主，如果妳沒有什麼話我就告辭了，我得把這個消息傳回嶺西呢，這次真是多謝公主了。」

「歡迎比雲先生常來，以後有什麼消息我自會轉告，代我問候天雷大哥好！」

「一定，一定！」

比雲告辭，這次大有收穫，他趕緊回轉秀陽城，飛鴿向雅星報告，雅星得知消息，立即傳訊給在郡北的天雷，早做好準備。

天雷率領雙月兵團向路定城出發，心中卻策劃著酈陽一線的反擊戰。

八月，郡北風光美麗，起伏疊蕩的山巒翠綠欲滴，山丘、平原覆蓋著莊稼，長勢驚人，齊人高的莊稼佈滿大路兩旁，人從路中央而過，幾乎看不見遠處的景象。

騎在馬上的天雷放目打量周圍，心中一動，他臉上突然露出欣喜的笑容，回過頭來看見兀沙爾正注視著他，一路上兀沙爾沒有打攪他，知道他在思考，忽然看見他臉上展放出笑意，懂得他已經有了計策。

兀沙爾夾了下馬，與天雷並騎，對天雷笑道：「山巒起伏，莊稼遍地，如雄兵百萬，殺伐四野，好一處戰場。」

「老哥哥不愧爲將帥大才，僅從景色中就決勝千里，運籌帷幄，無痕佩服。」

「哈哈，無痕，恐怕你已經有所計策吧。」

「正是，從情報中可以看出六國聯軍出兵百萬，而帕爾沙特不會前來，那麼，騰格爾就成爲領頭羊。」

「打蛇打七寸，擒賊當擒王，在六國中，映月亡我嶺西之心不死，時刻伺機而動，這次，騰格爾主動而來，所部三十萬人爲映月在中原的全部兵力，解決騰格爾部，從此在中原映月已不足慮，並且足可以威懾他國，所以這次一定要解決好騰格爾。」

兀沙爾長歎一聲道：「騰格爾與我爲多年的朋友，在軍中幾十年交情，可惜，可惜他有你這個對手，哎，從此後映月子民也是福氣了。」

「謝謝你，老哥哥！」

「兩國交戰，勝者爲王，兀沙爾早已經不是映月人了，無痕你放手施爲吧。」

天雷點頭後，心情頓時開朗起來，他暫時忘卻了煩惱，縱情於山水中，郡北到路定城三百餘里路程，道路曲折，溝坎不少，溪流潺潺，清澈見底，空氣新鮮，讓人心醉，天雷難得地有這麼一次自我放鬆的機會。

凱雅和雪藍在天雷從平原城回來後，就一直跟在他身邊，幾乎寸步不離，侍奉他起居生活，雅藍、雅雪姐妹這段時間極少出現，把機會讓給凱雅和雪藍，她們從見到凱雅後，心裏總有些隔閡，天雷在東原城時對二人動手動腳後，她們姐妹倆總感覺對不起凱雅，雖然自從跟隨天雷的那一天起，她們就把自己奉獻給了天雷，但事情一旦擺在眼前，她們卻有些自卑，增添了許多心事，整天愁苦。

天雷和凱雅、雪藍說說笑笑，一路笑聲不斷，有時候也看見雅藍、雅雪二人一眼，但她們回避的目光裏顯露出了慌亂，天雷也不好說什麼。

一路上，風揚不斷地收到雅星、奧卡傳來的消息，看事情也不是很嚴重，暫時沒有轉告天雷，讓他多休息、放鬆一陣，但天雷看見風揚幾個人忙碌，也知道有消息傳來，他是信得過風揚的，所以也沒有問，四天後，天雷到達路定城。

如今的路定城比以前模樣大變，在主城的周圍新蓋了許多居民點，把西面的小山和土丘圍在裏面，城東部就更加的多了，在居民的最外側，是幾處軍營，藍鳥第一軍團、藍衣眾、幼字營、女營等駐地及教軍場，連綿數里，望不到邊際。

整個居民區格局嚴禁，錯落有致，街道寬敞，店鋪林立，各種民生用品在商盟的管理下按規定出售，而手工作坊等就在裏面，方便居民早晚進出，日出而做，日落而息。

天雷帶領雙月兵團直接來到城南大營，安排士兵休息，著令風揚負責爲他們安排裝備，一切按照藍鳥第四軍團的標準，等事情安排得差不多了後，天雷和兀沙爾才回到城內。

亞文等人早就等候在府外。

亞文如今在路定城內主持參謀部的工作，兼管各種事情，從雅星離開後，他就把所有的事情攬在手中，帶領參謀部監視著各地的動靜，分析奧卡傳回每一條消息，可能出現的情況，兵力分配，物資協調等等工作，聽說天雷來後，又派人清掃帥府，也沒有閒著，天雷對他的愛護絕不亞於溫嘉、商秀等人。

久已沉靜的帥府顯現出了活力和熱鬧，楠天忙著安排防衛，風揚把事情管理得頭頭是道，年輕的藍衣眾把帥府裏裏外外徹底檢查一遍，然後團團圍住，保護著天雷的安全，即使有一絲一毫風吹草動，他們也能在第一時間內作出反應，發起攻擊，但每一個人的臉上，都掛著到家般的滿足和快樂。

天雷也不例外，他把所有事情都放在一邊，先泡一個熱水澡，然後美美地睡上一覺，有凱雅和雪藍侍奉，幸福可想而知。第二天，他把風揚叫進來，把所有的消息都聽了一遍，然後吩咐風揚，加快對藍鳥騎士團和騎兵第十五、十七軍團的裝備，儘快完善神武營，所需物質裝備優先供給；通知雷格半個月後到望南城會合，同時制定騎兵攻擊計畫。

神武營如今已經初具規模，除被藍鳥騎士團挑走二萬餘人外，仍然剩餘三萬餘人，在海東宗主和越和宗主的主持下，日日操練，大有起色。大草原供給的十萬匹戰馬已經到位，騎士團分得三萬匹，第十七軍團三萬匹，所餘四萬匹劃歸神武營。

藍鳥騎士團的裝備非同一般，每人一套輕盔甲，一套重盔甲，一條長兩丈二的騎槍，一支長劍，一面小盾牌，一付小型弩機，一匹戰馬；神武營的裝備比較特殊，雅星命令短人族工匠按照每一個人的要求定做，除此外，每人一匹戰馬。

神武營和藍鳥騎士團是天雷特意成立的中堅力量，他聚集了聖日帝國內幾乎所有的武林人士和軍中最優秀的子弟，如今再加上藍衣眾達十萬餘人，他們的成立標誌著大陸最強大騎兵軍團的誕生，是天雷統一大陸不可缺少的力量。

如今，藍鳥騎士團和神武營仍然在固原城組建中，雖然他們還沒有出現在世人的眼中，但不久後他們將震驚整個大陸。

風揚把所有的事情都攬在手中，天雷就從中得到了解放，一旦空閒下來，他和兀沙爾、亞文、楠天來到了城內的孤兒院，一進院子，天雷就嚇了一跳，滿院的孩子，把整個孤兒院都裝滿了，天雷以詢問的目光對準了亞文。

亞文苦笑了一下，說道：「少主，自從平原城戰役打響後，嶺西郡人口劇增，好像中原南部的人一下子都湧進了嶺西郡，幼年孤兒增多，早已經超過了孤兒院的承受力，雅星軍師沒有辦法，把大一點的都安排在了幼字營內，但還是很擁擠，估計達十餘萬人。」

「這麼多？」

「少主，六國進軍中原，最可憐的就是孩子們，他們喪失了親人，無依無靠，跟隨百姓逃難到嶺西，缺衣少食，無人管，如不是少主收留，他們早就死了。」

天雷一聽，眼角濕潤，他強忍淚水，對著楠天、風揚二人說道：「楠天，你記住，沒有什麼事情的時候常來看看，吩咐藍衣眾多多照看他們，風揚，吩咐後勤部，就是我們沒有飯吃，也絕對不可少了孩子們一點！」

「是，少主！」

天雷和兀沙爾、亞文等人用一天時間走完了所有孤兒所在住處，他親自詢問孤兒的飲食起居，早晚功課，與孩子們一起吃了午飯，談論孩子們的話題，使每一個幼小的心靈都得到了關心和愛護，使他們知道嶺西郡的雪無痕大哥哥來了，楠天哥哥來了，下午他們參觀了幼字營，站在一行行整齊的孩子們面前，天雷再一次熱血沸騰，不為別的，就為了這些幾歲到十五六歲的孩子們能過上幸福安定的生活，他也絕對不會放棄了，他要整個中原，整個大陸。

兀沙爾看著激動的天雷說道：「無痕，雖然他們很不幸，但他們又是很有幸，因為他們碰見了你，他們就註定不再是平凡的孩子，他們全部是你的無價之寶啊！」

天雷愣了一愣，然後大聲吩咐楠天道：「楠天，你派人到幼字營去，從此後，藍衣眾負責訓練孩子們，我要你在五年內訓練出十萬藍衣眾幼苗來。」

楠天大喜道：「是，少主，我一定會好好訓練他們，五年後，他們都將成為少主最優秀的騎士！」

「好！」

天雷豪情飛揚，雄心大振，他感到心中從沒有過的堅定，他的理想再一次飛騰起來，他要把整個大陸踩在腳下，讓所有的戰爭根源遠離孩子們，讓後世子孫不再為戰爭而苦。

路定城幼字營之行，使天雷確定了終生的奮鬥目標，同時也為他找到了征服大陸的力量所在，在以後的歲月中，無論是多麼艱苦的條件，他從沒有過氣餒，因為在他的身後，有近二十萬正在成長的最優秀的騎士，是他們給予他最強大的支持，給予他無窮大的力量，他們從沒有拋棄過天雷，用最忠誠的誓言和行動，捍衛著他們最偉大君王和恩人。

十天後，即聖拉瑪大陸通曆二千三百九十二年八月二十五日，天雷來到了望南城，會見了雅星和雷格，經過商議後，秘密調集嶺西郡所有的騎兵力量，向酈陽城悄悄集結，拉開了對六國聯軍的反擊戰爭。

西星三王子殿下、北方四國聯軍統帥帕爾沙特接到星智後，瞭解了與南方聯軍達成的秘密協定，感到非常滿意，他安慰叔叔好生休息，並向其餘三國通報了協定內容，積極著手進行不落城南地區的交接，同時準備向嶺西郡出兵的各項事宜。

帕爾沙特有他的想法，映月騰格爾也有自己的主意，但是，北蠻人也有自己的想法，他們不願意進攻嶺西郡，他們已經滿足了自己目前的現狀，北蠻人少，如今佔據中原北部地方足以生存，沒有繼續作戰的必要，但是，帕爾沙特說得有理，如果不消滅嶺西郡的雪無痕，他們就永遠沒有寧日，所以儘管不是很願意，但接到帕爾沙特的通報後，仍然承諾出兵兩個軍團六萬人，與六國聯軍一起進攻嶺西郡。

既然心裏不滿意，行動就快不起來，北蠻人如此，南方聯軍也是一樣。東方闊海從平原城回到東衛城大營後，召集各大世家家主開會，把平原城協議內容一說，各家主都很滿意，然後，他把四十萬大軍向平原城方向靠近，餘下二十萬人仍然駐守在原地。

南彝統帥彝雲松接到東方闊海的通知後，派出百花公主協助東海六公子安排大軍安營，同時秘令各部土司洞主小心戒備，以防不測。

東海六公子這一段時期以來春風得意，美女相伴，他們盡情地圍繞在百花公主周圍，向彝凝香展示自己的武功、才華和過人的見識，受到彝雲松等各土司洞主的一致讚揚，百花公主也從內心深處對六人敬佩有加，但她從擔任南方聯軍統帥後，更感到自己的完美，她縱情於東海六公子中間，有說有笑，銀鈴般的笑聲和百花綻放般的笑容令所有的人陶醉，然而，在她內心的深處，更加渴望早日見到帕爾沙特，領教他的風采和迷人的魅力。

半個月後，以彝雲松、東方闊海爲首的南方聯軍開始向京城不落城靠近，大軍分爲左右兩部，左部爲南彝四十萬軍隊，右部爲東海聯盟四十萬軍隊，兩部大軍結合部各二十萬人，爲這次出兵嶺西郡的人馬，百花公主高高的帥旗飄揚在大軍的正前方，緊隨其後的是東海六公子的副帥旗。

彝雲松和東方闊海特意打造出這樣一種氣氛和威勢，顯露出南方聯軍年輕一代的勃勃生機和與帕爾沙特一爭長短的深意。

帕爾沙特率領一個軍團五萬人整齊地站在不落城的南門外，眼望著南方滾滾而來的東海聯盟和南彝大軍，心生激動。八十萬人把不落城的南方圍得滴水不漏，森嚴的陣型和閃著寒光的長刀長槍讓人敬畏，但帕爾沙特見識過比這更加強大的陣勢，所以雖然心動，但也並不能讓他有所膽怯，只是，他沒有想到的是，百花公主的帥旗飛揚在聯軍的正中央，可以看出東方闊海和彝雲松並沒有把他看在眼裏。

錦緞上繡著飛鳥和百花的帥旗隨風飄擺，展翅的鳳凰飄飄欲飛，綻放的百花襯托出鳳凰的驕傲和不群，大旗下，百花公主一身紅裝，外罩百花袍，頭插兩支長長的羽毛，兩肩上各繡著一隻鳳凰，胸前的錦結襯托著粉紅的一張臉，威嚴中帶著嬌豔，長長的眉，秋水般動人的雙眼，詢問般的目光注視著帕爾沙特。

伴隨在百花公主左右的是東方秀、長空旋、司空禮、漁于淳望、夏寧謀和海島宇，每一個人都是英氣勃勃，英武有力，顯露出過人的才華和與眾不同。

東方秀一身全新銀白色盔甲，外罩綠色錦繡斗蓬，長空旋端坐在馬上，一身白色文士裝，披著天藍色的擋風衣，司空禮也是全身的銀色盔甲，而漁于淳望、夏寧謀、海島宇則是全身的黑色盔甲，外罩紅色戰袍，三人身材魁梧，如刀削般的臉上流露出久經沙場的大將般氣質，幾個人同樣在打量著帕爾沙特。

帕爾沙特身穿白衣文裝，碩長的身軀在微風中略微有點削瘦，背負著雙手，雙眼平視前方，在陽光的照耀下，如一座大理石般矗立在城前，身上飄浮著柔和的氣質，在他的身後，五萬士兵身著黑色的戰衣戰甲，襯托出他明顯的與眾不同，微風輕拂著百花公主頭上的雙翎，但帕爾沙特身上的衣裝微絲不動，微微的氣旋把他包圍在中間。

百花公主展顏一笑，翻身下馬，東海六公子緊隨其後也是跳下馬來，幾人緊步上前，帕爾沙特臉上突然展露出一絲微笑，雙手輕輕地垂下，他自然地邁動步伐，渾然天成，瀟灑的身姿讓人遐想。

輕如九天外來的男性磁音：「百花公主人如百花，傲如鳳凰，今日一見，實令帕爾沙特心動，有禮了！」

「人說帕爾沙特殿下爲當世的美男子，才華橫溢，縱橫四海，武功爲大陸年輕一代的宗師，今日得見，凝香深感此言不虛！」

「公主過講了，在下愧不敢當。」

東方秀細細打量帕爾沙特的同時，也是趕緊施禮，他那裏敢讓帕爾沙特專美於前：「東方秀久仰帕爾沙特殿下英名，今日得見，深感佩服！」

「東方兄客氣了，帕爾沙特也是久仰東方兄才氣過人，縱橫千里，今日相見，足慰平生，佩服，佩服！」

「殿下客氣了，來，來，我爲殿下引見，這位是長空旋兄弟。」

長空旋深施一禮道：「長空旋見過帕爾沙特殿下，在下久仰殿下雄才大略，豪情過人，今日相見，深感此言不假，佩服！」

「長空兄太客氣了，帕爾沙特久聞長空兄文采不凡，計謀深遠，以後還要仰仗長空兄之大才，望多以教我！」

帕爾沙特對長空旋非常客氣，他懂得像長空旋這類人自視甚高，多有過人之處，計謀之下，勝過萬千雄兵，這類人用得好是得益非淺，萬萬不能得罪。

「帕爾沙特殿下心胸至偉，讓出南門地區給我們，至於殿下的要求，凝香早有準備，隨時聽候殿下的命令。」

「公主說得遠了，帕爾沙特從六國利益出發，剿滅聖日殘餘勢力，爲六國奠定中原之和平基礎，雖有謙讓，不敢居功，至於公主說到命令，帕爾沙特萬萬不敢，只求大家精誠團結，共同剿滅嶺西雪無痕足矣。」

既然是個大美人，客氣一點可以顯示出他的風度。帕爾沙特也深知眼前這幾個人的身分、地位一個也不比他差，甚至於有的超過他，百花公主爲南彝唯一的一個公主，無疑是未來的國主繼承人；而東方秀身爲東海聯盟主席東方闊海的長公子，可以說是當今東海聯盟的太子地位，還有長空旋等人也是東海聯盟各大世家的長公子，說是小王爺一點也不過分。

當下，東方秀接過話道：「殿下所說極是，爲了大家共同利益，南北聯盟需要在許多地方精誠團結，東方秀是由衷地佩服殿下的心胸啊！」

「東方兄太謙虛了，今日帕爾沙特把不落城南門地區交給公主和東方兄，希望兩位不要失今日之言，團結一致，共同謀取中原利益。」

百花公主點頭說道：「好吧，今日凝香當面承諾，它日凝香必親自率領大軍進攻嶺西郡，與雪無痕作戰，不計勝負得失，如何？」

東方秀也趕緊說道：「承蒙公主親自承諾，東方秀也大言一句，它日必將親自出兵嶺西郡，與公主一道，平定中原，爲六國利益而戰。」

帕爾沙特長笑道：「承蒙二位如此看重帕爾沙特，今日我將不落城南門一帶地區交與兩國，它日我們並肩作戰，剿滅雪無痕，爲六國利益而戰！」

帕爾沙特說到此處，環眼南北兩處大軍，接著說道：「公主、東方兄，南門地區交給你們了，請！」說完大手一揮，西星軍團緩緩而動，向西撤去。

「多謝殿下，他日有閒，請來一敘，凝香定親自迎接殿下於南門前！」

「謝謝公主厚意，帕爾沙特謹記在心，也請公主與東方兄有閒暇時到軍營一敘，告辭！」

「殿下請！」

彝雲松和東方闊海等人遠遠地看見帕爾沙特和百花公主、東海六公子進行交接，各國少年各展才華，互不相讓，表現出極高的氣度和才學，深表滿意，同時對帕爾沙特也表示出極度的關注，私心中深感敬佩，認為帕爾沙特不愧為大陸最年輕一代的代表人物。

南北聯軍休息七日，帕爾沙特在西星北大營內親自主持了南方兩國和北方四統帥的會議，就這次出兵的各項事宜進行協調，同時再一次強調：為了六國的利益，各方必須精誠團結，掃平嶺西郡，清除聖日帝國最後的力量。

各國代表都給予極大的理解與支持，並一再表示願意相互配合，完成對嶺西郡的進攻，剿滅雪無痕，最後，按照事先約定的協議，決定於九月一日出兵，幾乎與雪無痕部署的時間相吻合。

經過三個多月的休整和補充，西星軍隊實力大增，恢復八十萬人馬，帕爾沙特把軍隊部署在不落城西、北門一帶，同時抽調二十萬精銳部隊出兵嶺西郡，騎兵十萬人，步兵十萬人，戰車三百輛，並對映月騰格爾部裝備進行了一定補充，使騰格爾感激萬分。

對於騰格爾元帥來說，京城不落城的利益是次要的，而攻擊嶺西郡才是他的全部願望，只要擊潰雪無痕，打通嶺西關、雪月洲到映月本土，京城的金錢、物資、美女等算不得什麼，如今他需要帕爾沙特的幫助，所以他把不落城西門一帶幾乎全部讓給了西星，自己親自糾集近三十萬的人馬，向嶺西郡殺去。

按照南北聯盟協議，南方聯盟如約出兵四十萬人，在百花公主的率領下向秀陽城進發，而西星和北海、北蠻也在星慧的率領下，與騰格爾一道向錦陽城殺去，他們計畫在錦陽城分手，然後星慧轉向河陽城方向，沿河攻擊前進，而騰格爾則繼續向前攻擊。

秀陽城、錦陽城如今都在嶺西郡的控制下，但天雷沒有留下多少軍隊，因爲他知道六國聯軍早晚會攻擊嶺西，二城距離京城太近，只有增加損失而已，所以，各城只留守一萬人，並且吩咐一旦發現聯軍進攻，立即撤退。

但秀陽城和錦陽城發揮的重要作用卻是情報，由於二城距離京城近，所以派出許多黑爪和藍爪，盡可能收集消息，爲嶺西郡前沿的重要情報基地，比雲就在秀陽城內主持這項工作。

早兩天，比雲派人化裝與百花公主聯繫，知道六國聯軍出兵的詳細消息，所以在九月一日前，已經命令二城守軍撤往原陽城和酈陽城，把二城讓給了六國聯軍，但是，在錦陽城到酈陽城、錦陽城到河陽城之間，天雷已經派出了大量的藍爪和神武營的人，封鎖一切消息，部署了軍隊。

大軍作戰，情報工作尤其重要，一旦讓對手掌握己方的部署情況，優勢兵力也極可能化爲烏有，更何況被動局面，所以，天雷早就命令神武營配合藍爪，嚴密封鎖了錦陽城到酈陽城間的消息，爲了保證四方地區的安全，確保糧食的秋收，天雷一點也不敢讓敵人進入酈陽城附近，把戰場選擇在了酈陽城的前面，秘密集結了軍隊，做好了部署。

騰格爾元帥和星慧元帥自然也懂得情報的重要性，所以派出了大量的斥候探聽消息，但是，從錦陽城到酈陽城、河陽城之間，斥候就很少能夠回來，僅從極少數的斥候得到有限的情報，但二人也沒有什麼好的辦法，只好增加斥候人員，不計損失了，但騰格爾和星慧還是有一定的把握，認爲聯軍集中優勢兵力，分三路進攻，嶺西郡還是有困難的。

在錦陽城休息二日，加強了防衛，鞏固了後防線，騰格爾和星慧分兩路向嶺西前進，同時催促百花公主加快進攻節奏。

騰格爾部爲大軍中路，南線百花公主所率四十萬大軍行動自然沒有他迅速，北線星慧部走斜線攻擊河陽城，然後沿河攻擊郡北，距離稍微遠些，加上騰格爾行動速度快，所以中路就成爲了一個突出部，但也不是很遠。

從錦陽城出發不久，騰格爾就感到一陣心悸，這不是好現象，騰格爾從軍三十多年來很少有過這樣的感覺，每一次都很危險，但憑藉著他過人的才能總化險爲夷，所以儘管有不好的感覺，騰格爾仍然命令部隊前進，只是加強了戒備，再次增加斥候的人數，大軍前鋒騎兵軍團和後部步兵保持較短的距離，穩紮穩打，防止意外。

映月這次進攻嶺西郡，騰格爾知道這樣的機會不多，所以把手中所有的力量都集中起來，近十萬騎兵，二十萬步兵，得到帕爾沙特加強後，裝備也大有改善，僅戰車就三百四十輛，各種攻城裝備無數。

請續看《風月帝國 4》

龍人，以一部《亂世獵人》奠定其奇幻小說宗師的地位，其作品深受全球華人眾所矚目。

其新著《滅秦》、《軒轅・絕》在美、日、韓、港上市後，興起了一股全球東方奇幻小說的風暴，引發網路爭先連載，網路由此而刮起一股爭先閱讀奇幻小說的熱潮。新浪讀書頻道、搜狐讀書頻道、騰訊讀書頻道、網易文化頻道、黃金書屋、起點中文網、龍的天堂等幾大門戶網站和「天下書盟」等原創奇幻文學網站瀏覽人數的總點閱率達到億兆。

龍人曠世巨作《霸・漢》
比他馳譽全球華人社會的《滅秦》更精采

無賴？英雄？梟雄？霸王？

無恥與高尚只在成功與否的結局

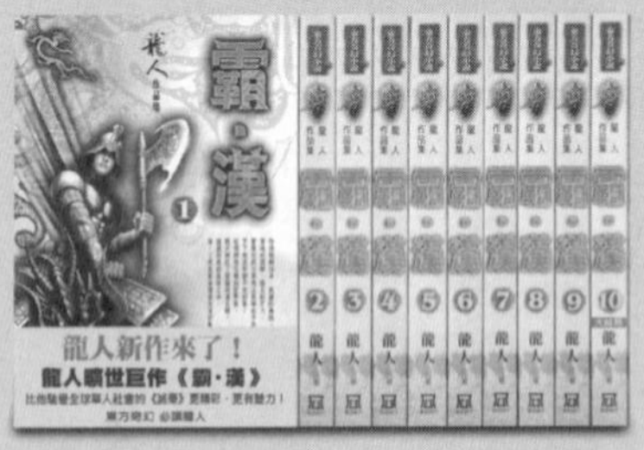

戰火燎燃，民不聊生，逆賊王莽篡漢。奸佞當道，民不堪疾苦，卒不堪其役，聚山澤草莽釀就亂世。

無賴少年林渺出身神秘，紅塵的污穢之氣，蓋不住他體內龍脈的滋長。憑就超凡的智慧和膽識自亂世之中脫穎而出。在萬般劫難之後，以奇蹟的速度崛起北方，從而對抗天下。

古典與奇幻的極致結合
古典與奇幻的結合
全球華人眾所矚目的奇幻作家

—揉合東方古典文學名著　盡顯中華文化的無窮魅力—

商紂末年，妖魔亂政，
兩名身分卑賤的少年奴隸，
於一次偶然的機會被捲進神魔爭霸的洪流中……
輕鬆詼諧的主角人物，玄秘莫測的神魔仙道，磅礡大氣、天馬行空的情節架構；層出不窮、光怪陸離的魔寶異獸，共同造就了這一部曲折生動、恢宏壯闊的巨幅奇幻卷冊！

龍人 作品集

開拓東方奇幻境界新視野
創造全球奇幻迷引頸期盼的小說

前有黃易尋秦　今有龍人滅秦
龍人絕世巨著《滅秦》　挑戰黃易巨著《尋秦記》

大秦末年，神州大地群雄並起，在這烽火狼煙的亂世中。
隨著一個混混少年紀空手的崛起，他的風雲傳奇，拉開了秦末漢初恢宏壯闊的歷史長卷。
大秦帝國因他而滅，楚漢爭霸因他而起。

因為他——霸王項羽死在小小的螞蟻面前。
因為他——漢王劉邦用最心愛的女人來換取生命。
因為他——才有了浪漫愛情紅顏知己的典故。
軍事史上的明修棧道，暗渡陳倉是他的謀略。
四面楚歌動搖軍心是他的籌畫。
十面埋伏這流傳千古的經典戰役是他最得意的傑作。
這一切一切的傳奇故事都來自他的智慧和武功……

創下連續銷售1200萬冊的傲人佳績

引發全球東方奇幻小說風暴
刮起網路爭先閱讀奇幻小說熱潮

黃帝姓姬，號軒轅，人稱軒轅黃帝，被尊為華夏族的祖先。我國早期的史籍《國語》、《左傳》，都把黃帝說成是神話人物。千百年來，黃帝是人還是神，一直是個謎。

本書即是述說這位華夏帝祖——「黃帝軒轅」創下了神州的千秋萬業的傳奇故事。作者根據古籍《山海經》等多部上古傳說，加之人物間的恩怨錯綜，形成了一本充滿冒險與傳說的奇情故事。

風雲時代